少女が最後に見た蛍

天祢 涼

Amane Ryo

文藝春秋

目次

装幀　増田寛

少女が最後に見た蛍

十七歳の目撃

1

教室の手前で足をとめるとスマホのインカメラを起動させ、ディスプレイに自分の顔を映した。目の下にできたクマは、薄くてほとんど目立たない。クラスメートには、いつもの僕に見えるはずだ。一つ頷《うなず》いてから教室に入る。

「昨日の夜もひったくりがあったらしいじゃん」「部活で遅くなる日はこわいわー」「この二ヵ月で五件目だね」

耳に飛び込んできたのは、予想したとおりの会話だった。

僕が住んでいるのは、神奈川県川崎市の登戸《のぼりと》。この街では最近、ひったくり事件が続発している。「夜道を歩いているところを自転車で背後から猛スピードで迫り、追い抜きざまに荷物を奪い去る」というシンプルな犯行ゆえに証拠が残りにくいのか、警察は犯人を捕まえられていない。

この川崎第一高校は登戸にあり、二年生の女子も被害に遭ったので、生徒たちの事件への関心は高い。

「グンシは、犯人を捕まえるにはどうしたらいいと思う?」

席に着いた僕に、後ろから男子が訊ねてきた。

「さあね」

「なにかアイデアがあるだろ、頭がいいんだから」

「勉強ができることと頭がいいことは違うし、そもそも事件に興味がない。そんなことを考えている暇があったら受験に備えるさ」

仰々しく肩をすくめてみせた僕に、質問してきた当人だけでなく、その周囲にいる男子たちも笑い声を上げげた。

「さすが」「冷静沈着すぎ」「やっぱり川崎第一高校《カワィチ》の軍師《グンシ》だな」

僕が「まあね」と返しながら右手の人差し指で眼鏡のフレーム中央を押し上げると、男子たちの笑い声が大きくなった。教室の後方では、成績のいい女子三人組が眉をひそめている。でも僕は、期待されたリアクションをしただけだ。彼女たちにどう思われようと、トラブルのない高校生活を送るにはこれでいい。その証拠に、髪を茶色に染めた女子と、制服をほどよく着崩した女子が笑顔で近づいてきた。

沢野《さわの》カオリさんと、高村美羽《たかむらみわ》さんだ。

「グンシって、本当にマイペースだよね」「弁護士になっても喜ばなそう」

沢野さんと高村さんがこんな風に気安く声をかけるのは、一部の男子のみ。その男子には、運動神経抜群、容姿端麗など、なにかしら秀でた点がある。僕の場合は成績優秀であることだけでなく、「勉強最優先のクールキャラ」を徹底して演じていることが気に入られたのだろう。

「黒山《くろやま》くんって頭いいよね」「『弘明《ひろあき》』って名前、読み方を変えれば『孔明《こうめい》』になるじゃん。三国志の諸葛《しょかつ》孔明じゃん」「本当に軍師だ！」と騒いで、僕に「グンシ」というあだ名をつけたのも、この二人だ。

「さすがに僕でも、弁護士になったら喜んでガッツポーズくらいするよ、ものすごいやつをね」

僕が真顔をつくって言うと、狙いどおり、沢野さんと高村さんは「そんなことを大まじめに言わないでよ」「でもガッツポーズするグンシは見たい！」とはしゃぎ出した。高校生活は、残り一年と少し。この調子でやっていけば問題なくすごせると思っていた——昨日の夜までは。

「俺もガッツポーズするグンシを見たいよ」

その一言とともに近づいてきたのは、宇佐美礼都《うさみれいと》だった。後ろから、栗原勇一《くりはらゆういち》と中嶋宗輔《なかじまそうすけ》もついてくる。礼都の身長は一七〇センチ台後半。栗原と中嶋は背丈こそ礼都ほど高くないものの肩幅ががっしりしているので、三人そろうと威圧感がすさまじい。

「あ、礼都だ」「おはよう、礼都」

沢野さんと高村さんが顔を輝かせる。礼都は彼女たちに「おはよう」と返すと、僕の目の前で足をとめた。

「いまここでガッツポーズしてくれないか、グンシ？」

「——断る。弁護士になるまで楽しみに取っておきたいからね」

「いつもの僕ならどう応じるか」を考え、答えを返すまでに微妙な間が空いてしまった。礼都はそれに気づかなかったのか、笑いながら言う。

「残念だな。じゃあグンシが弁護士になるために、俺が勉強を教えてやるよ」

「礼都がグンシに教えられることなんてあるわけないじゃん」

沢野さんが右手で、礼都の二の腕をぱしぱしたたく。

「痛《いて》え！　骨が折れた！」

僕は「また始まった」と言わんばかりに首を横に振りつつ、わざとらしく痛がる礼都の双眸《そうぼう》をそっと見遣《みや》る。

目尻の切れ込みが深く、瞳の色は青。祖母がアメリカ人である影響らしい。礼都は「この目のおかげでモテて困る」と、ことあるごとに自慢している。

だから昨夜も、目出し帽から覗く双眸と同じだと一目でわかった。

＊

昨夜の午後九時半ごろ。

塾の帰り、いつもどおり寄り道した僕は、家に向かって自転車を走らせていた。強く冷たい風が、容赦《ようしゃ》なく吹きつけてくる。この街は多摩川沿いにあるせいか、冬はこういう日が多い。ペダルを漕ぐ足を自然と速くして、大通りから裏道に入った。街灯が少なく夜は薄暗いが、家への近道だ。

母は疲れて寝ているだろうから、できるだけそっとドアを開けて、風呂を沸かして……と家に帰ってからすることを頭の中でまとめていると、前方から悲鳴が聞こえてきた。なんだ？　ペダルを漕ぐ足をさらに速くして角を右に曲がる。悲鳴の発生源は、四、五メートル先、街灯の下だった。自転車に乗った男性が黒いバッグを引っ張り、女性がそれを必死の形相でつかんでいる。

ひったくりの現場だと理解したときにはもう、男性は女性を突き飛ばしていた。その拍子に、男性がかけていたサングラスがアスファルトに落ちる。

「待って！　バッグだけでも返して！　お願い！」

倒れ込んだ女性の叫びにはなんら反応せず、男性はサングラスを拾い上げた。その顔が、僕の方に向く。黒い目出し帽を被っているので容貌はわからない。でも双眸は、はっきり見て取れた。目尻の切れ込みが深く、瞳の色は青。

——宇佐美礼都。

その名が頭に浮かぶのと同時に、僕は咄嗟《とっさ》に自転車をUターンさせて走り去った。

裏道を自転車で闇雲に走った後、やはり女性が心配になって現場に戻った。礼都の姿は既にない。騒ぎを聞きつけたのか男性が二人いて、蹲《うずくま》る女性に「大丈夫ですか」「救急車を呼びましたから」などと声をかけている。ひとまず安心してよさそうだが、女性は突き飛ばされた拍子に怪我をしたようで、左手で右肩を押さえていた。俯《うつむ》いた顔は、長い黒髪に覆われてはっきりとは見えないが、きっと苦痛で歪んでいる。僕がすぐに救急車を呼ぶべきだった。

「ごめんなさい」

口からこぼれ落ちた一言は、思いのほか大きく響いた。男性たちがそろってこちらを振り返る。僕は素知らぬ顔で、再びその場から走り去った。

＊

沢野さんたちと一緒にはしゃぐ礼都を残し、僕はトイレに行った。

昨夜からずっと、自分がどうするべきかを考えている。

あの双眸は、確かに礼都のものだった。どうしてひったくりなんてしたのだろう？　家に金がないという話は聞いたことがないのに。動機は見当もつかないが、放ってはおけない。一連のひったくりがすべて礼都の仕業なら、また新たな被害者が出るかもしれない。すぐ警察に通報するべき——と頭ではわかっていても、迷いが生じる。

僕の傍には街灯がなかったから、礼都は目撃者がいたことに気づいていないか、気づいていたとしても、僕だとはわからなかったのかもしれない。だからさっきは、普段どおりに話しかけてきたのかもしれない。それなら警察が礼都に容疑をかけても、僕が証言したとは思うまい。

でも、もし僕が証言したと知られたら。礼都が犯行を否定して、逮捕されなかったら。その場合、起こる事態は……。

迷いを消せないまま用を足しているとトイレのドアが開き、礼都が入ってきた。礼都は、僕以外は誰もいないことを確認するようにすばやく周りに視線を走らせてから口を開く。

「グンシ、今日はいつもと様子が違くないか?」

「そんなことはないけど。どうしてそう思うの?」

「さっき俺が話しかけたとき、返事をするまでちょっと間があったから」

気づかれていたのか。礼都を甘く見ていた。

「気のせいだよ」

僕は軽く受け流し、洗面台に移動して手を洗う。礼都は僕の真後ろに立つと、頭上から声を降らせてきた。

「昨日の夜、グンシはどこでなにをしてた?」

手が一瞬とまる。こんな質問をしてくるとは。間違いなく礼都は、目撃者がいたことにも、それが僕であることにも気づいている。

僕が犯人は礼都だと、見て取ったことにも。

さっきは普段どおりに話しかけてきたようで、僕にさぐりを入れていたんだ。

「塾に行って、帰ってから勉強して、日付が変わる前には寝たよ。いつもどおりの夜だった。誰かに話すようなことは特にない」

自分が見たものを警察に話すつもりがないことを、遠回しに伝える。本当は迷っているのだが、ひとまずこの場をやりすごさなくては。

手を洗い終えて振り返った僕を、礼都は黙って見下ろし続ける。昨夜は、僕が警察に駆け込むのではと気が気でなかったはずだ。なのに堂々と胸を張った姿からは、それが微塵も感じられない。僕は目を逸らしそうになるのを堪えて、礼都の青い瞳を見上げ続ける。

たっぷり十秒は経ってから、礼都は過剰なほど明るい笑顔になった。

「よくわかった。グンシは不確かなことを誰かに話して、周りに迷惑をかける奴じゃないもんな。そんなことをしたらトラブルになって、大事な大学受験のチャンスがつぶれるもんな」

いまの言葉を意訳すると、こんなところだろう。

――お前が警察になんと証言しようと、目しか見てないんだから、俺は断固として犯行を否定する。クラスの連中には、グンシが警察にデマを流したんじゃないかと言いふらす。沢野や栗原たちは俺の言うことを鵜呑《うの》みにするから、お前はセンパイと同じ目に遭う。そうなったら、受験勉強どころじゃなくなるぞ。

僕の証言がきっかけで決定的な証拠が見つかり、警察が礼都をすぐに逮捕する可能性もゼロではない。でも礼都は、僕がそんな賭けに出るはずがないと断じたのだろう。

僕が大学受験をなによりも優先していることを、よく知っているから。

「そうだね」

ご期待に添った答えを返す。

「いまは受験勉強に集中したい。それが終わるころには、妙なものを見ていたとしても全部忘れてるよ。覚えていたとしても、一年以上も前のことなんて信じてもらえないだろうし、ずっと黙っていたなんて心証も悪いから、人に話すこともない。でも妙なことがまた起こったらさすがに落ち着かなくて、誰かにしゃべるかもしれない」

意訳すると「受験勉強のために黙っている。でも、またひったくりをしたらさすがに警察に話す。もうやめろ」となる。

「よくわかった。さすがグンシは、川崎第一《カワイチ》高校の軍師だな」

礼都はいかつい肩を揺らし出ていった。用を足さなかったから、僕と話をするために追いかけてきたのだろう。残された僕は、洗面台の前から動けない。

傍目には、僕はクラスメートの犯行を黙っている臆病者に見えるに違いない。

でも、相手は礼都なのだ。仕方ないじゃないか。


トイレの後も、礼都はことあるごとに声をかけてきた。特になにか言われたわけではないが、「余計なことを言うな」というプレッシャーをかけているとしか思えない。

話さないと言ってるのに……。うんざりした僕は、帰りのホームルームが終わるなりすぐ教室を出ようとした。その寸前、学年主任の飯塚《いいづか》が教室を覗き込み、女性にしては低い声で呼びかけてくる。

「黒山くん、図書室のことで話があるから来て」

僕は図書委員なので、こういうことは珍しくない。「はい」と返事をすると教室を出て、飯塚の後に続いた。図書室は一つ上のフロア、三階にある。でも飯塚は、階段を下りた。

「図書室に行くんじゃなかったんですか」

「ほかの生徒の前だから嘘をついた。本当は、校長室に来てほしいの」

「どうしてです？」

僕が訊ねても、飯塚は振り返りもしない。

校長室の前まで来た。引き戸をノックしてからスライドさせた飯塚が、中に入るよう目で促してくる。怪訝《けげん》に思いながらも従った僕を待っていたのは、ソファに腰を下ろした二人組だった。

一人は、胸板の厚い、格闘技でもやっていそうな体格の男性だった。機嫌が悪いらしく、唇を真一文字に結んで僕を睨《にら》みつけてくる。

向かって左隣には、男性とは対照的に華奢な女性がいた。肩口で切りそろえた真っ直ぐな黒髪が、艶やかで眩しい。僕と目が合うと、女性は微笑んだ。初対面なのにもう何度も会っているかのように親しげで、それでいて押しつけがましさや図々しさがまるでない、僕がこれまで目にしたことがないタイプの微笑みだった。

印象はまるで違うが、二人ともきっちりしたスーツを着ている。何者だろう？

「ここに座りなさい」

二人組の向かいのソファに腰を下ろした校長が、自分の右隣を指差す。言われたとおりにする僕を残し、飯塚は巻き込まれるのはごめんとばかりにさっさと校長室から出ていった。

この学校の教師は、みんな大体あんな感じだ。

男性が僕に一礼する。

「黒山弘明くんだよね。来てくれてありがとう。神奈川県警の真壁巧《まかべたくみ》です」

警察か。ドラマ以外で見るのは初めてだが、体格と顔つきの印象から即座に受け入れることが

できた。でも、

「同じく仲田蛍《なかたほたる》です」

女性が口にした言葉には戸惑った。この人も警察？　いま着ているパンツスーツよりも、フリルのたくさんついたスカートの方が似合いそうな雰囲気なのに？

「失礼ですが、名刺を見せてもらっていいですか」

「こら、黒山！」

校長の叱責が飛んできたが、意に介さず続ける。

「警察も普通の社会人と同じく名刺を持ち歩いてると、本で読みました。念のため、見せてください」

真壁さんの目つきが、一際《ひときわ》険しくなった。当然の要求をしただけなのに、生意気なガキだと思われたのだろうか。怯《ひる》みかけたが、仲田さんが取りなすように言った。

「最初から見せるつもりだったよ――ですよね？」

仲田さんは真壁さんに顔を向けると、にっこり微笑んだ。その途端、真壁さんは目尻を下げ、唇の両端を持ち上げる。

「もちろんだよ」

口調も急にやわらかくなった。ということは、この表情はどうやら笑顔らしい。学習を始めたばかりのＡＩが描いたような、ぎこちない笑顔ではあるが。

機嫌が悪かったわけではなく、顔がこわいだけなのかもしれない。

真壁さん、仲田さんの順に名刺を手渡してくる。肩書きは、真壁さんが県警本部刑事部捜査第一課、仲田さんが多摩警察署生活安全課だった……って、生活安全課？

「昨日の夜九時半ごろ、君はどこでなにをしていたかな？」

名刺に視線を落としたままの僕に、真壁さんは訊ねてきた。僕は気づかれないように息を吸い込んでから、視線を上げる。

「どうしてそんなことを知りたいんですか？」

「詳しくは言えないが、捜査の一環でね」

「わかりました。その時間なら、塾から帰る途中だったと思います」

「塾の場所は？」

スマホの地図アプリを起動して、場所を指し示す。真壁さんはそれをＢ５サイズのノートにメモしてから言った。

「昨日――二月二日の午後九時半ごろ、その辺りでひったくり事件があってね。現場から『ごめんなさい』と呟いて自転車で走り去る少年が目撃されている。証言と防犯カメラの映像から、その少年は川崎第一高校指定のコートを着ていたようなんだ。自転車の色は赤で、眼鏡をかけていたというから先生方《がた》に心当たりはないか訊いたら、君の名前があがった。どうだろう？　現場にいたのは君かな？」

そこまで情報が集まっているなら否定しない方がいい。でも、先に確認したいことがある。

「答える前に、一つ教えてください。この事件は、ひったくり犯が被害者に怪我をさせたから、窃盗ではなく強盗事件になったんですよね。だから、捜査一課の真壁さんが調べてるんですよね。窃盗なら、捜査三課が担当するはず」

「そうだよ。詳しいんだね」

「将来は弁護士になりたくて、警察の捜査や法律についても勉強してるんです」

二ヵ月もの間ひったくり犯を捕まえられないでいるうちに、負傷者が出てしまった。もはや所轄の多摩警察署だけには任せておけないから、県警本部の真壁さんが派遣されたのだろう。本部の刑事が来るとまでは思わなかったが、強盗事件として捜査されることは、昨夜の時点で薄々察しがついていた。でも仲田さんがいる理由はわからなくて、本人に訊ねる。

「どうして生活安全課の仲田さんが、強盗事件の捜査をしてるんですか？　生活安全課は、ＤＶの相談に乗ったり、子どもの非行対策をしたりする部署ですよね？」

「管轄で起こっている事件だから捜査に協力したくて、志願したの」

なぜ、畑違いの生活安全課の人が？　釈然としなかったが、真壁さんは構わず訊ねてくる。

「それで、どうなのかな？　昨日の夜、君は現場にいたのかな？」

「いました。騒がしいから妙に思って、様子を見にいったんです。女性が肩を押さえて蹲っていて、びっくりしました」

「すぐに自転車で走り去ったらしいけど、どうして？」

「もう救急車が呼ばれたようで、僕にできることはなさそうでしたから」

「『ごめんなさい』と呟いた理由は？」

「そんなこと言ったかな。普段から独り言が多いので、よく覚えてません」

「怪しい人影や犯人に関係していそうなものは見ていない？」

「はい、なにも」

「よく思い出してほしい。我々は被害者のために、一刻も早く犯人を捕まえたいんだ」

蹲った女性の姿が自然と思い浮かぶ。どれだけ痛くて、こわい思いをしただろう。考えただけで胸が痛くなるけれど、僕には僕の事情がある。真壁さんになんと言われようと、礼都のことを話すわけにはいかない。

「そう言われましても、なにも見てないんです」

「わかった。ところで、塾を出た時間は？」

「……九時十分くらいですね」

迷ったが、すなおに答えた。案の定、真壁さんは身を乗り出してくる。

「塾から事件現場までは、歩いても五分程度だ。自転車なら、もっと早く着くだろう。なのに君が目撃されたのは九時半ごろ。塾を出てから二十分近く経っている。どこでなにをしていたのかな？」

「塾の帰りはいつも、多摩水道橋の袂《たもと》で風に当たってクールダウンしているんです。昨日の夜もそうでした」

「いまは二月だ。クールダウンするには寒すぎるんじゃないか」

「寒いのが好きなんです」

そう答えるしかない。さすがに妙に思ったのか、ずっと黙っていた校長が口を挟んできた。

「知っていることがあるなら、刑事さんたちにすなおに話した方がいいぞ」

「そう言われても、全部話してますよ」

本音を隠すため、困った顔をする。真壁さんはノートに取ったメモを読み返してから頷いた。

「わかった。どうもありがとう。思い出したことがあったら、名刺に書いてある番号に電話をください」

電話することは絶対にないが、「はい」と答えておく。真壁さんは頷くと、仲田さんに顔を向けた。

「君からは、なにかあるか？」

仲田さんは答えず、僕を真っ直ぐに見つめてくる。事件の捜査をしにきたとは思えないほどやわらかい、それでいて、僕の迷いを見透かしているかのような眼差しだった。

不意に、自分が目にしたものをすべて、洗いざらい話してしまいたい衝動が湧き上がる。

——しっかりしろ。感情に任せて礼都のことを打ち明けたら、絶対に後悔するぞ。

自分に言い聞かせていると、仲田さんは視線を真壁さんに移し、首を横に振った。

「いいえ。いまは、もうないです」

真壁さんたちに自宅の場所と連絡先を教えて校長室を出た僕は、昇降口に向かって歩いた。仲田さんの眼差しが頭から離れないので、礼都の青い双眸を思い浮かべて無理やり上書きする。

その拍子に、羽柴《はしば》くんの潤んだ両眼に見つめられている気がした。

2

羽柴護《まもる》は、小柄であることと、髭が少し濃いことを除けば、取り立てて特徴のない外見をしていた。ただ、猫背気味で、声が小さい。そのせいで男子には「弱そう」と正面切ってからかわれ、女子には陰でくすくす笑われていた。

それ以上のことをされるようになったのは、一年生の夏休み明けからだ。

「羽柴って、俺たちより一つ年上なんだって？」

新学期初日、礼都が歌うような口振りで羽柴くんに声をかけた。

羽柴くんは中学三年生のとき、交通事故に巻き込まれ長期入院を余儀なくされた。後遺症は残らなかったし、卒業はできたものの、高校受験はできず浪人。翌年、川崎第一高校を受けて合格し現在に至る——という経緯を、礼都は夏休みの間に知り合った羽柴くんの元同級生から聞いたという。

そのことを礼都が捲《ま》し立てている間、羽柴くんは席に着いたまま、耳を真っ赤にして俯いていた。

「これからは羽柴のことを『センパイ』と呼ぶよ。よろしくな、センパイ」

礼都が恭《うやうや》しく敬礼までしたときは、正直、驚いた。うちの高校は六月の体育祭で、学年に関係なくクラス対抗の応援合戦が開催され、教師陣の投票で優勝を決める。当然、まだ高校生活に不慣れな一年生は不利だ。そんな中、陸上部で足が速く、入学早々目立つ存在だった礼都は、クラスのまとめ役を買って出た。応援の衣装や振付、台詞《せりふ》回し、ＢＧＭなど細部に至るまでクラスメートたちと話し合って決め、見事に準優勝。一年生のクラスとしては初の快挙を成し遂げた。遺憾なく発揮されたリーダーシップと彫りの深い顔立ちが目を引き、体育祭の後は女子から立て続けに告白され、彼女ができたという噂だ（すぐに別れたらしいが）。本人が「瞳が青くなかったら寄ってくる女が少なくて済むのになあ」とこれ見よがしにため息をついていたから、デマではないだろう。

そんなクラスどころか学校の人気者が、こんな子どもじみたことをするなんて。

僕以外のクラスメートもそう感じたに違いない。礼都なら、その空気を察すると思った。

でも礼都は、その後も羽柴くんを「センパイ」と呼び続けた。「昨日はなにをしてらっしゃいましたか、センパイ」「お疲れさまでした、センパイ」と敬語を使って小ばかにしたり、「センパイの髭が濃いのは年上だからだったんですね」と身体的特徴をいじったりするようにもなった。

「羽柴は『センパイ』というキャラが確立されて、おいしいと思ってるんだよ」

礼都は羽柴くんがいようといまいと関係なく、そんなことまで言い始めた。それだけではなく、「川崎第一《カワイチ》高校の軍師から見てもそう思うだろ？」と僕のお墨つきまで得ようとしてきた。

そんなわけないだろう、と否定したかった。羽柴くんが喜んでいるなら、「ははは……」とごまかし笑いを浮かべるだけで済ませず、もっとノリのいいリアクションをするはず。

でも、いじめと言うほど大袈裟《おおげさ》ではないし、正直に指摘して礼都が機嫌を損ねたら、僕までターゲットにされかねない。かと言って礼都に同意して、羽柴くんの恨みを買うのも面倒だ。

だから「キャラが確立するまでには数年単位で時間がかかるよ」と、どうとでも取れる答えでやりすごした。僕には法学部に合格して、弁護士になるという目標があるのだ。巻き添えを喰らって時間を無駄にするわけにはいかない。

もう高校生なのだから、この程度のこと、嫌なら羽柴くんが自分でなんとかしてほしいという思いもあった。

その後も僕は、礼都から同意を求められても当たり障《さわ》りのない答えを返し続けた。一方で、羽柴くんに対し礼都と同じような態度で接するクラスメートは、男女関係なく増えていった。彼らは口々に「センパイも楽しそうだから」「年上だからって気を遣わない方がいいから」などと、羽柴くんのためであることを強調した。自己暗示をかけているようにしか見えなかったが、僕も空気を読んで、本人がいないところでは「センパイ」と呼ぶようにした。

それがすっかり日常と化して数ヵ月経った、十二月のある日。

羽柴くんは寝坊したらしく、髪は寝癖がついたまま、髭は口の周りにぽつぽつ生やしたまま登校してきた。息を切らして席に着く羽柴くんのもとに、礼都がにやにやしながら近づいていく。

「おはようございます、センパイ。今日は一段とワイルドですね。沢野も高村も『ほれちゃう！』と言ってますよ」

窓際に立っていた沢野さんと高村さんが「勝手に決めんな」「でも動物園で眺める的な意味ならありかも」と甲高い声で言うと、クラスの方々から笑い声が起こった。僕は廊下側の自席でノートに視線を落としながら、羽柴くんの横顔をそっとうかがう。「ははは……」とごまかし笑いを浮かべているのはいつものことだが、寝癖と髭のせいか、いつもより滑稽だった。

「センパイ、ワイルド記念に写真を撮らせてもらいますね！」

礼都が羽柴くんの返事を待たず、スマホのシャッターを押す。次いで沢野さんたちの傍に行くと、スマホを掲げた。

「この写真、後で転送しておくわ」「いままでで一番コラに使えそうじゃん」「ウケる」

礼都たちが話しているところに、栗原と中嶋も寄っていく。

「昨日の数学の宿題、わかった？」

僕は隣に座る、自分より成績が悪い女子にノートを見せて訊ねた。


クラスメートの羽柴くんへの接し方は変わらないまま、二年生になった。クラス替えはあったが、僕はまた羽柴くんと同じクラスになってしまった。礼都だけでなく、栗原と中嶋、沢野さん、高村さんまでいる。この顔ぶれを見て予想したとおり、羽柴くんは一年生のときと同じ扱いを受けた。新しいクラスメートも、すぐこれに加わった。

羽柴くんの写真を撮る生徒も、なぜか増えた。

三年生になったらまたクラス替えがあるので、今度こそ礼都たちと別のクラスになれるかもしれない。来年の始業式は四月六日。わざわざカレンダーアプリに登録したその日まであと何日か連日数えつつ、僕は当たり障りのない態度を取り続けた。巻き添えを喰らわないようにするのが億劫《おっくう》だったが、大袈裟に騒ぎ立てるほどのことではないから、それで乗り切れると思っていた。

でも二年生になってから一ヵ月ほどすぎた、五月五日。

ゴールデンウィーク最後の日、僕は駅近くのファストフード店で数学の問題集を解いていた。フライドポテトを食べながら勉強するのは、僕にとって月に一度の贅沢だ。

窓際の席でノイズキャンセリングのイヤホンをつけ、環境音を流しながら問題集とノートを広げる。この店は、休日は一時間を目処《めど》に出なくてはならない。時間がかぎられている分、集中できていい。

なのにノイズキャンセリングではかき消せないくらい大きな笑い声が、入口の方から響いてきた。眉をひそめ柱の陰からうかがうと、レジに並ぶ列から少し離れたところに、礼都と栗原、中嶋の三人が、羽柴くんを取り囲むように立っていた。三人とも長身なので、猫背の羽柴くんが余計に小さく見える。

イヤホンをはずして聞き耳を立てると、礼都の声が鼓膜に届いた。

「じゃあ今日は、センパイの奢りってことで」

「でも……僕だって、そんなにお金があるわけじゃ……」

「年上なんだから俺らより金持ちでしょ。それに今日は、俺の誕生日なんです。お祝いってことで、一つよろしくお願いしまーす」

「宇佐美くんは、先月も誕生日だと言ってた気が……栗原くんたちもプレゼントを贈ってて……だから、それを僕がプレゼント……」

羽柴くんが礼都の左手首へと、ぎこちなく視線を向ける。そこには、バンドの色が瞳と合わせたように青いスマートウォッチが巻かれていた。

「ああん？」

礼都が握りしめた右拳を掲げる。その瞬間、羽柴くんは条件反射のように両手で自分の腹部を覆った。それを見た礼都は、羽柴くんの肩をばしばしたたいて笑う。

「細かいことは言いっこなしですよ、センパイ。じゃ、俺はトリプルバーガーのセット。飲み物はメロンソーダね。ゴチになりまーす」

ほかの二人も「ゴチでーす」「あざまーす」などと前置きして、羽柴くんに口々に注文を伝える。スマホに必死にメモを取る羽柴くんを残し、礼都たちは店内に歩いてきた。顔を伏せた僕は、席に着いてから二十分も経っていないが問題集とノートを鞄にしまう。奥の席に座った礼都たちは、話に夢中でこちらに見向きもしない。それでも、できるだけ音を立てず席を立った。

この店の支払いを無理強いしただけでなく、スマートウォッチまで買わせたなんて。高校生が気軽に買える代物じゃない。完全に「いじめ」だ。それどころか、恐喝罪が成立する。礼都が拳を掲げたときの反応から察するに、羽柴くんが暴力を振るわれ慣れていることも間違いない。

いじめと言うほど大袈裟ではないと思っていたのに、ここまでエスカレートしていたとは想定外だった……いや、本当にそうか？　礼都たちが羽柴くんの写真をコラに使うと盛り上がっていたとき、僕は、あれ以上聞いたらエスカレートしていることを認めざるをえなくなると無意識のうちに思って、隣の女子に宿題の話を振ったのではないか？　羽柴くんの写真を撮る生徒が増えていたのだって、「なぜか」もなにもない、コラで盛り上がっていることは考えるまでもなくわかること……。

でも僕は受験勉強に集中しなくてはいけないのだから仕方がない。それにここまでされているなら、羽柴くんが進んで被害を訴えるべきだ。れっきとした犯罪だから、警察も動きやすいだろう。羽柴くんにとって、却《かえ》ってよかったとさえ言える。

僕はこのまま、なにもしなくていい。

自力で解決すれば羽柴くんの自信につながるから、むしろ、なにもしない方がいい。

まだ残っているフライドポテトとホットティーをゴミ箱に捨て、店の外へと歩を進める。その最中《さなか》、背中を見られている気がした。振り返るなという思いとは裏腹に、首が勝手に後ろを向いてしまう。

羽柴くんの潤んだ両眼と、視線が合った。

僕は気づかなかったふりをして視線を店内のポスターに向けると、視力が低いのでよく見えてもいないのに「へえ」と呟き、ファストフード店を出た。

ゴールデンウィーク明けから、羽柴くんは学校に来なくなった。そのことに関して、担任教師はなにも言わない。礼都たちは、教師の前でも羽柴くんを「センパイ」呼ばわりして笑っていたのに。

保護者が抗議に来た様子もないから、羽柴くんもいじめについて黙っているのだろう。「いじめられた」と親に打ち明けられない気持ちは、なんとなく察しがつく。

クラスメートたちの方は、話し声が大きくなり、よく笑うようになった。これまで親しくなかったグループ間の会話も増えた。みんな、「こんなに仲がいいクラスなんだから、学校に来なくなった羽柴くんが悪い」と思いたいのか、「羽柴くんに代わるターゲットにされたくないから、和を乱さないようにしなくては」と焦《あせ》っているのか、その両方か。

そんな風にクラスを眺める僕もまた、みんなと同じように振る舞っている。でも時折、なにかの拍子に、ファストフード店で遭遇した羽柴くんの潤んだ両眼に見つめられている気がする。そういうときは、クラスメートと話すどころか、顔を合わせるのも嫌になる。

それさえやりすごせば、僕はトラブルのない高校生活を送り、受験勉強に集中できるはずだった。

＊

昇降口では、礼都が壁に背を預け立っていた。栗原と中嶋だけでなく、沢野さん、高村さんも一緒だ。礼都は僕に気づくと、軽く手をあげた。

「おー、解放されたか、グンシ」

「なにしてるんだ？」

「グンシを待ってたんだよ。飯塚は図書室のことと言っておきながら一階に下りていったみたいだから、どうしたのかと思ってさ。みんなで心配してたんだぞ」

「でも、部活は？」

ここにいる五人は、各自なんらかの部活に入っている。沢野さんが、茶色く染めた髪を振り乱さんばかりの勢いで首を横に振った。

「グンシになにがあったかわからないから集まっておこう、って礼都に言われたの。部活なんて休んじゃったよ」

「それはどうも」

僕は軽く頭を下げながら、内心でぞっとしていた。羽柴くんが学校に来なくなってから、沢野さんたちが礼都の言うがままに動くことが増えた気がする。特に沢野さんは、礼都にべったりだ。礼都は前々から「沢野は俺にほれてるな。告ってきたら相手にしてやるか考えよう」と得意げに話していたが、最近はそれ以上のものを感じる。

「で？　どこに行って、なにを話してたんだよ？」

礼都が、四人を背にするような位置に立って見下ろしてくる。僕は、気づかれないように一度唾を飲み込んでから言った。

「校長室に連れていかれたんだ。警察がいて、塾の帰りにひったくりを目撃しなかったか訊かれた。事件現場が、僕の帰り道の傍だったらしい」

「嘘？　すごい！」

別にすごくもなんともないのだけれど、高村さんが興奮気味に叫ぶ。礼都は「へえ」と驚きの声を挟んで言う。

「それでお前は、なんて答えたんだ？」

動揺が微塵も感じられない疑問形だった。純粋に、友だちが事件を目撃したのかどうか知りたがっているようにしか聞こえない。僕を見下ろす双眸は、目出し帽から見えたものと間違いなく同じなのに。

「なにも見てないから、そう答えたよ」

今度は、二度唾を飲み込んでからでないと言えなかった。

そのまま礼都たちと下校した。礼都と中嶋は近所に住んでいるので僕と同じ自転車通学、ほかの三人は電車通学なので駅に向かう。話題は、僕に会いにきた警察のことが中心だった。

一人は体格がよくて顔がこわい、いかにも刑事然とした男性だったけれど、もう一人はフリルのたくさんついたスカートが似合いそうな雰囲気の女性だったことを話すと、礼都ですら純粋に驚いたようだった。沢野さんと高村さんは、その女性——仲田さんについて「美人だった？」「彼氏はいそうだった？」など、僕には答えようのないことを根掘り葉掘り訊いてくる。

傍目には、高校生の仲よしグループに見えたことだろう。

駅で沢野さんたちを見送る。礼都と中嶋とは、その先にある踏切の傍で別れた。

「じゃあ、グンシ。また明日」

去り際、礼都が言った。なにげない挨拶に聞こえる。でも礼都が僕に「明日」なんて言ったのは、初めてだ。

「じゃあね」

僕の方は「明日」と口にできず、すぐに自転車のペダルを漕いだ。

今夜、母は工場で夜勤なので、明日の朝まで僕は家に一人だ。アパートの壁が薄く、隣の物音が聞こえるので塾の自習室に寄ろうかと迷ったが、真っ直ぐ帰ることにした。自習室で勉強していると、「毎日塾の授業を受けたいのに金がない」という現実が見えてしまう。

アパートに帰ると、流しに積まれたままの食器を洗った。僕と母、二人分の食器しかないことには、随分前から慣れている。

父と母が離婚したのは七年前だ。原因が父の浮気であることは、子ども心にも察しがついた。それなのに父は「もともと性格が合わなかった」「夫婦関係はとっくに破綻していた」と主張し、自分の非を認めようとしなかった。

母はどうしていいかわからず、おろおろするばかりだった。僕はそんな母を見るのが辛くて、不安で、毎日泣きそうになっていた。

でも母の友人が紹介してくれた弁護士が間に入ってくれたおかげで、父は慰謝料と、毎月決まった養育費を支払うことになった。具体的な金額は聞いていないが、多くはなさそうだ。それでも家計の助けにはなったし、なにより、僕と母の気持ちが救われた。

僕もこんな風に、困っている人を助ける弁護士になりたい。その決意が自然と芽生え、それから必死になって勉強した。下から数える方が早かった成績は急上昇し、中二のときにはそこそこ以上の高校を狙える学力にまで達した。

でも母に、こう頼み込まれたのだ。

――我が家の家計だと、遠いところや私立は厳しい。家から通える公立にしてほしい。それだと合格圏内にある学校は、川崎第一高校しかない。偏差値は中の下だが、涙ぐんで頭を下げる母を見ていると頷くしかなかった。

川崎第一高校に合格した後、バイトを始めて、卒業したら就職するべきではと思ったが、母は「奨学金を借りれば大学には行けるから進学しなさい。いまは勉強をがんばって」と背中を押してくれた。甘えることにしたものの、父と暮らしていたころと違ってまともに化粧もせず、休みの日に出かけることもなくなった母を見ていると躊躇《ためら》いが生じた。浪人してでも法学部に入りたかったが、そんな余裕もなさそうだ。かといって、弁護士になることをあきらめたくもない。

迷った末に、「一度だけ大学受験する。だめだったら進学はあきらめ、バイトしながら就職活動する」と密かに決意した。

最終学歴に関係なく、予備試験に合格して受験資格を満たせば司法試験を受けられる。大学に行かず就職したとしても、僕はそのルートで弁護士を目指すつもりではいる。とはいえ、法学部出身でない者の司法試験合格率は低いのが現実。

だから僕は絶対に法学部に、それも最小限の奨学金を借りるだけで通える国公立大学の法学部に、一発で合格しなくてはならない。可能なら司法試験にも一発合格して、母を安心させたい。そう思って、部活にも入らず必死に勉強してきた。母や教師には「受験に失敗したら浪人する」と言ってあるが、クラスメートたちには本当のことを公言し、自分を追い込んでもきた。

勉強に支障を来さないよう、トラブルを避けて高校生活を送ることも忘れなかった。「勉強最優先のクールキャラ」を徹底して演じているのは、その一環だ。一部のクラスメートからは嫌な顔をされたが、気にしていられなかった。

そこまでして積み重ねてきた時間を無駄にしないためにも、あと一年、さらに必死にならなくては。

「でも人を助けるために弁護士を目指しているのに、羽柴くんは助けなかった」

ふとよぎった思いが、独り言となって口を衝《つ》いて出た。聞こえなかったふりをして自分の部屋に入り、机に向かって問題集を広げる。隣は、今日は静かだった。でも礼都の「また明日」という一言が頭から離れず、集中できない。あれは「余計なことを言わないように明日以降も圧力をかける」という宣言だろう。

「警察に話したら、僕も羽柴くんと同じ目に遭うんだろうな」

僕は羽柴くんと違って浪人していないから「センパイ」と呼ばれることはないし、髭が濃くもない。でもいじめのネタなんて、いくらでも見つけられる。家に金がないことや勉強最優先であることなんて、恰好の材料だ。敬語を使って小ばかにすることも、なんの準備もなくできる。

羽柴くんと同じような目に遭わされている自分。その姿を少し思い浮かべただけで、身体の芯が熱くなった。

3

次の日。

「あー、もう。進路とか考えるの面倒くさい！」

朝のホームルームが終わった途端、隣の席で女子が息をついた。手には、担任教師から配られた進路希望調査票が握られている。来週中に必要事項を書き込み、提出しなくてはならない。

「グンシくんはもう決まってるんだよね」

「もちろん。弁護士一択」

僕が掲げた進路希望調査票には、既に〈弁護士以外考えていないので法学部を受験〉と書いてある。女子は、それをまじまじと見つめて言う。

「相変わらず、きれいだけど小っちゃい字だなあ」

「その方が、シャーペンの芯が減りにくいから」

「うわ、さすが」

そんな会話を交わしている最中、栗原、中嶋と連れ立って僕に向かってくる礼都を視界の片隅にとらえた。今日も朝から、脅しをかけてくるつもりか。別に聞きたいわけではなかったが、彼らの話し声が耳に入ってくる。

「進路かあ。もうそんなことを考える年齢か。礼都は子どものころ、なにになりたかった？」

「知らねえよ。子どものころのことなんて、いまは関係ないだろ」

礼都が吐き捨てるように言うと、栗原はぴたりと口を閉ざした。中嶋も半歩下がる。よほど機嫌が悪いのか。昨日は余裕ぶっていたが、やはり僕が警察に証言するかもしれないと苛立《いらだ》っているのか。なんにせよ、キレ方が理不尽すぎる。面倒に思っていると、礼都は僕の机に両手をついた。

「おはよう、グンシ。今日もいつもと変わりないか？」

「ああ。昨日とまったく同じだよ」

「昨日から心変わりしていないので警察に話すつもりはない」という意味に取れる言い方をすると、礼都は肩を揺らして笑った。

でも双眸は、心なしか鋭い。

僕は鞄から水筒を取り出すと、キャップを開けた。中身は冷たい麦茶だ。

「本当にグンシは、いつも冷静で——うおっ！」

言葉の途中で礼都が身体を引く。僕の手から滑り落ちた水筒の中身が飛び散り、手首にかかったせいだ。女子も驚きの声を上げる中、僕はしどろもどろになって言った。

「ご……ごめん」

「グンシ、お前、礼都になにしてるんだよ」

「びしょびしょじゃん」

僕の謝罪に重ねるように、栗原と中嶋が大声を出す。

「いや、いいよ、別に。グンシだって、そういうドジをすることはあるよな」

礼都はスマートウォッチをはずすと、ポケットから取り出したハンカチで手首を拭き始めた。

双眸からは明らかに力が抜け、僕を揶揄《やゆ》するように細くなっている。栗原たちは戸惑っていたが、僕には理由がよくわかった。

僕が動揺して水筒を落とした、即ち、脅しが効いていると思っているんだ。

「袖まで濡れちゃったけど、大丈夫？」

「大丈夫だってば」

そう言われても僕は立ち上がり、礼都のブレザーの袖にハンカチを当てた。礼都がスマートウォッチを嵌《は》め直す。セキュリティーのため、一度手首からはずしたスマートウォッチを操作するにはパスコードを入力しなくてはならないことがある。礼都が四桁のパスコードの下二桁に０５と打ち込むのが見えた。

「本当にごめん」

ハンカチを動かしながら出した声は、自分でも情けないほどかすれていた。


帰りのホームルームが終わると、僕は今日こそはとすぐに校舎を飛び出し、自転車置き場に向かった。礼都は部活があるから追ってこない。でも今日も一日、何度も沢野さんたちと一緒に傍に来て、僕を話の輪に加えてきた。もちろん目的は、圧力をかけることだ。こんな毎日が続くかと思うと気が滅入る。警察に証言しなくても、受験勉強に支障を来《きた》す気さえしてくる。

「とにかく、まずは始業式まで耐えることだ」

「黒山くん」

その一言とともに、黒いコートを羽織った女性が僕の右隣に現れる。一瞬、誰かわからなかったが、昨日、校長室で話をした警察官——仲田さんだった。背筋をぴんと伸ばしているものの、身長が僕の肩より少し上くらいしかない。たぶん、一五〇センチちょっと。間近で見ると華奢であることが改めてわかったし、こんな体格で捜査なんてできるのだろうか。

「こんにちは。どうしたんですか、仲田さん？」

「黒山くんに会いにきたら、ちょうど校舎から出てくるところを見かけたの。いま、独り言を言ってたよね。始業式って、今度の四月のこと？　それまで、なにに耐えるの？」

「三年生になったらクラス替えがあるんですよ。いまのクラスメートが嫌いなわけじゃないけど、新しい環境が待ち遠しいんです」

我ながら苦しい言い訳だ。独り言は、母が仕事を掛け持ちするようになり、一人の時間が増えてから癖になっている。気をつけないと。

仲田さんは納得していないかもしれないが、無理やり話を逸らす。

「それより、僕になんの用です？」

「歩きながら話してもいい？」

「構いませんけど、真壁さんは？　警察って、二人一組で行動するんじゃないんですか？」

「今日は別行動を取ってるの。二人だけで話しましょう」

自転車を押しながら、仲田さんと並んで歩く。大人の女性と一緒にいるところを見られたら妙な噂が立つかもしれないから、まだ下校する生徒が少ない時間帯でよかった……でも仲田さんは「大人の女性」と言うには若く見える。何歳くらいなんだろう？　そっと横顔をうかがう。

ぱっちりとした、大きな目だった。唇は、厚みはないけれどやわらかそう。顔にしわやほうれい線もないし、二十歳くらいか。なら、僕と三、四歳しか違わない。なんだか頬が熱くなってきたが、待て。警察官は、交番勤務を何年か経験してからでないと私服警官になれないはず。志願して捜査に加われるくらいだから、生活安全課に配属されて何年か経ってもいるのだろう。ということは、どんなに若く見積もっても二十代半ば？

仲田さんが僕を見上げる。目がばっちり合ってしまい、どきりとする。

「黒山くんは、本当は強盗犯を目撃していて、誰なのかもわかってるんじゃない？　『ごめんなさい』と言ったのは、一度現場から逃げ出してしまったからなんじゃない？」

前置きなく核心を突かれた。今し方とは違う理由でどきりとしたが、好奇心に動かされているふりをして訊ねる。

「なにを根拠に、そんな突拍子もない発想になったんです？」

「黒山くんは、自分が疑われることを心配していないように見えたから」

え？

「現場から走り去る姿を目撃されたと警察に言われたら、普通は自分が犯人にされるかもしれないと不安になるよ。でも黒山くんはそういう心配を一切せず、真壁警部補の質問にはきはき答えていた。だから、いざとなったら犯人が誰かを証言できるのではないかと思った」

昨日、仲田さんが僕を見つめていたのは、この疑いを抱いていたからだったのか。

「そこまで深く考えてなかっただけですよ」

「そうかもしれないね。でも被害者の証言を踏まえると、別の可能性も見えてくる。

被害者は、犯人が目出し帽を被っていて、押された拍子にサングラスが落ちたと言っているの。被害者には犯人の目を見る余裕がなかったそうだけど、あなたは見たのかもしれない。顔は目出し帽で覆われているのにそれだけで誰かわかったのは、犯人の目に特徴があるからかもしれない。

そう考えて、黒山くんの周りに該当する人がいないか調べることにした。あなたにとってその人は友だちで、かばっているかもしれないと思ったから、まずはクラスメートについて担任の先生に訊いてみた。目に特徴のある人はすぐに見つかったよ。ただ、あなたはその人とは、かばうほど親しくなさそうだった」

だから疑いは晴れたということなら、仲田さんが会いにくるはずがない。案の定、話は続く。

「先生に、あなたとほかの人との関係も訊いているうちに、不登校の生徒がいることを知ったの。事件のことは別にして、私は、その生徒――羽柴くんがどうして不登校になったのか気になった。先生は『わからない』の一点張りだし、学年主任の先生には『生徒たちの個性を見極めバランスよくクラス分けしているから、学校側に落ち度はない』と言い張られたけどね」

バランスよく、ね。勉強やスポーツの成績にクラス間で大きな差はないから、嘘ではないだろう。ほかに力を入れることがあるだろうに――いや、いまはそれどころではない。

「先生たちに訊いても埒が明かないから、羽柴くん本人に会ってきた。部屋のドア越しにだけれど、話はしてもらえたわ。高校生が不登校になる原因は、『無気力』が最も多いという調査があるの。でも羽柴くんは『せっかく入学したんだから、出席日数が足りなくて留年は決定的でも、行けるものなら学校に行きたい』と言っていた。それなら友だち関係で悩んでいるのか訊いたら、『みんな、僕のことを友だち扱いしていない』と言う。泣いているような声だったし、それ以上はクラスメートのことを話してくれなかったから、不登校の原因はいじめなんじゃないかと思った」

「羽柴くんはいじめられてたんですか？　いじられキャラなだけだと思ってたのに」

大人から羽柴くんのいじめについて訊かれたら答えよう、と用意していた台詞を、自然な口調で言えた。でも口の中に、苦いなにかが広がる。

「本当にいじめなのか、羽柴くんが話したくなさそうだったから確認はしていない。でも、彼をいじめていた生徒の中に目に特徴のある人がいて、あなたはその人から『証言したら羽柴くんと同じ目に遭わせる』と脅された——そういう可能性も考えはじめている」

仲田さんは慎重に言葉を選んでいるが、僕の周りにいる目に特徴のある人物——宇佐美礼都を犯人だと睨んでいることは間違いなかった。僕の態度と被害者の証言だけで、ここまで……。

仲田さんが足をとめた。つられて、僕の足もとまる。

「弁護士を目指している人が、そんな脅しに簡単に屈するとは思えない。黒山くんは『大学受験に失敗したら浪人する』と先生に言っているそうだけれど、本当は、受験するのは来年一度きりと決めているんじゃない？　だから勉強に支障を来さないようにするため、黙っていることにしたんじゃない？　もしそうなら、全部話してほしい。あなたが証言したことは秘密にするし、犯人である証拠もできるだけ早く見つけてみせる」

力強いと同時に包み込むように優しくもある、不思議な声音《こわね》だった。

見た目からは意外だが、畑違いの捜査に志願するだけあって、仲田さんはかなり鋭い。いまは推測に推測を重ねただけだから本格的には調べられないのだろうが、僕が証言したらほかの捜査員の協力を得て礼都を徹底的に調べ上げ、宣言どおり証拠をあっという間につかむかもしれない。その可能性に委ねたい気持ちが生じる。

でも委ねたところで、僕が望んだ結果になるとはかぎらない——掌に汗が滲《にじ》んだけれど、こう答えるのが一番いいんだと自分に言い聞かせて口を開く。

「昨日も言いましたけど、僕はなにも見てません」

「わかった。変なことを言ってごめんね」

仲田さんは頭を下げ去っていった。僕は後ろめたさを振り切り、塾に向かう。今日は授業があるので、余計なことを考えず自習室を使うことができる。

午後九時すぎ。授業を終えた僕は、いつもどおり多摩水道橋に向かった。

多摩川に架かるこの橋は、四車線の道路と両脇を通る歩道から成り、昼夜問わず交通量が多い。二つ並んだ巨大なアーチの見栄えがいいためか、ドラマやミュージック・ビデオなどのロケで使われることもある。

橋の手前で自転車をとめる。今夜も空気は冷たく、耳たぶがじんじん痛んだ。視線を対岸の狛《こま》江《え》市まで走らせる。通行人が何人かいるが、その中に羽柴くんの姿はない。

そう都合よくいるはずないよな、と思う。

僕がこの橋で羽柴くんを見かけたのは、彼が学校に来なくなってから三日後、五月九日のことだった。あの夜は塾のテストの点数がいまいちだったので、頭を冷やしたくてここに来た。

橋の袂まで来たところで、狛江方面に向かってふらふら歩く小柄な背中が目に留まった。あの猫背は、もしかして。自転車で追い越して振り返ると、やはり羽柴くんだった。何日も剃っていないのか、口の周りが無精髭で覆われている。礼都が見たらなんと言うかと思うと、目を逸らしそうになった。

僕と目が合うと、羽柴くんは数歩後ずさった。僕は、大きく息を吸い込んでから言う。

「こんばんは。後ろ姿を見て、羽柴くんじゃないかと思ったんだ」

それきり言葉が続かない。自分がどうして話しかけたのかもわからない。傍《かたわ》らを次々と通りすぎていく車の走行音が大きくなった気がした。

しばらく見つめ合った末に、羽柴くんは踵《きびす》を返してのろのろ歩き出した。僕の方は、ペダルにかけた足が動かない。橋を渡り切った羽柴くんが路地を曲がった後も、そのままだった。

あの夜から僕は、塾の帰りにいつもこの橋に来ている。羽柴くんがまたいる確証はないし、いたとしても、なにを話していいのかわからないのに。来るのをやめようと何度も思った。

でもその度に、羽柴くんの潤んだ両眼に見つめられている気がして――。

「こんばんは」

背後からの声に肩が跳ね上がる。振り返ると、真壁さんが立っていた。

「こんばんは、真壁さん。なにかご用ですか？　夕方、仲田さんも僕に会いにきましたけど」

「塾の帰りに話したくて、君を待ってたんだ。そうしたら、自宅と反対方向に猛スピードで走って行くから、どうしたのかと思ってね。慌てて追いかけた。すぐとまってくれて助かったよ」

自転車を追いかけた割に、真壁さんの呼吸はほとんど乱れていない。相当鍛えているようだ。

「失礼しました。それで、話というのは？」

「羽柴くんのことだよ。さっきまで、彼と二人きりだったんだ。どうして不登校になったのか、男同士なら打ち明けてくれるかもしれないと思ったんだが、だめだった。部屋のドアも開けてもらえなかった」

仲田さんと別行動を取って、羽柴くんのところにいたのか。強盗事件を捜査する警察官が、不登校の高校生にそこまで時間を割くはずはない。僕に目撃証言をさせるため、羽柴くんからいじめの主犯が礼都であることを聞き出そうとしたのではないか。

「学校生活のことも、ほとんど教えてくれなかった。でも君のことは、少し話してくれたよ」

「僕のこと？　なんだろう？　羽柴くんとは、そんなに親しくないんですけど？」

僕は羽柴くんへのいじめに、直接は参加していない。でも、傍観していたことを責めていたのではないか。思わず自転車のハンドルを握りしめると、真壁さんは言った。

「羽柴くんの方も、君とはほとんど話したことがないし、お互い連絡先も知らないと言っていた。でも、君にカンシャしていたよ」

「カンシャ」という単語を、漢字に変換できない。

「具体的なことは話してくれなかったけど、君は羽柴くんに、ほかのクラスメートとは違う態度で接していたそうだね。この橋で会ったこともあるそうじゃないか。あのとき羽柴くんは、楽に死ねる方法を考えてふらふらしていたが、君に声をかけられて思いとどまったと言っていた」

羽柴くんが、そんな方法を……。ということは、「カンシャ」は「感謝」と変換していいらしい。でも、

「羽柴くんが、そんなことを？　ここで会ったときは、なにも言わないで帰っていったのに？」

「君となにを話していいのかわからなかったが、声をかけてくれたことはうれしかったそうだ。その後も羽柴くんは時々ここに来ているが、君を何度も見かけたと言っていた。やはりなにを話していいかわからなくて、気づかれないように帰ったらしいけどね。君はこの場所に、クールダウンするためじゃなくて、羽柴くんにまた会えるかもしれないと思って来ているんじゃないか」

「ええ、まあ」

羽柴くんがいないか見に来ている姿を、まさか本人に見られていたなんて。

「なぜ、嘘をついたんだ？」

「人の心配をしているなんて、なんだか恥ずかしくて」

ごまかしながら、密かに胸を撫で下ろした。羽柴くんが僕に、そんな感情を抱いていたとは。うまく立ち回った成果だ。ファストフード店でも、僕が羽柴くんに気づいてなかったと思っているらしい。最上の結果だ。

「僕には、羽柴くんに感謝される資格なんてありませんよ」

なのに、その一言を口にしていた。真壁さんの眼光が鋭くなる。

「どういうことかな？」

なんでもありません、と否定しようとしたのに、唇の上下が貼りついて動かない。

――そうだ。僕に感謝される資格なんて、あるはずないんだ。

受験勉強に集中するためトラブルを避けることだけを考えて、本人のいないところでは「センパイ」と呼んでいた、この僕に。「いじめと言うほど大袈裟ではない」と無理やり思い込み、羽柴くんがされていることを見て見ぬふりをしてきた、この僕に。ファストフード店で恐喝罪に当たる行為を目の当たりにしながら、羽柴くんが進んで被害を訴えるべき、羽柴くんにとって却ってよかった、などと理屈を並べ立ててなにもしなかった、この僕に。

押し黙る僕を、真壁さんは睨み続ける。威嚇することで、本当のことをしゃべらせようとしているのか……と思ったら唐突に、ぎこちなくはあるが微笑んだ。

「本人から聞いたと思うが、仲田は、羽柴くんが不登校になったのはいじめが原因だと考えている。君は一昨日の夜、いじめの中心人物がひったくり強盗する現場を目撃したが、羽柴くんと同じ目に遭わせると脅され、黙っていると見ている。でも羽柴くんは、君に感謝しているんだ。それに応えて、全部話してくれないか」

真壁さんの言うとおりにするべきだとわかっていながらも、僕は答えずに目を閉じた。羽柴くんが礼都たちにされたことが次々と頭をよぎる。礼都の犯行を証言したことが原因で、自分が同じような目に遭わされたら――。身体の芯が、昨日このことを考えたとき以上に熱くなる。

瞼を押し上げ、真壁さんに告げる。

「仲田さんにも言いましたけど、本当になにも見てないんです」

真壁さんを真っ直ぐに見ることができない。だから、どんな顔をされたかわからなかった。

4

次の日の夜。

「散らかっていてすみません」

僕はテーブルに置かれたペットボトルやレジ袋を床に置いて言った。

「気にしないで。急に押しかけてきたこちらが悪いんだから」

仲田さんは頭を下げ、椅子に座る。真壁さんはその左隣、さっきまで洗濯物が重ねられていた椅子に腰を下ろした。僕が学校から帰るとすぐ、この二人が訪ねてきたのだ。着替えてからにしてもらおうと思ったが、仲田さんが「すぐに話したい」と言うので制服のままだ。

今夜も母は仕事でいないので、自分で熱いお茶を出し、仲田さんたちの対面に座る。

「今日は二人一緒なんですね。三日前の夜のことですよね。何度も言ってますが、なにも見てないから話すことはありませんよ」

仲田さんは、大きな瞳で僕を見つめてくる。昨日までと変わらない、優しげな眼差しだった。

本当に警察官らしくないな、と僕が改めて思った瞬間、仲田さんは言った。

「宇佐美くんに重い処分を下したいなら、三年生の始業式まで待つ必要はないよ」

僕はお茶にゆっくりと口をつけてから訊ねた。

「意味がわかりません。仲田さんがなにを言いたいのか、説明してもらえますか」

「昨日話したとおり、私は『羽柴くんをいじめていた目に特徴のある人』が強盗犯で、黒山くんを脅していると考えた。でも真壁警部補から、黒山くんが羽柴くんを気にかけて何度も多摩水道橋まで行っていると聞いて、自分の考えに自信を持てなくなった。そこまでする人なら、たとえ受験勉強に支障を来しても、脅しに屈しないで証言する気がする。なのに黙っているのは、別の理由があるからかもしれない。それがなんなのか、〝想像〟してみたの」

「想像？」

「そう。〝想像〟」

聞き違いかと思ったけれど、仲田さんは頷いた。

「想像って……そういうのは、独りよがりになりませんか？」

同意を求めて視線を向けたが、真壁さんは仏頂面のままだ。この場は仲田さんに任せるつもりらしい。

「そうなることもあるから気をつけないといけないけれど、今回は大丈夫だと思った。いじめは、私も経験しているから。あなたが弁護士を目指していることと、自転車置き場に向かう途中で口にした『始業式まで耐える』という独り言も〝想像〟のきっかけになった。強盗犯は、その日までに特定少年になるのよね」

民法が改正され、二〇二二年四月一日より、成人年齢が二十歳から十八歳に引き下げられた。しかし、少年事件の対象は二十歳未満のまま。十八歳と十九歳は、民法上は「大人」でも、少年法上は更生の余地がある「子ども」と見なされ、成人のような裁判ではなく、原則、家庭裁判所の審判にかけられる。

ただし民法とあわせて少年法も改正され、十八歳と十九歳は新たに「特定少年」と位置づけられ、成人と同じように裁判を受ける犯罪の範囲が「少年」よりも広げられた。裁判を受けない場合でも、少年院の収容期間が長くなるなど、「少年」より重い処分が下される。

どんな顔をしていいかわからない僕に、仲田さんは捜査をしに来た警察官とは思えない、穏やかな声音で続ける。

「黒山くんが証言しないのは、犯人がまだ十七歳だから。でも『始業式まで耐える』という独り言を聞いた私は、その日になったらあなたが証言するつもりだと考えたの。川崎第一高校の次の始業式は、四月六日なんだってね。犯人は、それまでに十八歳になるということ。目に特徴のあるクラスメート――宇佐美礼都くんの誕生日を調べたら、四月五日だったよ。あなたが目撃した強盗犯は、彼なのよね」

「調べたら」って、学校に訊いただけでしょう。学校は警察相手だと、個人情報保護もなにも関係なく教えるんですね――思わず、そんな皮肉を口にしそうになった。

礼都を目撃した後、発作的に逃げ出してしまったものの、すぐ警察に話すべきだと思った。一度現場に戻り、蹲る被害者を見たらすぐに救急車を呼ばなかったことが申し訳なくなり、その思いはさらに強くなった。

でも交番に向かおうとした矢先、ファストフード店で目にした羽柴くんの潤んだ両眼に見つめられている気がした。そんなはずはないとわかっていながら視線を振り払えないでいるうちに、閃《ひらめ》いたのだ。

警察に証言するのを先延ばしにすれば、礼都は「特定少年」になって、「少年」より重い処分を科すことができるのではないか、と。

現在十七歳の礼都は、強盗罪で刑事裁判にかけられることはない。でも女性を負傷させたのだから、保護観察処分か少年院送致の決定が下されはするはず。強盗罪は事件を起こした時点の年齢で少年か特定少年かが判断されるが、保護観察処分や少年院送致の決定が下される場合は、審判時に十八歳か十九歳であれば特定少年と見なされるのだ。

下される処分を重くできるなら、特定少年になるまで証言を先送りするべきか。早く警察に話さないと新たな被害者が出るかもしれないことは承知の上で迷いが生じ、なかなか答えを出せなかった。でも事件の翌日、僕を脅してきた礼都を目の当たりにして決断した。

羽柴くんをいじめた上に、女性を傷つけても平然としている宇佐美礼都が、「少年」の処分で済まされていいはずがない。もうひったくりはしないように牽制した上で、すぐには証言しないことに決めた。

礼都を特定少年として審判にかけるには、誕生日を知ることが不可欠だ。でも、これが意外と難しい。ほかの学校のことは知らないが、川崎第一高校は「個人情報保護」の名のもと、クラスの名簿すらつくられていない。親しい仲でないかぎり、誕生日はわかりそうでわからない。下手に礼都に訊ねて、怪しまれることは避けたい。

ただ、四月生まれだろうとは踏んでいた。五月五日にファストフード店で耳にした会話によると、礼都が誕生日を口実にして羽柴くんにスマートウォッチを買わせたのは四月だからだ。栗原たちがプレゼントを贈ったという話も判断材料になった。

誕生日に買わせたなら、スマートウォッチのパスコードをその日にしているかもしれない。そう思い、昨日の朝、わざと水筒を落として礼都の手首に麦茶をかけた。

スマートウォッチを嵌め直した際、礼都が打ち込んだパスコードは四桁で、下二桁は05。四桁すべて見ることができればよかったが、四月生まれという推測が正しいならパスコードは0405、即ち、礼都の誕生日は四月五日となる。まだ確証を得られたわけではないが、始業式の四月六日まで耐えれば、僕の目的は達成されるということ。すぐに話さなかった理由は、礼都に脅されていたからと言えばいい。嘘ではないから説得力がある。

あと二ヵ月ですべてうまくいくかと思うと、礼都の手首を拭きながら興奮して、「本当にごめん」という声は自分でも情けないほどかすれてしまった。

もっとも、僕が証言してもほかに証拠がなければ、礼都はすぐには逮捕されない。逆ギレして栗原たちを焚きつけ、僕を羽柴くんと同じ目に遭わせようとするに違いない。そうなったときのことを考えただけで、身体の芯が熱くなった——母と羽柴くんのことで胸が締めつけられて。

母のことを思うなら、警察に証言などせず受験勉強にだけ集中するべき。でも、羽柴くんの潤んだ両眼に見つめられている感覚はどうしても消せない。

だから、こうするほかなかった。

どんなにひどいいじめを受けても、法学部に合格するため必死に勉強し続ける覚悟を決めた。

「あなたが目撃した強盗犯は、宇佐美くんだよね」

繰り返す仲田さんは、強盗犯が礼都であることを確信している。僕が思った以上に鋭い。

だからこそ、認めるわけにはいかない。

これだけ鋭い仲田さんなら、僕の証言をもとに礼都が強盗犯である証拠を即座につかみ、逮捕してくれるかもしれない。そうなったら僕は礼都のプレッシャーからも解放されるし、羽柴くんと同じ目に遭わされずに済む。

それだけではない。

少年が逮捕されてから審判にかけられるまで、通常一、二ヵ月程度かかるらしい。いますぐ礼都が逮捕されても、審判が始まるときにはぎりぎりで十八歳になっているかもしれないということ。そうなれば、僕が望んだ結果になる。昨日、仲田さんと話したときも、この可能性に委ねたい気持ちが生じた。

でも礼都につく弁護士は、特定少年として処分されることを避けるため審判の前倒しを目論み、罪をすんなり認めるようアドバイスするだろう。それがうまくいったら、礼都は少年のまま審判を受けることになってしまう。

それではだめなんだ。不自然でも嘘くさくてもいい。礼都に特定少年として審判を受けさせるため、確実に十八歳になっている四月六日まで——最低でもその数日前まで、なんとしてもごまかさなくては。

「違いますよ。なにも見てないと、何度言わせれば気が済むんですか。これ以上この話をするつもりなら迷惑だ。帰ってください！」

強い口調で言っても、仲田さんの表情は穏やかなままだ。

「黒山くんなら、そう言うと思った。でも最初に言ったとおり、宇佐美くんの処分を重くしたいなら始業式まで待つ必要はないの」

意味を知りたかったが、下手に訊ねてはぼろを出しかねない。黙る僕に、仲田さんは言った。

「宇佐美くんは私立の小学校に通っていたとき、一年留年しているの」

すぐには意味を理解できない僕に、仲田さんは説明する。

「公立の小中学校は義務教育だから、原則、留年はない。でも私立は違う。宇佐美くんは小四のとき病気で半年以上学校に通えなかったから、校長先生の判断で留年になった。だから彼は、黒山くんより一歳上」

礼都は私立に通っていたのか。いや、そんなことよりも……。

「礼都はもう十八歳で、特定少年になっているということですか」

仲田さんが頷く。次の瞬間、僕の全身からへなへなと力が抜けていった。同時に、納得する。

羽柴くんのことを「センパイ」と執拗にばかにしていたのは、礼都自身も「センパイ」だったから。子どものころの話を振った栗原に理不尽にキレたのも、留年のことを思い出したから。

「そういうことなら、全部話します。ご迷惑をおかけしてすみませんでした」

頭を下げた僕は、三日前の夜、礼都の犯行を目撃してからいまに至るまでのことに加えて、礼都が羽柴くんにしたことや、それを見た僕がなにもしないでいたことを正直に打ち明けた。

仲田さんも確認したというから、礼都の誕生日は四月五日で間違いない。犯行の時点で、既に十八歳。強盗事件として捜査されているので、裁判にかけられる条件を満たしている。僕の計画より、重い処分が下されることになる。そう思うと、口許《くちもと》がつい緩んだ。

仲田さんは、僕の話が終わってから言った。

「ありがとう、参考になった。これだけしっかりした証言があれば、宇佐美くんを徹底的に調べられる。あなたに迷惑がかかることは絶対にない」

「よろしくお願いします」

立場上、仲田さんは明言できないのだろうが、事件解決につながる傍証を既につかんでいて、僕の証言でそれが裏づけられたのかもしれない。礼都の逮捕は近いということ。僕が羽柴くんと同じ目に遭うことはなさそうだ。終わってみれば、最良の結果になった。

「では、我々はこれで」

ずっと黙っていた真壁さんが、そう言って席を立った。対して仲田さんは、座ったままだ。真壁さんに「帰るぞ」と促されても動かない。どうしたんだろうと思っていると、仲田さんは深々と頭を下げた。

「ごめんなさい、黒山くん。嘘なの」

嘘？

「宇佐美くんは留年していない。いまの時点ではまだ、あなたと同じ十七歳」

「騙したんですか！」

そう叫んだのと、椅子から立ち上がったのと、どちらが先か自分でもわからなかった。仲田さんは僕を見上げ、静かに頷く。

そんな……。テーブルに両手をついてふらつく身体を支えているうちに、不意に気づいた。

うちの学校は、生徒をバランスよくクラス分けすることに腐心しているのだ。一歳上の生徒二人を同じクラスにするはずがない。

ということは、礼都が羽柴くんを「センパイ」と執拗にばかにしていたのは、からかっていただけ？　子どものころの話をされたら理不尽にキレたのは、機嫌が悪かっただけ？

「なにもかも、嘘だったんですね……」

力なく呟く僕に、仲田さんは首を横に振る。

「宇佐美くんが小四のとき、しばらく学校に通えなかったことは本当。いじめに遭っていたの」

は？

「保護者から相談された記録が、署に残っていた」

「ひょっとして仲田さんは礼都の誕生日を、その記録を見て知ったんですか」

「そうだよ」

「学校が教えたわけじゃなかったんですね。それで、その……」

喉が急速に渇いていくのを感じながら、僕は問う。

「警察に相談するなんてよっぽどのことだと思いますけど、どんないじめだったんですか？」

「詳しいことは話せない。でも瞳の色を理由に、かなりひどいことをされたみたい。それが原因で、公立小学校に転校している」

そこまで……。子どものころの話を振られたら理不尽にキレた本当の理由は、それだったのか。瞳のおかげでモテる、とことあるごとに自慢していたのは、いじめられた反動だったのかもしれない。でも、

「自分がいじめられていたのに、羽柴くんに同じことをしたのか！」

その一言を、衝動的に吐き捨ててしまった。仲田さんは、一旦目を閉じてから続ける。

「子どものころの辛い体験が、宇佐美くんの人格や精神状態に影響を及ぼしている可能性がある。年上というだけで羽柴くんを執拗にいじめたのは、そのせいかもしれない。ひったくりをしたの

だって、羽柴くんが学校に来なくなっていじめる相手がいなくなったことが関係しているのかもしれない。確かなことは言えないけれど、まだ十七歳の『少年』だから更生の対象。黒山くんを騙してでも、証言を得るべきだと判断したの」

なるほど。体育祭で学校の人気者になったのにいじめを始めたくらいだから、礼都は人格や精神状態に著しい問題を抱えているのだろう。同情の余地がある――などと思えるはずがない。

「あいつが羽柴くんにしたことを教えたでしょう。それ相応の罰を与えないとだめなんです」

「弁護士を目指しているならわかるでしょう、少年法の目的は罰を与えることではない、あくまで更生よ」

仲田さんの言うとおりだ。それでも、

「羽柴くんのためには、特定少年として処分されるべきだと思ったんだ……っ」

震え声で絞り出した僕に、仲田さんは肩にそっと手を置くような声音で言った。

「羽柴くんを想う黒山くんの気持ちは、とてもすばらしいと思う。でも被害者のことを〝想像〟したら、こんなことはできなかったとも思う」

「被害者が痛かったことも、こわかったこともわかってますよ。でも、礼都への処分を重くすることを優先したんです。被害者のためにもなるはずです」

「被害者は、どれくらい痛かったと思う？」

「え？　いや……そう言われましても……」

予期せぬ質問に口ごもる僕に、仲田さんはそのままの声音で続ける。

「被害者は肩を骨折したの。少しでも動かすと悲鳴を上げるくらい痛むから、ギプスで固定している。もとどおり動かせるようになるまでには、かなりの時間とリハビリが必要になる。それから被害者は、こわかったことはもちろんだけど、それ以上にかなしんでいる。盗まれたバッグは、亡くなったお母さんの手づくりだったそうだから。バッグはいまも見つかってない。一日も早く犯人を捕まえて、どこに行ったか知りたいと願っている」

――待って！　バッグだけでも返して！　お願い！

被害者の叫び声を思い出す。

痛かった。こわかった。そんな言葉を当てはめるだけで済ませないで、被害者の怪我の程度や心情を僕がもっと深く考えて――仲田さんが言うところの〝想像〟をして――いたら。いや、被害者のことだけではない。

「犯人が捕まらないから、近所の人たちは不安でしょうね。夜、外を歩けない人もいるでしょうね。僕が羽柴くんのためだと思って、証言しなかったせいで……」

呆然とする僕に、仲田さんは、痛みをこらえるように眉根を寄せて微笑む。

「宇佐美くんの更生のために黒山くんを騙した私に、偉そうなことは言えないけどね」

その一言が鼓膜に触れた途端、僕の身体は椅子にすとんと倒れ込んだ。

5

黒山弘明のアパートを出た真壁は、仲田とともに多摩警察署に向かっていた。歩いて十五分ほどなのでタクシーを使うまでもない。二月の夕暮れどき。空気は肌を切り裂くように冷え冷えとしていたが、身体の内から湧き上がる高揚感がそれをかき消していた。

連続ひったくり犯は、黒い目出し帽を被っていたという証言がある。黒山が目撃した宇佐美礼都の恰好と一致する。裏取りは必要だが、一連の犯行は宇佐美の仕業と見て間違いあるまい。

家庭裁判所の調査によって宇佐美が羽柴をいじめていた事実も明らかになるから、学校側も対応を迫られるはず。羽柴の心のケアは必要だが、また学校に通える日も遠くないかもしれない。

すべて、仲田の力に拠るところが大きい。

「黒山くんに証言させることができたのは、君のおかげだ。結局、俺はなんの役にも立たなかったな」

「羽柴くんや黒山くんと一対一で話して、いろいろ聞き出してくれたじゃないですか」

「あの年ごろの少年なら男性同士の方が話しやすいこともある、という君のアドバイスに従っただけだ」

できるだけにこやかに話しかけたのも、仲田のアドバイスによるものだ。多摩水道橋の袂で黒山と話しているときは失念して、慌てて微笑みを浮かべたが。

「君を信用して動いてよかったよ」

「本当に信用しているなら、一緒に黒山くんの家に行かなかったと思いますが」

仲田の声音があまりにやわらかなので、抗議されているとすぐにはわからなかった。わかってからは、苦笑が浮かぶ。

仲田は「警察官二人がかりで目撃証言を迫るのは黒山くんの負担になります」と言って、アパートに一人で行こうとした。しかし、真壁が同行すると押し切ったのだ。

「君のことだから、黒山くんに嘘をつくのをやめるかもしれないと思ったんだよ」

仲田は、子どものことをなによりも優先する傾向にある。今回も「川崎第一高校指定のコートを着た少年が現場から自転車で走り去った」という証言が出たことを知ると、かなり無理をして生活安全課の通常業務をやりくりし、捜査の応援に志願した。

「体力には自信があるんです」と笑っていたが、人より小柄だし、生活安全課の業務とて激務であるにもかかわらず。

そこまでする仲田だから、宇佐美が十八歳であると黒山を騙すことを避け、証言を得られなくなるのではと懸念した。黒山から証言を得るにはそれが最も効率的という結論に至ったが、無視するおそれは充分あると思った。

「子どもに嘘をつかないで済むならそれに越したことはありませんが、必要なら仕方ありません。私は、そこまで甘くないですよ」

「いや、甘いよ。あの場で黒山くんに、嘘をついたことを打ち明ける必要はなかった。『捜査にかかわることなので、宇佐美くんが留年していたことは内緒にしてほしい』と言い含めて帰る。俺のその提案に、君は納得したと思っていたが」

「私は『真壁さんのお考えはわかりました』としか言ってません」

声音が少しも変わらないので、「屁理屈を言うな」と怒る気にもなれない。

仲田は、真っ直ぐ前を見据えて続ける。

「いじめは当事者だけではない、周りにいる人たちも被害者です。とめようとしても静観しても、いじめがなければしなくて済んだ思いをさせられる。黒山くんも苦しんだはず。捜査のために必要な嘘はついても、最低限の誠意は示したかったんです」

仲田の口調は、心なしかいつもより凜として聞こえた。

――いじめは、私も経験しているから。

仲田が黒山に言った言葉を思い出す。あんな風に自分の体験を持ち出すのは、仲田にしては珍しい。うっかり口にしてしまったとしか思えない。どういう形で経験したのか興味はあるが、訊かない方がいいのかもしれない。

仲田は、やわらかな声音に戻って続ける。

「本当のことを話した方が、黒山くんがいい弁護士になるとも思いましたしね。もう少ししたら、真壁さんに電話がかかってくるかもしれません」

「どういうことだ？」

「黒山くんは、いまごろ――」

6

仲田さんたちが帰った後、僕はテーブルに置いた進路希望調査票を見つめていた。

――被害者のことを〝想像〟したら、こんなことはできなかったとも思う。

仲田さんのあの一言が、頭から離れない。

弁護士になりたい気持ちに変わりはない。でも……。

〈弁護士以外考えていないので法学部を受験〉。字が小さいので、その後ろにはまだ充分な余白がある。シャーペンを握りしめ、そこに一文を書き足す。

〈したいが、いい弁護士になるため大学に入学してからいろいろな経験をしたい〉

書き終えて読み返し、いますぐできる経験もあることに気づいた。

生徒手帳に挟んだままにしていた、真壁さんの名刺を取り出す。絶対に電話することはないと思っていた番号を見ながら、スマホを手に取る。

羽柴くんの連絡先を、教えてもらうために。

初恋の彼は、あの日あのとき

1

　お風呂場を出た途端、ぐー、とお腹が鳴った。朝から落ち着かず、お昼をちゃんと食べられなかったので無理もない。食欲はないけれどなにかお腹に入れたくて、軽くサラダを食べることにした。冷蔵庫にはキャベツが大量に入っている。先日、母が送ってくれたものだ。

　電話で母は〈実家からレタスがたくさん送られてきたの。お父さんと二人じゃ食べ切れないから、心乃《ここの》にも送るね〉と言っていたけれど、届いたのはキャベツだった。そう伝えると、〈あ、そうだった〉という一言が、のどかな笑い声とともに返ってきた。

　思わずため息をついてしまったけれど、母ののんびりしたところには随分救われてきた。

　キャベツにトマトとドレッシングを和《あ》えてリビングに行くと、スマホに留守電が入っていることに気づいた。

　九十九《つくも》リクくんからだ。

　緊張で強張《こわば》った指先で、再生ボタンをタップする。

〈久しぶり。九十九です。連絡ありがとう〉

声変わりこそしているけれど、ほぼ二十年ぶりなのにテンションが低い淡々としたこのしゃべり方は、間違いなく九十九くんだった。

〈まずは、おめでとう。来月から慶秀大《けいしゅう》の講師になるんだってね。本を出してるだけでもすごいのにこの若さで、あの慶秀大に。すごいね。尊敬するよ〉

光栄だけれど、慶秀大出身者が言っても自画自賛にしか聞こえない。

とはいえ、九十九くんが慶秀大生だったことは、本人の口から聞くまで知らないふりをするつもりだった。九十九くんの名前を検索して慶秀大のサイトに載っているのを見つけたことがばれたら、どうしていいかわからない。

〈すれ違いになって申し訳ないけど、もう少ししたら出かけるし、電話代をもたせるのも悪いから俺の方からまた電話するよ。じゃあね〉

再生が終わった。本当にすれ違いだと苦笑いしてしまう。

ネットに公開している仕事用のアドレスに九十九くんからメールが届いたのは、一昨日の夜だった。ニュースサイトで私の記事を読んだことをきっかけに名前を検索したら、アドレスを見つけたのだという。原稿を書いている最中だったけれどすぐさま返信した後、何度かやり取りをして、一度電話で話そうということになった。

ＬＩＮＥの無料通話を使えばいいと思った私に九十九くんが伝えてきたのは、スマホの番号だった。ＬＩＮＥはメッセージに既読マークがついて面倒だから、アカウントを教えたくないのかもしれない。だとしたら少し残念だけれど、ずっと会っていないから仕方ないのかもしれない。

九十九くんが電話をくれるというので、〈午後六時くらいからなら時間があります〉というメールを送ったのが昨日の朝。でもその時間、私は急な打ち合わせが入ってしまい、電話に出られなかった。打ち合わせが終わった後すぐに折り返したけれど留守電につながったので、謝罪と私からかけ直す旨を吹き込んだ。

とはいえ電話するタイミングがわからず日付が変わり、今日も一日そわそわしていたら、九十九くんの方からかけてきてくれたのだ。声を聞いたいまは、心拍数がどんどん上昇している。

出かける準備をしなくてはならないのにサラダに手をつけず、九十九くんとの日々を思い返す。

＊

九十九リクは、とても静かな少年だった。あまり表情を変えず、自分からしゃべることはほとんどない。学区の違う友だちと仲がいいそうで、放課後、クラスメートと遊ぶことも少ない。ともすれば仲間はずれにされそうだけれど、そうはならなかった。色素の薄いブラウンの髪に、透明感のある肌、涼しげな目許、すうっと通った鼻筋……一言で言えば「イケメン」だったことが影響していたと思う。

運動神経がいいことも大きかった。身体を動かすことが好きらしく、体育のときだけは感情を露《あらわ》にし、なにかの試合をするときはもちろん、鉄棒やマットのような器械体操にも必死の形相で取り組む。時々ではあるけれど、昼休みに「サッカーをやろう」とクラスメートに率先して声をかけることもある。

だから「物静かなイケメンスポーツマン」として、クラスの中で一目置かれる存在だった。

十歳をすぎると、早熟な子は恋愛を意識し始める。小四の後半になるにつれ、九十九くんを気にする女子が増えたのは当然の成り行きだっただろう。なにを考えているのかよくわからないところが謎めいていて、想像力をかき立てられた——と私が気づいたのは、少し後になってから。

クラスの中で一番背が高くても、中身はお子さまのままだったことが理由である。

小五の一学期、私が九十九くんの隣の席になると、一部の女子に「うらやましい」と騒がれたけれど、全然ぴんと来なかった。そもそも私は男女関係なく、仲のいい子以外としゃべるのは苦手なのだ。九十九くんとも挨拶を交わすどころか、目を合わせることすら稀だった。

変わったのは、六月。

テスト中、私がカンニングしているところを九十九くんに見られたことがきっかけだった。


小五のときの担任・門倉薫子《かどくらかおるこ》先生は教員生活三十年を越えるベテランで、つり気味の細目と薄い唇から受ける印象どおりの厳しい教師だった。

挨拶の声が小さいと怒る。掃除の後、汚れているところを見つけると怒る……といったことに関しては、愛の鞭《むち》と言えなくもない。敬語で静かに言葉を連ねるので、丁寧でもある。

でも怒るかどうかの基準が、先生の機嫌に左右されることが嫌だった。機嫌が悪いと、きれいに掃除したときでさえ、「床を箒で掃くときの態度が悪かった」などと怒り出すのだ。

テストを返却する度に、まずは成績ワーストスリーの、次いでベストスリーの名前を発表することもやめてほしかった。私自身がワーストスリーに入ったことはほとんどない。でも俯いたり、目を伏せたりするワーストスリーの人たちを見ていると息が苦しくなった。

当然、ワーストスリーの常連やその保護者の間で、門倉先生の評判は悪かった。「厳しすぎて子どもが萎縮する」と抗議する保護者もいた。私の母も、その一人だ。

でも門倉先生は「私に感謝している子はたくさんいます」と譲らなかった。その言葉どおり、門倉先生のおかげで成績が上がったり、生活態度がよくなったりした人も少なくない。当然、そういう人や保護者の間で、門倉先生の評判はよかった。

かくしてうちのクラスは、門倉先生を批判する人と支持する人で真っ二つに分かれ、いつも空気がぎすぎすしていた。原因である門倉先生を、私はどうしても好きになれなかった。

その日の社会のテストを受けている最中も、気が重かった。抜き打ちだった上に、まだ国土の単元が終わっていないのに、次の単元である食料に関する問題を出されたからだ。

「もう五年生なんだから、言われなくても予習しておくのは当たり前です。平均点が低かったら、全員再試験です」

テストが始まる前、先生が不機嫌丸出しに言い放ったのでプレッシャーを感じてもいた。再試験を避けるためには、少しでも平均点を上げないと……。

震える手で、机からそっと教科書を取り出す。私の席は教室の一番後ろだから、先生に気づかれることはない。答えを見るのは食料の単元だけ。ズルじゃない――と考えたところで視線を感じた。顔を左に向けると、隣の九十九くんとばっちり目が合う。

反射的に、教科書を机に戻した。


思ったより平均点が高かったので先生が機嫌を直し、再試験は免れたその日の放課後。

「……あの」

校門を出て少し歩いたところで、声を振り絞って九十九くんを呼びとめた。ほとんど話したことがないから驚かれると思ったのに、振り返った九十九くんは表情を変えず訊ねてくる。

「どうしたの、橋上《はしがみ》さん？」

周りには下校中の人が大勢いる。ランドセルの肩ひもを握りしめた私は、普段から小さい声をさらに小さくして言った。

「社会のテストのときのこと、門倉先生に言わないでほしい」

「カンニングしようとしたことを黙っていろってこと？」

九十九くんの方は、声を小さくしなかった。私が慌てて人差し指を自分の唇に当てて「しーっ！」と言っても、声の大きさは変わらない。

「心配しなくても黙ってるよ。どうでもいいし」

うわ、関心が薄い……。さすが授業中、先生の目を盗んで頻繁にうたた寝しているだけのことはある。そのくせ度々ベストスリーに入っているので「ずるい」と勝手に思っていたけれど、今日ばかりは胸を撫で下ろした。

「よかった。この恩は、必ず返すね」

「恩って、大袈裟な」

「大袈裟じゃないよ。これでみんなに迷惑をかけないで済むから」

「みんな？」

「うん。カンニングしたなんて知られたら、門倉先生は絶対に『連帯責任』って言い出すもん」

門倉先生は「誰か一人が悪いことをしたらクラス全員の責任」という方針を掲げている。

例えば、ある班で喧嘩が起こったとする。すると先生は、その班の人たちだけではない、クラスのみんなにお説教するのだ。それが終わると、喧嘩した当事者を教室の前に立たせて、「みなさんからも言うことがありますよね」と発言を促す。それを受け、門倉先生支持派が口々に非難の言葉を浴びせる。それ以外の人たちは、終わるまで黙りこくっているだけ。

自分のせいであれが起こるなんて、耐えられない。

「再試験が嫌だから少しでも点数を上げようとして、却ってみんなに迷惑をかけちゃうところだった。これからはもう、絶対にカンニングはしないようにする」

「なるほど。橋上さんは自分のことより、みんなのことを考えているわけか」

「別に、自分のことだって考えてるけど」

「ふうん」

私の言葉に気のない相槌を打つや否や、九十九くんは踵を返して歩いていく。

「黙っててね、絶対に恩は返すから！」

遠ざかっていく背中に思い切って呼びかけても、九十九くんは振り返りもしなかった。


次の日。私は不安で一杯のまま教室に入った。昨日の去り際、九十九くんは様子が変だった。やっぱり先生に話すつもりなのかも？　いつもより重く感じるランドセルを机に置くと、既に席に着いていた九十九くんが言った。

「おはよう、心乃」

咄嗟に返事ができなかった。初めて九十九くんから話しかけてきた上に、下の名前で呼び捨てにされた？　ランドセルから手を放せないままでいると、九十九くんはさらに言った。

「早く教科書とノートを机にしまいなよ」

ずっと前から友だちだったと錯覚しそうになる口振りだ。

訳がわからなかったけれど、カンニングを暴露するつもりはなさそうだった。

この日以降も、九十九くんが自分からクラスメートに声をかけることは少なかった。でも私には話しかけ、「心乃」と呼び続けた。なんとなく、私の方からも話をするようになった。

「なんで橋上さんだけ、下の名前で呼び捨てにされているの？」

九十九くんのことを気にしている女子から何度もそう問い詰められたけれど、「私に訊かれても困るよ」としか返せなかった。男子からは「九十九とつき合ってるんだろう」とからかわれ、その度に恥ずかしくて消えたくなった。九十九くんは「誰にどう思われようと関係ない」と受け流していたけれど、私にはとても真似できない。かといって、九十九くんに「もう話しかけないで」と言う勇気もない。

そのまま日々はすぎ、一学期の終わりが近づいてきた、ある日の休み時間。

「授業中の態度が悪い人がいたから、放課後、連帯責任で残ってもらいます」

門倉先生が言い捨てて教室から出ていくと、方々から先生への不平不満が沸き起こった。でも九十九くんは、無言で教科書とノートを机にしまうだけ。そういえば九十九くんが門倉先生を悪く言うところは見たことがない。

「九十九くんは、門倉先生のことが好きなの？」

「どっちでもない。その日の機嫌によって態度が変わるから、面倒な人だとは思ってるけど」

「だから悪口を言わないんだね」

「なにか言われても、適当に『はい』と答えておけば害はないしね。それに人の悪口を言ってる暇があったら、早く走る方法とか、ボールを遠くに蹴る方法とかを考えていた方が楽しい」

九十九くんが当たり前のように言っている最中《さなか》、窓から午後の陽光が射し込み、ブラウンの髪をきらきら輝かせた。それを見ていると、もうすぐ夏休みで、二学期になったら席替えがあることに気づき、胸の軋む音が聞こえてきた。

九十九くんに「もう話しかけないで」と言えないのは、勇気の有無とは関係ないと知った瞬間だった。

五年生が終わりに差しかかると、九十九くんに告白した女子が何人かいたけれど、全員振られた。この噂を聞いたとき、私は密かに胸を撫で下ろした。そのくせ、周りに「九十九くんは心乃のことが好きなんじゃない？」と言われても、「ただの友だちだよ」と関心のないふりをした。周りの言葉が正しいか確かめる余裕なんて、私にはなかった。もしも私たちの関係が変わるなら、向こうになんとかしてもらうしかない。そう思っていたから、九十九くんが親の仕事の都合で急に引っ越すことになったと聞いたときは、さみしさと同時になにかが起こる期待も抱いた。

でも九十九くんが転校する日――小五の終業式の日は、なにごともなく終わった。

「元気でね、心乃」「九十九くんも。結局、恩返しできなかったね」「いいよ、別に」

最後に交わした会話は、それだけ。私が住んでいるのは東京都で、九十九くんの引っ越し先は神奈川県。会おうと思えば会える距離だけれど、連絡を取ることすらなかった。

大学三年のとき、小学校の同窓会から帰ってきた後、九十九くんの名前をネットで検索したことがある。すると慶秀大学の犯罪社会学者のゼミのサイトに〈人文学部三年　九十九リク〉と記載されているのを見つけた。ありふれた名前ではないし、年齢も一致するから、あの九十九くんで間違いない。

慶秀大学は神奈川県にある、付属中学や高校も有名な名門校だ。さすがうたた寝が多かったのに、度々ベストスリーに入っていただけある。

その夜は大人になった九十九くんの姿をあれこれ思い浮かべて、なかなか寝つけなかった。

どうにかサラダを食べ切り、出かける準備をしている間も、九十九くんのことばかり考えていた。

九十九くんはいま、どこに住んでいるのだろう。なんの仕事をしているのだろう。結婚はしたのかな。まだなら、もしかして……なんて、舞い上がりすぎだ。

でも小学校からの友だちと会う直前に電話がかかってきたのは、すてきな偶然だと思う。九十九くんのことを話したら、みんな、なつかしがるに違いない。

今夜は久々に彼女も来るし、楽しい会になりそうだ。

＊

2

その日の夜。

「では、心乃が慶秀大の講師になったことを祝《しゅく》して、かんぱーい！」

最後の一言を、中谷未来《なかたにみらい》はいつも以上に声を高くして言った。

「ありがとう！」

笑顔で返した私は、みんなと乾杯する。

渋谷の駅ビルにある、アジア料理のレストランである。ほんのり赤みを帯びた照明がおしゃれなお店だ。今夜は未来が幹事になって、私のお祝いで友だちが三人集まってくれている。

全員、子どものころからのつき合いで、小五のとき同じクラスだった。

小学校の先生になるため教育学部に進学した私は、学校現場について知るにつれ「教育にまつわる諸問題を社会に訴えたい」という気持ちが強くなり、マスコミに絞って就職活動をした。でも面接では緊張してろくに話せず、結果は全滅。父は「この先どうするんだ」と不安そうだったが、母は「なんとかなるでしょ」と気楽な口調で言ってくれた。それを聞いたら私もなんとかなる気がして、バイトをしながら、教師の長時間労働について取材した。

授業や学校行事の準備、成績処理だけでなく、問題を抱えた家庭やモンスターペアレントへの対応などで多忙を極め、サービス残業も仕事の持ち帰りも当たり前。鬱《うつ》病の発症率は一般企業に勤務する人たちよりはるかに高い。「子どもが好きで教員になったのに、子どもと向き合う時間を確保できない」と涙ながらに訴える教師にも出会った。

思っていた以上に過酷な職場環境に胸を痛めながら文章にまとめたのが、二十四歳のとき。出版社に持ち込むと編集者の目に留まり、『日本の先生が世界で一番忙しい理由』というタイトルで出版してもらえた。

この本が話題となり、ほかの出版社からも仕事が次々と来て、気がつけば教育界で「それなりに名の知られたジャーナリスト」という立場になっていた。

そして新年度となる来月から、慶秀大学教育学部の非常勤講師に就任。教育関連の問題をテーマに講義することになった。自分のＳＮＳで発表したら祝福のメッセージがたくさん送られてきたけれど、この三人に祝ってもらうのはまた格別だ。

左斜め前に座った未来が、まじまじと私を見つめてくる。相変わらず高校生に見えるくらい童顔で、右手に持ったビールジョッキが全然似合ってない。

「それにしても心乃がジャーナリストとはねえ。未だにちょっと信じられないなあ」

「同じく。心乃は子どものころからおとなしいから、取材は難しいんじゃないかと思ってた」

未来に同意したのは、私の左隣に座った本条《ほんじょう》あかねだ。フレームのない眼鏡とショートカットがクールな雰囲気を醸し出していて、未来とは対照的にビールジョッキを手にした姿が様になっている。

よく言われることなので苦笑いしていると、「私は、そうは思わないけど」という一言が飛んできた。

声の主は、私の正面に座る仲田蛍である。

事前に取り決めしたわけではないけれど、長身の私とあかね、小柄な蛍と未来が並んで座り、向かい合う形になっている。

蛍は、芋焼酎のロックを早くも飲み干してから続ける。

「心乃は、子どものころから優しかったからね。教育問題の犠牲者を放っておけなかったんでしょう。先月出た『毒だらけの教育』もよかったよ」

「もう読んでくれたんだ、ありがとう。あの本は、小さいころから親に一日何時間も勉強させられて、成績が悪いと怒鳴られたり、たたかれたりしていた女性と知り合ったことがきっかけで書いたの。医者になりたくもないのに無理やり医学部を受験させられて、落ちたら『教育費を返せ！』と罵《のの》しられて……そのせいで、部屋から出られなくなって……」

話しているうちに、両目が潤んでしまった。慌ててハンカチを目許に当てると、蛍は私の頭をそっと撫でるように言う。

「取材したときのことを思い出したのかな。本当に心乃は優しいね。いまの仕事はぴったりだと思うよ」

また潤みかけた両目をごまかすため、私はレモンサワーに口をつけてから言った。

「そういう蛍だって、警察官はぴったりだと思うよ」

「そうかな？」

「そうだよ」

いまの蛍しか知らない人は「こんなにちっちゃくて、おっとりした女が警察官？」と意外に思うかもしれない。でも小学生のころの蛍はきりりと凜々しく、立ち居振る舞いは凍てついた空気を思わせた。

なのに二十歳《はたち》になる少し前には、目つきや話し方が別人のようにやわらかくなっていた。中学生になるタイミングで引っ越した蛍と再び会うようになったのは、大学生になってからだ。本人は「私も大人になったということだよ」と笑っていたけれど、その間になにかあったのかもしれない。

ただ本質は、子どものころと変わっていない——どこがどうとはうまく言えないけれど、時々そう感じることがある。だから警察官という仕事は、蛍の天職だと思う。

パトロールや捜査などで忙しいらしく、会うのは三年ぶりだ。肩口で切りそろえた髪には艶があるし、黒いジャケットとライトグレーのパンツの組み合わせがさりげなくおしゃれで、相変わらず年齢よりも若く見えた。

ただ、ファンデーションはちょっと濃すぎだ。もっと自然なメイクの方が似合うのに。

みんなが私を祝福してくれた後、話題はお互いの近況報告に移った。未来は都庁勤務と結婚生活の両立に悩んでいて、あかねはおもちゃ会社の経理業務で忙しい毎日。蛍は守秘義務が課せられていて、職場のことは話せないらしい。

蛍が所属する生活安全課少年係は子どもの非行や虐待の相談に乗る仕事をしているので、興味があったから残念だ。未来は勘違いして「刑事ドラマみたいなことをしてるんだよね？」と言っていたけれど、ドラマで描かれるようなこと——殺人や強盗の捜査は刑事課の仕事だ。生活安全課の蛍があんなことをしたら、ものすごく怒られるだろう。

近況報告が一区切りして、追加で飲み物や食べ物を注文したところで私は切り出した。

「みんな、九十九リクくんって覚えてる？」

未来とあかねは頷いたが、蛍だけは小首を傾げた。私は留守電の話をしてから言う。

「九十九くんは慶秀大だったから、私が講師になると知って縁を感じてるのかもしれないね」

あかねが怪訝そうな顔になった。

「九十九くんって慶秀大生だったの？」

「う……うん。そういう話を聞いた」

「どこで？　誰から？」

あかねは昔から、細かいことが気になるタイプだった。お金のことを事細かに管理しなくてはならない経理にはうってつけの人材だと常々思っているけれど、こういうときは厄介《やっかい》だ。

「誰からだったかな？　思い出せないから、九十九くんのことじゃなかったかも」

「そうなんだ」

納得したのかどうかはわからないが、あかねはひとまず頷いた。

「てっきり九十九くんが、心乃には連絡していたのかと思ったよ。子どものころ、明らかに心乃に気があったからね」

「——そんなことは、なかったと思うけど」

答えるまで、少し間が空いてしまった。思えば恋愛に絡めて九十九くんの話をするのは、これが初めてだ。

「ツクモクン」

蛍が、名字と接辞語の境目がわかっていないような発音で呟いた。まだ思い出せないのか。

――心乃も下の名前で呼び捨てにしたら？　九十九くんだって、呼んでほしいと思ってるよ。

「男子を呼び捨てにするなんて無理」と私が顔を赤くしても、何度もそうけしかけてきたのに。

蛍は親の仕事の都合で転校が多かったらしいから、仕方ないのかもしれないけれど。

でも、こうして改めて振り返ると、やっぱり九十九くんは私のことを――。

「あはは。なに言ってるの、あかね」

未来が軽快な笑い声を上げる。

「九十九くんが好きだったのは、蛍だよ」

3

蛍が私たちの学校に転校してきたのは、小学五年生の二学期初日だった。

「仲田蛍といいます。わからないことがあったら教えてください。よろしくお願いします」

最初のその挨拶だけで、勉強ができるに違いないと思った。目力が強くて滑舌《かつぜつ》よくしゃべり、いかにも頭がよさそうだったからだ。門倉先生が「賢そうな子が来てくれましたね」と機嫌よさそうに言うのを聞いて、私と同じように感じたことがわかった。

私とは縁のなさそうな女子だ、という予想どおり、門倉先生のことを支持する人たちが蛍の周りに集まり、見えない壁ができていた。

でも、転校してきて四日目。

帰りのホームルームで門倉先生は「今日の昼、中谷さんは給食当番なのにマスクを忘れました。連帯責任です」と言い出した。未来が目を潤ませる。クラスの大多数が「こいつのせいで残される」と言わんばかりの視線を未来に向けるのを見て、私は息が苦しくなった。でも「そんなことで連帯責任なんておかしいです」と門倉先生に言う勇気もない。

先生が、一番前の席に座る蛍に言った。

「仲田さんは初めてですね。このクラスは、誰かが悪いことをしたら連帯責任を取る決まりなんです」

「変な決まりだと思います」

耳を疑った。未来に向かっていた視線が、一斉に蛍に引き寄せられる。

「マスクを忘れたのは中谷さんですよね。なのに、どうして私たちの責任なんですか」

聞き違いではない。見るからに頭のよさそうなこの転校生は、門倉先生に逆らっている！

こわごわ見遣ると、門倉先生は細い目を大きくしていたが、すぐに我に返った。

「クラスの仲間だからです。一学期のときから、何度もそうしてきたんですよ」

「ということは、みんな何度も『悪いこと』をしてるんですよね。連帯責任には意味がないということじゃありませんか」

「仲田さんは転校してきたばかりだから、なにもわからないんですよ」

「なにがわからないのかわからないけど、だったら先生も連帯責任になりますよね。みんなが『悪いこと』を繰り返しているのは教え方が悪いせいだから、校長先生に怒ってもらって――」

「先生に向かってその口の利き方はなんだ！」

窓ガラスが震えるような一喝が鳴り響いた。門倉先生がこんな声を出すのも、敬語を使わないのも初めてで、教室の空気が凍りつく。それでも蛍は怯まない。

「私は転校してきたばかりだから、先生への口の利き方が悪くても連帯責任になりませんよね。怒るなら、私一人を怒ってください！」

「そこまで言うなら職員室に来なさい！」

門倉先生は同じ声音で言ってから、私たちに「みんなは待ってなさい」と告げ、教室を出ようとした。でも蛍は「ほかの人たちには先に帰ってもらった方が時間を気にしないで話せます」と言い張り、席を立とうとしない。同じやり取りが何度か繰り返された末に、私たちは先に帰っていいことになった。

先生と蛍が教室を出ていった後、クラスメートたちは唖然《あぜん》としたり、小声で会話を交わしたりしながらも帰っていった。そんな中、未来は席に着いたまま涙をこらえていた。

「仲田さんは、私をかばってくれたんだよね。先生に、あんなに堂々と意見を言えるなんて」

あかねが応じる。

「未来のことだけじゃない、私たちみんなをかばってくれたんだ。すごいよ。先生がこわくないんだろうね」

「仲田さんがみんなをかばってくれたのは間違いないと思うけど……こわくないわけないんじゃないかな」

私は、おずおずとではあるけれど二人に言った。

「仲田さんは転校してきたばっかりで、仲のいい友だちもいないんだよ。そんな中で、たった一人で立ち向かうなんて……こわくないはずが……」

未来とあかねは納得していない様子だったけれど、私の「とにかく、仲田さんが戻ってくるまで待ってよう」という提案には同意してくれた。

果たして、一時間以上経ってから教室に戻ってきた蛍は、

「まだ残ってる人がいたんだ」

平然とした顔をして言った。先生に長時間お説教されたら、普通は顔が赤くなったり、目が潤んだりする。そういうことは一切なく、転校初日に挨拶したときとまったく同じ顔つきだった。

「仲田さんを待ってたの！」

未来が抱きつかんばかりの勢いで言うと、蛍は不思議そうな顔になった。その後も興奮気味に捲し立てる未来を遮《さえぎ》り、あかねが感謝している旨を説明する。それを聞くと、蛍は微笑んだ。

「それで待っててくれたんだ。ありがとう。でも私は、当然のことをしただけ。これからも門倉先生がなにか言ってきたら、私が抗議するよ」

自然と背筋を真っ直ぐに伸ばしてしまうような、凛とした声音だった。

仲田さんは、全然こわがってなかった——余計な心配をしたことが無性に恥ずかしくなった。

蛍が、一人だけ黙っている私の方を見遣る。

「心乃が、仲田さんを待ってようと言ったんだよ」

あかねの一言がスイッチとなって、私は自分の意志とは関係なく、しどろもどろにしゃべり出した。

「だって仲田さんが、平気なはずないと思ったから……でも、全然平気だったんだね。私は、先生がこわいから……だめだね、自分の基準で考えてばっかりじゃ……ご、ごめんなさい……」

蛍が大きな目で見上げてくる。変な子だと思われてしまっただろうか。自分でも変なことを言ってる自覚はあるし……。

でも蛍は、私を安心させるように微笑んだ。

「待っててくれてうれしかったよ。ありがとう」

次の日。朝のホームルームで。

「昨日は大きな声を出して失礼しました」

門倉先生がそう言って頭を下げたときは、教室が軽くざわめいた。先生が私たちに謝ったことは一度もなかったからだ。蛍を怒鳴りつけたのに続き、初めて目にする先生の一面だった。

門倉先生とどんな話をしたのか、蛍に聞いても教えてくれなかったのでわからない。ただ、その後クラスが連帯責任を取らされることはなくなった。これについてはよかったけれど、反動のように先生は、それまで以上に些細なことで私たちを叱るようになった。

テストも厳しくなった。抜き打ちの回数が増えただけでなく、少しでも字が汚かったり、先生が教えたのと違うやり方で計算問題を解いたりすると、正答でも容赦なくバツをつけられた。

特に採点に関しては、理不尽に感じられることが何度もあった。そんなときは、いつも蛍が抗議してくれた。門倉先生は最初のときと違って声を荒らげることこそなかったが、淡々と敬語で蛍の抗議に反論した。どちらの言い分が通るかは、その時々で違った。

門倉先生が理不尽なことを言い出すかどうかは相変わらず機嫌に左右されたので、蛍との「戦い」は連日勃発することもあれば、何日も起こらないこともあった。でも、いつだって抗議するのは蛍だけだった。みんな、先生をこわがっていたこともあるけれど、蛍が「目をつけられるのは私一人でいい」と主張したことも大きかった。仲田家は「娘がSOSを出さないかぎり学校のことには関与しない」という方針らしく、蛍は本当に一人で先生に立ち向かっていた。

そのため、門倉先生に反発する人たちは親しみと尊敬の念を込めて、蛍のことを「蛍さん」と呼ぶようになった。

この呼び方が広まる前から、私と未来、あかねは「蛍はベストスリーの常連なのに門倉先生に嫌われている唯一無二の存在だよね」と呼び捨てで、軽口をたたける仲になっていた。

「そんな唯一無二は全然うれしくないけど、仕方ないよね」と笑みを浮かべる蛍は、クラスで一番背が低いとは思えないほど大きく見えた。

一番背が高い私なんかより、ずっと。

＊

九十九くんが本当に蛍を好きだったのか、すぐにでも未来に訊ねたかった。でも蛍が「仕事の電話が来た。芋焼酎のお代わりを頼んでおいて」と言って席を立ってしまった。本人抜きで話すのは気が引けているうちに、あかねの仕事が大変だということに話題が移る。

――訊かないでよかったのかもしれないな。

あかねの話に耳を傾けているうちに、そんな気がしてきた。未来がなにを根拠に言ったのか知らないけれど、当時の九十九くんの気持ちなんて関係ない。子どものころ、私のことだけ下の名前で呼び捨てにしていて、大人になったいま、電話をかけてきてくれた。それで充分だ。

芋焼酎はすぐに運ばれてきたけれど、蛍はそれから十分ほど経って戻ってきた。

「ごめん。無事に解決した」

未来が気の毒そうに言う。

「警察って、休みもなにもないんだね」

「そういう仕事だから」

「うわ、かっこいい。さすが九十九くんがほれてただけあるね」

話が戻ってしまった。別の話題を振ろうと口を開きかけた私に、未来はにやにや笑いを向ける。

「心乃もそう思うでしょ？　心乃は、九十九くんと仲がよかったもんねえ。九十九くんの気持ちは、誰よりもよくわかってるよねえ」

未来の声音は、乾杯の音頭を取ったときよりも高くなっていた。照明の色に紛《まぎ》れて気づかなかったが、顔は真っ赤だ。ジョッキの中にビールが半分以上残っているのに。未来がアルコールに弱いことを思い出した。

「ねえ、そうでしょ、心乃？　九十九くんは蛍のことが好きだったでしょ？」

「その辺にしておきなよ」

あかねが、静かだが鋭い語調で未来を遮る。こういうとき、あかねは頼りになる。表情を少しも変えず、クールに場を仕切り——。

「九十九くんが好きだったのは心乃だ。心乃も、九十九くんを好きだった。両思いだね」

「なに言ってるの？」

冗談にしたくて笑ってみせたけれど、あかねは表情を変えず、語調もそのまま迫ってくる。

「九十九くんと心乃は両思いだった。心乃だってわかってたでしょ？　さあ、白状しなさい」

「そんなこと言われても……あかね、まさか酔ってる？　そんなわけないよね？」

あかねはアルコールに強いわけではないけれど、弱くもない。既にビールのジョッキが空とはいえ、一杯くらいでは全然酔わない。

「もちろん酔ってないよ。ただ、訳のわからない領収書を大量に出してきた奴のせいで昨日は深夜まで残業させられたから、いつもより頬が熱くなって、頭が動いてないだけで」

「酔ってるでしょ、それは！」

一見いつもと変わらないから気づかなかった。

未来がテーブルに身を乗り出してくる。

「心乃も九十九くんを好きだったのか。私と同じだね。でも九十九くんの意中の人は蛍だったから、私たちは失恋仲間ってことになるね」

未来ってそうだったのか……。子どものころのこととはいえ、私の方はこんなにあっさり自分の気持ちを打ち明けられない。

「私は九十九くんのことなんて、別に」

「安心して、心乃。九十九くんは、心乃一筋だったから」

私の否定を無視して、あかねは断言した。未来が椅子の背に身体を預け、あかねを見据える。

「違うよ。蛍だったよ」

「いいや。心乃だ」

「蛍だってば。でも、そこまで言うなら……そうだ。蛍に考えてもらおう！」

は？

「九十九くんが好きだったのは、蛍と心乃のどちらか？　それを蛍に推理してもらうの。現役のお巡りさんなら楽勝でしょ」

「いい考えだね。乗った」

なぜか得意げに胸を張る未来に、あかねは真顔で親指を立てた。

なにを言い出すんだ、この酔っ払いコンビ！　でも蛍なら、やんわり断ってくれるはず。子どものころから頼ってばかりで申し訳ないけれど――。

「いいよ」

嘘でしょっ⁉　愕然《がくぜん》とする私を置き去りに、蛍は心底うれしそうに微笑む。

「うちの職場は恋愛話で盛り上がることなんて滅多にないからね。楽しそう。九十九くんのことはあんまり覚えてないから、どんどん話して。それをもとに推理してみるよ」

「決まりだね。蛍を好きだったに決まってるけど」

「心乃だって言ってるのに」

乗り気な蛍に、未来とあかねも盛り上がる。最早とめることは不可能だ。

未来とあかねがタッチパネルで、追加の飲み物を注文する。「アルコールはもうやめた方が」と言ってみたものの、二人とも聞く耳を持たなかった。

注文を終えてから、未来が口火を切る。

「私が九十九くんの気持ちに気づいたのは、蛍が転校してきてすぐだよ。蛍が初めて門倉先生に抗議して職員室に連れていかれた後、九十九くんは蛍の机を見て『すごい』と呟いてたの。あのときにほれちゃったとしか思えない」

九十九くんが、そんな呟きを？　とはいえ。

あかねが首を横に振る。

「だとしても、九十九くんが蛍と話しているところなんて、ほとんど見たことがないよ。単に『すごい』と思っただけで、恋愛感情とは無関係だったということだよ」

そのとおりだ。蛍も続く。

「私も九十九くんと話した記憶はあんまりないなあ」

「蛍と話さなかったのは、小学生男子に特有の照れ隠し。そんなこと、蛍にもわかってるんでしょ。だって……あ、これを言ったら推理してもらうまでもなかった。うっかりしてた、あはは」

未来が唐突に笑い出す。

「私の口から言うのもなんだから蛍が話しちゃってよ、あのことを」

「どのこと？」

「惚《とぼ》けるんだ。なら、私が話しちゃうよ。蛍は、九十九くんに告白されたよね」

こ……。

「告白？」

声を上げてしまった私に、未来は大きく頷く。

「そうだよ。忘れもしない、『お母さん事件』の次の日。放課後、校舎裏で九十九くんは――」

「待った」

あかねが未来を遮る。

「『お母さん事件』の次の日に告白なんてありえないよ。あのとき九十九くんは、死ぬほど恥ずかしい思いをしたんだから」

＊

「お母さん事件」が起こったのは三学期。学年最後の授業参観の最中《さいちゅう》だった。

科目は算数。門倉先生が教壇に立つと、教室後方に立つ保護者の間から微妙な緊張感が漂ってきた。クラス全体がそれを感じ取り、授業はぎこちない雰囲気で進んでいった。

最後の授業参観までこうだなんて。気が重くなった私は、ほとんど俯いていた。

そして残り時間が半分ほどになったところで、それは起こった。

「ここまでで、なにか質問がある人はいますか」

門倉先生がチョークを手にしたままクラスに呼びかけると、九十九くんが挙手して言ったのだ。

「はい、お母さん」

時計の針が進む音が大きく聞こえるほどの沈黙を経て、九十九くんは素っ気なくつけ加えた。

「間違えました」

一拍の間をおいて、教室がどっと沸いた。

三学期から、九十九くんの席は私の右斜め後ろだった。顔を向けると、九十九くんはさすがに照れくさいのか、ごまかし笑いを浮かべて目を伏せていた。

「九十九くんがお母さんと間違えるということは、私は随分若く見えるということですね」

門倉先生が、わずかだけれど口許を緩めて言った。このクラスの担任になってから初めて口にした、冗談らしい言葉だった。小さくなりかけていた笑い声が再び大きくなる。

その後の授業は、ぎこちなかった雰囲気が嘘みたいになごやかに進められた。

子どもが間違えて、先生のことを「お母さん」と呼んでしまうこと自体はなくはない。でも、まさかあの九十九くんが！　想定外のできごとに、この一件は「お母さん事件」として私たちの記憶に深く刻み込まれることとなった。

これ以降も、門倉先生が厳しいことに変わりはなかった。ただ、口調はほんの少しやわらかくなり、理不尽に怒ることも減った。

授業参観から一ヵ月半ほどで終業式を迎えると、門倉先生は転勤になった。だからその後のことはわからないが、それまでクラスが平穏だったことは確かだ。

＊

「『お母さん事件』の後の九十九くんは、告白どころじゃなかったはずだよ」

あかねが言い切ると、蛍も頷いた。

「そもそも私は、九十九くんに告白された覚えなんてない。未来はなにか勘違いしているよ」

「ううん、私は見たの。『お母さん事件』の次の日、校舎裏で、九十九くんと蛍が二人きりで話しているところを。遠かったから声は聞こえなかったけど、九十九くんがなにか言った後、蛍は逃げるように離れていったよね。告白されて、恥ずかしかったからでしょ？」

蛍は記憶をたどるように、視線を宙に向けた。濃いめのファンデーションにもかかわらず頬が赤く見えるのは、照明のせいだろうか？

しばらくしてから蛍は、首をゆっくりと横に振った。

「思い出した。私が九十九くんと二人きりだったのは、掃除当番で一緒だっただけだよ」

「じゃあ、九十九くんになにを言われたの？　どうして逃げたの？」

自分で訊ねておきながら蛍が答える前に、未来は勢い込んで続ける。

「九十九くんは、授業参観で先生を『お母さん』と呼ぶという大失敗をしてしまった。もう失うものはなにもないから破れかぶれで、蛍に告白したんだよね？　二人がつき合った様子はないから、蛍は九十九くんを振っちゃったんだよね？　だから、とぼけてるんだよね？」

「決めつけないでよ。『お母さん』と呼んだことがあまりに九十九くんらしくない気がして、本当に言い間違えたのか訊いてみただけ。そうしたら九十九くんは、私にこう答えたの」

――最後の授業参観くらい、なごやかな雰囲気にしたかったんだよ。


九十九くんが、そんなことを？

蛍は、二杯目の芋焼酎を飲み干して言う。

「私はそれまで、門倉先生に抵抗することが正しいと信じて疑ってなかった。でも、ほかのやり方もあったのかもしれない。それ次第で、うちのクラスはもっとみんな仲よくできたかもしれない――九十九くんの答えを聞いて、そう思ったの。もっとも、そのことを自覚したのは少し時間が経ってから。あのときは自分でも理由がわからないけどただ恥ずかしくなって、九十九くんから離れてしまった。それを未来に見られてたみたいだね」

蛍が空になったグラスに視線を落とすと、釣られたように私たちも黙った。その間に、追加の飲み物が運ばれてくる。九十九くんの話は、このまま終わりになるかも。期待した私だったけれど、あかねが芝居がかった手つきで眼鏡のテンプルをつまんで口を開いた。

「どうやら私の勝ちだね、未来」

まだ続けるつもりなの？　しかも、なんで勝ち負けの話になっているの？

首筋まで赤くなった未来が、右拳を握りしめる。

「私はまだ負けてない。あかねはなんの根拠も示してないもん」

「これから示す。そしてこれで、我々は勝利する」

「あの……我々って？」

おそるおそる訊ねた私に、あかねは全然酔っているようには見えない顔をして答える。

「私と心乃に決まってるでしょ。もちろん敵は、未来と蛍だよ」

「一緒に戦わせないで！」

「未来もあかねも、だいぶ酔っ払ってるね」

私と同じく巻き込まれた立場なのに、蛍はのどかに笑った。

未来が挑むように問う。

「それで、あかねの根拠はなに？　聞かせてもらおうじゃない」

「球技大会だよ」

久しぶりに聞く単語だった。

4

「球技大会って、秋にやったやつだよね？」

蛍がなつかしそうに目を細めたけれど、私は苦笑いしてしまう。

「そうだよ。小五のときの大会は、あんまり思い出したくないかな」

うちの小学校では、毎年十月に球技大会が開催されていた。各クラスを男女混合でドッジボール、フットサル、ミニバスケの三チームに分け、競技ごとに同じ学年のほかの三クラスとトーナメント戦を行う。三位決定戦までやって順位に応じたポイントが割り振られ、三競技の総合ポイントが一番多かったクラスが優勝というルールだった。

それほど運動が得意ではない私には億劫なイベントだったけれど、小五のときは燃えていた。優勝したらクラスの雰囲気がよくなるかもしれないと思ったからだ。運動神経が悪いなりにみんなの練習メニューも、チーム分けも考えた。

私と九十九くんは、ドッジボールのチームになった。私はともかく、ほかのメンバーは運動神経がいい人ばかり。トーナメント一位は間違いないはずだった。

でも、決勝戦。九十九くんはボールを避けたのに、審判をしていた門倉先生に「当たった」と判定されてしまった。味方だけではない、敵からも「えーっ！」という驚きの声が上がる中、私は見た――いつもは感情を表に出さない九十九くんが、一瞬ではあったものの、ものすごく悔しそうに顔をしかめるのを。

「先生が『当たった』と言ったら当たったんです。審判に従うのがスポーツの基本です」

傲然《ごうぜん》と言い放つ門倉先生に、私は猛抗議した。このときは、不思議と門倉先生がこわくなかった。優勝もなにも関係ない、ただ九十九くんへの判定を覆したい一心だった。

でも判定は変わらず、あまりに激しく抗議した結果、私は退場処分に。これが響いて私たちは惨敗。総合優勝も逃した。

表彰式の後、私は悔しくてかなしくて申し訳なくて、校庭で蹲ったまま動けなかった。

「あのときは、蛍たちにも随分慰めてもらったよね」

苦笑いしたままの私に、あかねが言う。

「九十九くんだって、心乃を慰めてたでしょ」

そうだった。九十九くんは蹲ったままの私の前にしゃがみ込み、こんなことを言ってくれた。

——俺のために抗議してくれたんだよね。ありがとう。心乃を……あ、あい、つ……あいつなんかに、退場にされて……あんな判定をされなければ、こんなことには……。

門倉先生のことを悪く言ったことのない九十九くんが、無理して「あいつ」呼ばわりしようとしている。それを思うと泣いてしまいそうで、顔を上げられなかったっけ。

あかねが続ける。

「みんな、心乃のことは九十九くんに任せて教室に帰ったでしょ。でも私は、ハンカチを落としたことに気づいて校庭に戻ったの。そのときに見たんだ——心乃を慰める九十九くんの顔が、真っ赤になっているのを」

え？

あかねが先ほどに続いて、芝居がかった手つきで眼鏡のテンプルをつまむ。

「普段は感情を表に出さない九十九くんが、あんな顔をして、心乃に優しくしてたんだ。心乃が特別な存在だったからとしか思えないよ。どう？　うれしいでしょ？」

「子どものころのことだから」

素っ気なく応じながらも、胸がほんのりあたたかくなっていた。そうか。あのとき、九十九くんが……。アルコールのせいにしたいところだけれど、生憎《あいにく》、私は全然酔っていない。

あかねが得意げに腕組みをする。

「どうかな、蛍刑事《ケイジ》。これで我々の勝利は確定だね」

「そういう話なら私にもある！」

未来が勢いよく手をあげた。

「三人とも、『夏目漱石』のことを忘れてるんじゃない？」

少し考えて、思い出した。

＊

「『吾輩は猫である』『こころ』などの作者の名前を答えなさい」

きっかけは国語のテストで出された、この問題だった。答えはもちろん「夏目漱石」。でも「漱」という漢字はこの人の名前以外で使われているのを見たことがないくらい珍しいし、小学校で習う漢字でもない。だからテストでは「夏目そう石」と書く人が続出した。私もその一人だ。

門倉先生は、その全員にバツをつけた。「先生は授業で『漢字で書けるようにしておきましょう』と言いました」という理由で。本当は、単に機嫌が悪かっただけなのに。

いつもどおり、蛍なら「おかしいです」と抗議すると思った。でも、

「問題には『漢字で答えなさい』と書いてないし、『漱』という漢字はまだ習ってません。ひらがなで書いた人もマルにしてください」

挙手とともに発言したのは、九十九くんだった。蛍以外が門倉先生に抗議するなんて初めてで、クラス中が衝撃を受けた。門倉先生も驚いた様子だったが、すぐにぴしゃりと言う。

「授業を聞いていれば、漢字で書くべきだとわかったはずです」

「でも――」

九十九くんが食い下がろうとする最中《さなか》、ワーストスリー常連の女子が「蛍さんはどう思う？」と話を振った。疑問形ではあるが、九十九くんに同調を求める言い方だった。

でも蛍は、首を横に振った。

「授業で習ったんだから、この問題については先生のおっしゃるとおりだと思う」

「当然です」

門倉先生がにこりともせず頷くのとほとんど同時に、九十九くんは頭を下げた。

「わかりました。すみませんでした」

それから九十九くんは、なにごともなかったかのように答案用紙に視線を落とした。もう終わり？　戸惑う私たちの注意を引き寄せるように、門倉先生はいつもより大きな声を出す。

「人の名前を答える問題では、漢字で書くようにしましょう。でないと恥をかきますよ」

＊

「『夏目漱石』のこと、思い出した？」

未来は、アルコールのせいでさらに高音になった声で言う。

「先生に抗議するなんて九十九くんらしくなかったけど、あれは蛍を守るためだったんだよ。蛍は前の日も門倉先生と激しくやり合ってたから、さすがに放っておけなかったんじゃないかな。それにあの日の九十九くんは、朝からいつも以上に無口だったの。蛍のことを心配していたからに違いないよ」

そんなことまで覚えているなんて、未来は本当に九十九くんのことを好きだったらしい。

蛍が言う。

「私、そんなに激しく先生とやり合ったっけ？」

「やり合ったよ。数字の『0《ゼロ》』の上がちゃんとつながってなくて『6』に見える、という理由でバツにされた人たちのために」

「覚えてないけど、本当なら血の気が多い子どもだったんだね」

照れくさそうに笑う蛍に構わず、未来は続ける。

「蛍が二日続けて先生と揉めると思った九十九くんは、自分が矢面に立つことにした。でも蛍に抗議するつもりがないとわかったから、あっさり引き下がった。つまり九十九くんは、心乃だけじゃない、蛍にも優しかったということ。球技大会のことは、好きだった根拠にならない。顔が真っ赤だったのは、負けたことが悔しかっただけじゃない？」

先生に抗議するなんて九十九くんらしくないとは思ったけれど、蛍と結びつけては考えなかった。でも子どものころのことだから、いまさら関係ない。そう自分に言い聞かせていると、あかねが力強く頷いた。

「安心して。戦いはまだ終わってない」

「だから、勝手に戦いにしないでってば」

私の抗議を無視して、あかねは未来に言う。

「蛍はほかの日も、先生と激しくやり合っていた。あの日にかぎってかばったとは思えない」

「なら、九十九くんが門倉先生に抗議した理由はなに？」

「蛍をかばったとしても、心乃にも優しかったんだから条件は五分五分だね」

あかねがあまりに自信満々に答えるので、話を逸らしたのだとすぐにはわからなかった。

「確かにそうだね。でも、私には切り札があるの。できれば言いたくなかったんだけど……」

未来は少し言い淀んでから、思い切ったように口を開く。

「実は小五の終業式の次の日、九十九くんの家に行ったの」

「初耳なんだけど」

驚く私から、未来は微妙に視線を逸らした。

「家の場所は、九十九くんが転校すると聞いて、尾行して知ったから……言いづらくて……」

そこまでする？　あかねもさすがに、眼鏡の向こうにある目を大きくしている。

蛍が、苦笑で受け流しつつ促す。

「未来は九十九くんの家に、なにをしに行ったの？」

「転校しちゃう前に、告白しようと思ったの。『お母さん事件』の後、九十九くんが蛍に振られたと思い込んでたし、私にもチャンスがあるかもと思ったんだ。でも九十九くんはいなくて、おばさんが出てきた。さすがに緊張して、九十九くんのクラスメートだと挨拶したときはしどろもどろになっちゃった。怪しい子だと思われたみたいで、こわい顔をされたよ。ゆっくり言い直したら、すぐ笑ってくれたけどね」

「お母さん事件」の後、廊下で九十九くんと話すおばさんを見かけた。色素の薄いブラウンの髪と涼しげな目許がそっくりだから一目で母親だとわかったけれど、顔つきはにこやかで、九十九くんと全然似ていなかった。

おばさんが「先生とお母さんを間違えないでよ」と言いながら軽く肩をたたくと、九十九くんは「申し訳ありません」と仰々しく頭を下げた。「もう、ふざけないで」と笑うおばさんと一緒に、九十九くんも声を上げて笑った。ああいう風に笑う九十九くんを見たのは、あれが最初で最後だ。

そんなおばさんにこわい顔をさせるとは、未来はよほど挙動不審だったに違いない。

「でもおばさんに『リクになにかご用？』と訊かれたらまた緊張して、訳がわからなくなって、咄嗟に『九十九くんはどんな女の子が好きなんですか？』と口走っちゃったの。おばさんはびっくりしてたけど、優しい口調でこう教えてくれた」

――リクはそういう話をおばさんにしないけど、強い女の子が好きみたい。自分が正しいと思ったことは大人相手でもきちんと意見を言える、そういう意志の強さを持った女の子。リク自身が、あんまり自己主張できるタイプじゃないからかもね。

その女の子って、どう考えても……。

「おばさんは、私の気持ちに気づいて教えてくれたんだと思う。それを聞いて、告白しても九十九くんを困らせるだけだと悟ったの。あの夜は泣いたなあ」

未来は遠くを見つめる眼差しになった、と思ったら、一転してあかねを見据える。

「九十九くんが、心乃と仲がよかったことは間違いない。でも、それはあくまで友だちとして。強い女の子を好きな九十九くんが、球技大会で負けて泣いた心乃を好きだったとは思えない」

「おばさんが、九十九くんの好きなタイプをちゃんと把握していたとはかぎらない。だよね、蛍？」

「そうだね。おばさんの情報が足りないから、これ以上は考えようがないかな」

「九十九くんと仲がよさそうな人だったよ」

自分の意志とは関係なく、私は口を挟んでしまった。三人が一斉に私を見る。ごまかすのも変なので、廊下で見かけた九十九親子の話をした。

「そんな関係だったなら、九十九くんの好きなタイプを把握していてもおかしくないじゃん」

未来が誇らしげに胸を張る。

「九十九くんが好きだったのは蛍で決まりだよ。蛍は子どものころから勇敢で、かっこよかったんだから」

「うん。そうだね」

あんなに勝ち負けにこだわっていたにもかかわらず、あかねは呆気なく認めた。拍子抜けしたけれど、よく見ると目の焦点がぼやけている。眠くなってきたらしい。それでもあかねは力を振り絞るように、私に深々と頭を下げた。

「期待させてごめん、心乃」

「別に期待なんてしてなかったよ」

私は笑って応じる。

でも、本当は少しだけ――そう、ほんの少しだけではあるけれど、がっかりはしていた。

「私が推理するまでもなさそうだね。みんなの思い出話を聞いていただけで、最後まで推理なんてしなかったけど」

蛍が笑顔で言って、九十九くんの話は終わりになった。

5

アジア料理店を出た後、蛍の行きつけのバーに移動した。先ほどとは打って変わって照明が青い、水の中にいるような気分になる店だった。

明日は朝が早いというので、未来とあかねは先に帰った。私も朝から大学に行って事務手続きをしないといけないのだけれど、蛍と会える機会は少ないのでもう一軒行くことにしたのだ。

奥のボックス席に、蛍と向かい合って座る。ほかの席から離れているし、店内にジャズ調のB

ＧＭが流れているので、大きな声を出さないかぎり周りに会話を聞かれることはなさそうだ。

「未来もあかねも、ものすごく酔ってたね。ちゃんと家に帰れるといいね」

私は笑いながら言う。九十九くんの話が終わった後も、二人は妙なテンションで、いろいろな話を続けた。どれもとりとめもない話だったけれど、たくさん笑った。

蛍も楽しんだと思っていたのに、返ってきたのは「うん」という短い相槌だった。

「どうしたの？」

「先に注文を済ませよう」

ウエイターを呼び、私はオレンジジュースを、蛍はミネラルウォーターを頼む。

「蛍は、まだ飲み足りないんじゃないの？」

「そうだね。でも、今夜はもういい」

「なにかあった？」

「注文が来てから話すよ」

蛍の声音も表情も硬い。さすがに緊張してくる。

注文が運ばれてきた。乾杯して、オレンジジュースを一口飲んでから私は訊ねる。

「で？　どうしたの？」

「結論から言うね」

蛍はミネラルウォーターに口をつけず、ほかの客には聞こえないだろうに声を落とす。

「九十九くんは、お母さんから教育虐待を受けていたのかもしれない」

教育虐待とは、親が子どもの意向を無視して限界以上に勉強や習い事を強《し》いることである。親の望む学力に達しない子どもは容赦なく罵倒や暴力を受け、心身に影響が生じることも少なくない。

　被害に遭った人たちを取材して『毒だらけの教育』という本にまとめたから、教育虐待のことはもちろん知っている。でも、それが九十九くんと結びつかない。そもそも、

「蛍だって、九十九くんとずっと会ってないんだよね。なにを根拠に言ってるの？」

「九十九くんが門倉先生を『お母さん』と呼び間違えたこと。子どもが先生をそう呼んでしまうことがあるのは、心的辞書の並びが近いからという説があるの」

　心的辞書については、本で読んだことがある。

　人間は修得した言葉を、概念が似た言葉、発音が似た言葉などに脳内でジャンル分けしているという説がある。このジャンル分けされた言葉の連なりを心的辞書、あるいは脳内辞書という。子どもにとって「お母さん」は、優しい人、自分の味方でいてくれる人の典型だ。「先生」にも似た感情を抱いている場合は脳内辞書で同じジャンルに分類されているので、想起した際にミスが起こって呼び間違えてしまうらしい。

　私の母も、キャベツとレタスを言い間違えた。あれは、どちらも脳内辞書で「緑の野菜」という概念に分類されているからと考えられる。

　それを理解した上で、私は首を横に振った。

「心的辞書の説は、九十九くんには当てはまらない。相手は門倉先生だよ。厳しいだけじゃない、自分の機嫌によって理不尽なことを言う先生だったんだよ」

「九十九くんにとって『お母さん』は、そういう概念に属する大人だったんだよ。授業参観をなごやかな雰囲気にしたかった、というのは嘘。先生に歯向かってばかりの私なら、そう言われれ

ば恥ずかしくなってそれ以上は詮索してこないと踏んだ。私が『成績がいいのに門倉先生に嫌われている唯一無二の存在』なんて言われていい気になっているところを見ていたんだと思う——私は『なごやかな雰囲気にしたかった』という九十九くんの一言に、中学生のころ影響を受けてたんだけどね」

最後の一言は、独り言のようだった。

心的辞書の話はおもしろいけれど、それだけで教育虐待されていたというのは決めつけすぎでは……。私が釈然としないでいるのを見て取ったように、蛍は言う。

「本当は心乃から留守電の話を聞いてすぐ、九十九くんのことも、『お母さん事件』のことも思い出していたの。子どものころは気づかなかったけど、門倉先生のような人をお母さんと間違えるなんて不自然だから、教育虐待を受けていた可能性が頭をよぎった」

あのとき蛍が、名字と接辞語の境目がわかっていないように「ツクモクン」と呟いたのは、この可能性を考えていたからだったのか。

「もちろん、最初から確信があったわけじゃないよ。でも気になって、電話がかかってきたふりをしてお店を出て九十九くんの名前をスマホで検索したら、思ったとおり慶秀大のサイトがヒットした」

「思ったとおりって、なんで?」

「あかねに、九十九くんが慶秀大生だったのかと訊かれたときの心乃の反応を見て、ネットで検索したんだと察したから」

見抜かれていたのか。頰が熱くなる私に「ごめんね」と頭を下げ、蛍は続ける。

「九十九くんが所属していたゼミの先生とは犯罪社会学のことを教えてもらうために会ったこと

があるから、電話をかけて九十九くんのことを訊いてみたの。そうしたら急に大学に来なくなって、四年生になる前に中退したと教えてもらった」

中退？　九十九くんが？　留守電で、私が慶秀大学の講師になったことを「すごいね」「尊敬するよ」とほめちぎってくれたのは自画自賛ではない、自分が卒業できなかったからなの？

「親から勉強することだけを強要された上に、罵倒されたり暴力を振るわれたりしたら、社会生活を送ることが困難になる人もいるよね。九十九くんが大学を中退した原因も、これに関係しているのかもしれない。この考えが正しいか検証するため、九十九くんの情報をほしいと思った。そうしたら未来とあかねが、私に『九十九くんが蛍と心乃のどちらを好きだったか推理してもらおう』と言い出したから便乗して、彼の思い出を話してもらうことにしたの」

「だから蛍は乗り気だったんだね」

「そうだよ。未来たちの話を聞いているうちにいろいろ思い出して、やっぱり九十九くんは教育虐待されていたんじゃないかと思った。九十九くんは放課後、クラスメートと一緒に遊ぶことが少なかったよね。学区の違う友だちが多いと言っていたけれど、それは嘘で、勉強や習い事でスケジュールが埋まっていたからかもしれない。そのせいで友だちとの接し方がわからなくて、自分からしゃべることがほとんどなかったのかもしれない」

「でも九十九くんは、そこまで勉強熱心に見えなかったよ。授業中は、うたた寝していることだって多かったし」

「家で夜遅くまで勉強させられているから、昼間、学校で起きていられない。教育虐待を受けている子どもには、そういうこともあるでしょう」

「九十九くんは勉強より、むしろ運動をがんばっていた。慶秀大に入ったくらいだから、教育熱心な家庭だったんだとは思う。でも、文武両道だっただけじゃない？」

「勉強ばかりさせられることは、九十九くんにとって苦痛だったはず。だから成績はいま一つ伸びなくて、こう言ってはなんだけれど、テストでは度々ベストスリーに入る程度の点数しか取れなかった。そのせいでおばさんに怒られるストレスを、運動で発散していた。テストの点数が悪かったときは、家に帰ったら怒られるという現実を忘れるために、みんなをサッカーに誘った」

　九十九くんがクラスメートに「サッカーをやろう」と率先して声をかけたのは「時々」だ。それは、テストの点数が悪いときだったということ？

「『漱石』を漢字で書くかどうかで抗議した日、九十九くんはいつも以上に無口だったと未来が言ってたよね。家でおばさんに、成績のことで怒られたからだと思う。あのテストでは『漱』の字をひらがなで書いてバツをつけられて、また怒られると焦った。だから我を忘れて抗議した。でも私に抗議するつもりがないとわかると、無駄だと判断して引き下がった。

　小六になる前、急に神奈川に引っ越したのだって、おばさんが、慶秀大学の付属中学を受験させようとしたからかもしれない。そういう親なら、合格していないのに学校の近くに家を買うこともあるでしょう」

「確かにあるけど……でも九十九くんのおばさんは、そんなことをする人には見えなかったよ。もちろん、人が見かけによらないのはわかるけど」

「本当に見かけによらなかったんだよ。私を嫌いで、九十九くんに近寄らないように言っていたようだから」

「蛍を嫌いって、なんで？」

「未来は九十九くんのおばさんに会ったとき、緊張してしどろもどろになったと言ってたよね。

きっと未来が挨拶したときに、おばさんは名前を『中谷』ではなく、『仲田』と聞き違えたんじゃないかな。だから、こわい顔になった。でも未来がゆっくり言い直して別人だと気づいて、笑ってみせた」

初対面の人には、普通は名字を名乗るだろう。未来の名字は「中谷《なかたに》」。「仲田《なかた》」と音が一つしか違わないので似ている。しどろもどろに名乗られたら、聞き違えてしまうことはありえる。

「おばさんは、未来のことを仲田だと——蛍だと誤解して、嫌いな子が来たからこわい顔になったってことか。だとしても、蛍を嫌っていた理由は?」

「私が転校早々、先生に逆らって、その後もなにかと反抗する『悪い子』だから」

そんな風に思われてるなんて当時は考えもしなかったけど、という呟きが挟まれる。

「九十九くんは、私が最初に門倉先生に抗議したとき、『すごい』と言ってたんでしょう。その時点では私に好感を持っていて、家でおばさんにも話をした。でもおばさんからすると、子どもが大人に逆らうなんてありえないこと。九十九くんにもそう言って、私と話さないように命令した。九十九くんは、それに従った。だから私は、九十九くんと話した記憶がほとんどない」

九十九くんは、門倉先生の悪口を言ったことがなかった。あれも「大人に逆らってはいけない」とおばさんに教え込まれていたから?

蛍は、ミネラルウォーターに口をつけないまま言葉を継ぐ。

「おばさんが私を嫌っていたなら、『九十九くんが好きな女の子』の話も信用できなくなるよね。あれは、どう考えても私でしょう。近づかないように言っているのだから、九十九くんが好きになるはずない——少なくともおばさんは、そう思っていたはず。だからおばさんからすると、未来に嘘を教えたことになる」

「そう言われると、おばさんは蛍を嫌っていたかもしれないけど……でも『お母さん事件』の後、九十九くんはおばさんと楽しそうに笑ってたよ」

「九十九くんはおばさんに軽く肩をたたかれただけで、頭を下げて謝ったんだよね。心乃にはふざけているように見えたそうだけど、普段から怒られているから、条件反射でそうしてしまったのだとしたら？　おばさんと一緒に笑ったのも、顔色をうかがっていたのだとしたら？」

「私には、おばさんと仲がよさそうに見えたけど……」

でも、あのときの九十九くんがどんな顔をしていたかは思い出せなかった。

蛍の話は、九十九くんが教育虐待に遭っていた可能性を検討してもいいくらいには説得力がある。なのに、まるでぴんと来ない。

私自身は、母に救われてきたからだろう。

だから教育虐待を取材したこともあるのに、身近な人が被害者だったかもしれないことに実感を持てない。

一緒にすごしていた、あの日あのときの九十九くんのことがわからない。

蛍は、ようやくミネラルウォーターに口をつけた。

「九十九くんが大学を中退したことと、二十年近く前の話をつなぎ合わせて〝想像〟しただけだから、教育虐待されていたと断定はできない。ただ、次に九十九くんから電話がかかってきたら、その可能性を頭に置いて話した方がいいと思う」

「そうだね。留守電に入っていた九十九くんの声は、久しぶりとは思えないくらいテンションが低かったの。心の問題を抱えているのかもしれない。私が電話をかけても出なかったり、自分の方からかけ直すと言ったりしたのは、精神状態がいいときでないと話せないからかもしれない」

そう言いながらもなお、私は蛍の話を完全には信じ切れないでいた。そんな自分が嫌で、オレンジジュースを喉に流し込んでから無理やり笑顔をつくる。

「蛍はすごいね。恋愛話で盛り上がっているふりをしながら、九十九くんが教育虐待を受けていたかどうかを推理していたなんて」

「もし九十九くんが教育虐待を受けていたなら、子どものうちに助けてあげるべきだったからね。その責任を果たしただけだよ」

「蛍だってそのころは子どもだったんだから、仕方ないでしょ」

「それでも私には、やれることがあったはず」

その一言は、子どものころの蛍を思わせる声音で口にされた。ちょっとたじろいでしまう。冷静に考えれば、些細な根拠しかなかった時点でゼミの先生に電話した行動力も尋常ではない。なにかに、囚われているのだろうか。

中学生になるタイミングで引っ越してから大学生になって再会するまでの間に、やはり蛍の身になにかがあったのでは？

「それに、私は全然すごくないよ」

私が抱いた懸念を吹き飛ばすように、蛍はにっこり笑った。

「九十九くんが教育虐待の後遺症に苦しんでいるとしても、助けてあげることはできないんだから。それができるのは、心乃だよ」

「教育問題を取材しているから、少しは力になれるかもね。九十九くんもそのことに期待して、連絡してきたのかもしれない」

「理由はそれだけじゃない。九十九くんは、心乃のことを好きだったんだから。心乃だって、そう思っていたんでしょう」

　これも見抜かれていたのか。苦笑いしてしまう。でも、

「いまは思ってない。教育虐待のせいで、他人との接し方がわからなかったからじゃない。九十九くんが私だけ呼び捨てにしていたのは、特別な存在だったからでしょ」

「そういう側面はあったかもね。でも九十九くんは、ちゃんと学校に通って、少なくとも表面上は問題を起こさなかったでしょう。それは同じクラスに、心乃がいたからだと思うよ。心乃は優しくて、いつもみんなのことを考えていた。私が門倉先生に初めて抗議した日も、教室で待っていてくれた。そういうところに惹かれたんじゃないかな」

「でも私は、先生がこわくてなにもできなかった」

「球技大会のとき、九十九くんの判定を覆そうとして抗議したじゃない」

　言葉を紡《つむ》げなくなる。

　蛍は私の身も心も、すべて包み込むように微笑んだ。

「普段は門倉先生がこわくてなにも言えない心乃が、勇気を振り絞ってくれた。自分には特別に優しい――九十九くんはそう思って、心乃への気持ちを自覚したんじゃないかな。あかねによると、あのとき九十九くんの顔は真っ赤だったそうだけど、それだけだった？　なにか言おうとしてなかった？」

　蛍の言葉に導かれ、記憶が蘇る。

　――心乃を……あ、あい、つ……あいつなんかに、退場にされて……。

　九十九くんは門倉先生のことを悪く言ったことがないのに、無理して「あいつ」呼ばわりしようとしているのだと思った。

でも本当に言おうとしていた言葉は、もしかして。

――心乃を愛してる。

6

家に着いたのは、日付が変わる少し前だった。早く寝た方がいいことはわかっているのにスマホを取り出し、ＳＮＳにこう投稿する。

〈用事を終えて帰宅。今夜は目が冴えているので、もう少し起きてよう〉

九十九くんが私のＳＮＳをチェックしているかどうかはわからない。でもこれを見たら、こんな時間でも電話をくれるかもしれない。

そう都合よく行くはずないけれど、と思いながらお茶をいれるためキッチンに行こうとした矢先、スマホが鳴った。ディスプレイに表示された番号を見た途端、掌に汗が滲む。

いま自分が抱いている感情は、愛情とか友情とか同情とか、そういう単純な一言では言い表せない。それらが混じり合ったものかもしれないし、全然違うものかもしれない。考えても答えは出せないから、とりあえずシンプルにこう考えよう。

カンニングを黙っていてくれた恩を返すときがやっと来た、と。

通話ボタンをタップした私は、相手の声が聞こえてくる前に言う。

「もしもし、リク?」

言の葉

伊《い》原《はら》大晴《たいせい》

相変わらず、強くはないが弱くもない、中途半端な雨が降っている。この一週間、ずっとこんな天気だ。毎朝起きる度に億劫な気分になっていたが、今夜にかぎっては都合がいい。

この雨が、きっと証拠を洗い流してくれるから。

雨粒が傘に当たって弾ける音を聞きながら、黙々と歩く。時刻は午後十時半。会社帰りらしき人たちが歩いていて、思ったより人通りが多い。こんな時間に中学生が一人でいたら見咎《みとが》められるかもしれないと思ったが、傘に隠れて俺の顔が見えないからか、単に無関心だからか、誰もなにも言わない。服も傘も黒いから、自分が夜の一部になったような気がしてくる。

右手前方に、目的地の日本家屋が見えてきた。雨に煙っているせいか事前に見た写真と印象が違うので、念のためスマホの地図アプリで位置を確認する。

ターゲット――金川姫乃《かながわひめの》の事務所で間違いなかった。

事務所の前で足をとめる。塀には、金川のポスターが二種類貼られていた。顔の向きは違うが、〈神奈川には金川が必要！〉という頭の悪そうなキャッチコピーが書かれているのはどちらも同じ。笑顔なのも、どちらも同じ。

つり上がった両目、端が異様に持ち上がった唇、鼻の両端に深々と寄ったしわ。内面のずる賢さが滲み出たような笑顔だとつくづく思う。一部では「美人すぎる政治家」と言われているらしいが、お世辞がすぎる。

塀の向こう側に視線を移す。どの窓も明かりが消え黒い四角形と化していて、人の気配はない。この事務所は、築何十年だかの空き家をリフォームしたものらしい。「二階建てだし、部屋も広いけど、お金はそんなにかかってないんですよ。修繕の手間暇はものすごくかかりましたけどね」と語る金川を、ローカルニュースで観たことがある。あんな風に「お金を使ってないアピール」をするところも、庶民の味方気取りで胡散《うさん》くさい。

例のガレージを横目に見つつ脇道を通って事務所の裏手に回ると、途端に人通りがなくなった。辺りの家々は、カーテンが閉じられている。それを確認した俺は、ウインドブレーカーの左ポケットに入れていた手袋を両手に嵌めた。次いで反対のポケットから、ビニール袋に包んだリンゴを取り出す。リンゴをビニール袋から出すと、湿り気を帯びた空気を吸い込んで顔を上げた。塀の向こうに、一階の窓の上部が覗き見える。この期に及んで身体が固まりかけたが、もう一度空気を吸い込んでから、右腕を大きく振りかぶって。

窓に向かって、すべての力を込めてリンゴを投げつけた。

雨音に、リンゴが窓ガラスに当たってつぶれる音が混じる。思ったより大きくはあったが、想定の範囲内ではあった。でも直後、「がしゃん」となにかが割れる音がして両肩が跳ね上がってしまう。反射的に駆け出しかけたが、待て。いまのは、植木鉢が割れる音かもしれない。窓から跳ね返ったリンゴが当たってしまったのかもしれない。

だとしたら、植えられていた植物を助けないと。

両手を塀の上につき、身体を持ち上げ敷地を覗き込む。暗くてはっきり見えないが、庭に転がったリンゴが雨に打たれている。その傍に、植木鉢のかけらと土が散乱しているようだった。

目につくのは、それだけだ。

どうやら、なにも植えられていなかったらしい。胸を撫で下ろしたところで、後ろから「なにか割れた音がしたよね？」「ガラスじゃん？」という話し声が近づいてきた。

塀から手を放した俺は、地面に足が着くなり今度こそ駆け出した。

間違いなく、金川は大騒ぎする。自業自得であることを棚に上げ、言論の自由への挑戦とか捲し立てる姿が目に浮かぶ。

でも、俺が捕まることは決してない。

雨の中、足早に家へと戻る。

六月二十七日のことだった。


二日後。六月二十九日。

「はい、お土産《みやげ》」

聖子《せいこ》さんが差し出した白いレジ袋を、俺は「え？」と声を上げながら受け取った。中には、ずしりと重く、あたたかい容器。そして、この香り。もしかしなくても、これは……。

俺の考えを察したらしく、聖子さんは頷く。

「カレーよ。この前、みんなが『おいしい』とほめてくれたから、たくさんつくってみたの」

聖子さんがやたらバックヤードに出入りしていることが気になっていたが、そうか、俺たちのためにお土産までつくってくれていたのか。

「ありがとうございます！」

喜んだのは俺だけじゃない、ほかの子どもたちもカレーを受け取りながら、口々に「やったね！」「食べたばっかりだけど、家に帰ったらすぐ食べたい！」などと歓声を上げている。「お母さんと一緒に食べます。聖子さんのカレーが大好きなんです」とはしゃいでいる子も、「小分けにして冷凍して保存しておこう」と計画を立てている子もいた。

「みんなが喜んでくれると、おばさんもうれしいなあ」

聖子さんは、にっこり微笑んだ。しわだらけの顔が、さらにしわくちゃになる。怒っているところなんて想像もできない、金川とは違う本物の笑顔だった。

それから俺たちは、聖子さんに見送られてレストランを出た。今夜も雨は、昨日までと同じペースで降り続いている。傘を差しながら、友だちと三人で歩く。お土産のカレーの話もしたし、クライマックスが近い漫画の話もした。話していると楽しくて、笑顔にもなった。

でも交差点で二人と別れた途端、自分の口許から笑みが消えたことがわかった。

俺がさっきまでいたのは、無料で食事を提供してくれる場所、いわゆる「子ども食堂」だ。いつもやっているわけではなくて、聖子さんがレストランを借りて月二回、開催してくれている。たまに手伝いに来る人もいるが、スタッフは基本的に聖子さん一人。訪れる子どもの数は、多いときは十人以上。今日だって五人いた。人数分の食べ物を用意するだけでも大変なはず。お腹を空かせている子も来れば、親が留守がちで甘えたがる子も、単に友だちと一緒にご飯を食べたい子も来る。それぞれに合わせた対応をするのだって一苦労だろう。

でも聖子さんは、そんな素振りを微塵も見せず、いつも笑顔でいてくれる。今日のように、お土産を持たせてくれることまである。本当にうれしいし、ありがたい。みんなで食事をすることが楽しくもある。さっきの二人とも、子ども食堂で知り合った。

一方で、どうしてもこうも思ってしまうのだ。

父さん、母さんと三人で食べる夕飯の方がおいしい、と。

世間では、十四歳といえば反抗期で、親を鬱陶しく感じるものらしい。クラスメートにも、親のことを「うざい」「面倒くさい」なんて言っている奴は何人もいる。でもそれは十四歳になるまで、親と幸せな時間をすごしてきた反動に違いない。

俺には、当てはまらない。

だからこそ、金川を許せない――たまたま目についた、塀に貼られたあの女のポスターを睨みつけてしまう。

アパートに帰ると、父さんが出かける準備をしているところだった。これからビルの夜警だという。母さんはコンビニのバイトから帰ってきたばかりだそうで、畳にだらりと横たわってテレビを観ていた。

俺がお土産にカレーをもらった話をすると、二人とも、ありがたい、助かるなどと聖子さんに感謝しつつも、そろって「大晴が一人で食べなさい」と言ってくれた。

思ったとおりだ。

聖子さんのカレーを冷蔵庫にしまってから、俺は父さんに言った。

「雨が降ってるから、風邪を引かないように気をつけて」

「ありがとうな、大晴。でも、そんなもんを引いている暇はないから大丈夫だ」

父さんが胸を張って笑うから俺も笑ってみせたが、一円も稼げないことが申し訳なくて、衝動的に謝りそうになる。

父さんは、いまでこそ日焼けして無精髭を生やしているものの、三年前までは食品メーカーの社長で、どちらかと言えばおとなしそうな見た目をしていた。でも海外の金融危機だか通貨危機だか知らないが、とにかく父さんの与《あずか》り知らぬところで原材料費が大幅に値上がりして、会社がつぶれてしまった。

ほかにもつぶれた会社はたくさんあるので、「国際情勢の煽《あお》りで打撃を受けた人たちを国が救済するべき」という声も上がりはした。でも国はなにもしてくれず、父さんは仕事をいくつも掛け持ちしながら借金を返している真っ最中だ。母さんもそれを手伝うため、コンビニのバイトとスーパーのレジ打ちをしている。俺はといえば、このアパートに引っ越すとき、年齢の割には大きな身体で荷物運びを手伝ったくらい。それ以外はなにもできず、少しでも家計の負担を減らすことを心がけるだけの毎日だ。

聖子さんがやっている子ども食堂も、少しでも食費を浮かしたくて、俺が自分でネットでさがして見つけた。父さんも母さんもそれで充分だと言ってくれているが、いますぐお金を稼げないことが心苦しくて仕方がない。

政治家が俺たちのような家族に金を出してくれれば、こんな感情を抱かなくて済むのに。そう思っていると、テレビから金川のニュースが流れてきた。

〈神奈川県川崎市にある金川姫乃議員の事務所に何者かがリンゴを投げつけ、植木鉢が割られていたことがわかりました。今日の朝九時すぎ、金川議員のスタッフが事務所に出勤すると――〉

画面が、原稿を読むキャスターからＶＴＲに切り替わり、金川の事務所が映し出された。発見されるまで間が一日空いたのは、昨日は誰も事務所に行かなかったからだろう。

俺は本当にやったんだ……。密かに右拳を握りしめていると、父さんが眉をひそめた。

「金川みたいないい政治家に、こんなことをするなんて」

「ひどいよね。犯人はなにを考えてるんだろ」

いつの間にか上半身を起こした母さんも、父さんと同じ表情になっている。俺は今し方とは違う理由で、拳を握りしめてしまう。金川は「苦しんでいる人たちのために減税を」と主張している。父さんも母さんもそれが頭にあるから、こんな顔をしているに違いない。でも、

――減税を主張しているのはパフォーマンスなんだよ。あの女は国民のことなんてなにも考えてない、反日政治家なんだ。

できるなら教えてあげたい。でも、借金を返すことで精一杯の二人を混乱させたくもない。

テレビに映った金川は、だいたい俺が思ったとおりのことを、俺が思った以上に芝居がかった口調で喚いた。

〈言論ではなく、このような行為で私を批判するのは、卑怯、卑劣、卑俗極まりない。警察には、一刻も早く犯人を捕まえてもらいたいです〉

金川によると、「同じ発音が使われている言葉を三つ、リズムよく並べて言うことが人の印象に残るコツ」らしい。いまの「卑怯、卑劣、卑俗」というのも、視聴者に印象づけるため口にしたのだろう。

ＶＴＲが終わると画面がスタジオに戻り、キャスターやコメンテーターたちが金川に賛同する言葉を言い立てる。投げつけられたリンゴの詳細については語られない。これに関しては、警察が発表していないのかもしれない。

でも子ども食堂に関する金川の勘違い発言について触れないのは、どう考えてもおかしい。そういうことだから「マスゴミ」と言われるんだ。

父さんが仕事に行き、母さんが風呂に入ると、俺はスマホを取り出した。「金川　子ども食堂」というキーワードでＳＮＳを検索すると、思ったとおり、マスコミをゴミ扱いしている投稿がたくさん出てきた。犯人は子ども食堂の関係者なのでは、と推理している投稿もある。

「当たってるよ」

スマホに向かって呟く。

＊

金川姫乃は、俺が生まれる前は女性アイドルグループのリーダーをしていて、ものすごく人気があったらしい。メンバーの不倫スキャンダルが原因でグループが解散した後も、バラエティ番組によく出ていた。でも四年前、三十五歳のときに「政治家になるため勉強します」と宣言して番組をすべて降板。二年前、「いまの与党は国民のことを見ていない」と野党第一党から出馬し、当選した。

「女性が働きやすい社会をつくる」「生まれた環境に関係なく、子どもが自己実現できる教育制度をつくる」など、主張だけを見ればご立派だ。でもその実現のためにはどうしたらいいのか、具体策は一切示していない。しかも与党の揚げ足を取って、批判ばかりしている。挙げ句その批判の内容が、海外の反日政治家とほとんど同じなのだ。あいつらから金をもらっているとしか思えない。

要は、本音ではこの国のことなんてどうでもいいということ。

アメリカのＩＴ企業・Ａｐｐｌｅ――食べかけのリンゴのロゴで有名な会社だ――が好きすぎて、「Ａｐｐｌｅと較べると日本のＩＴ企業は無能」と小ばかにしたことがあるのが、その証拠だろう。

そんな奴だから、四日前の六月二十五日、神奈川県内の大きな子ども食堂を視察したとき、こう発言した。

「たくさんの人が子ども食堂の運営をしやすいように、どんどん助けてあげましょう」

国が我が家のような家族を援助しているなら、子ども食堂なんてそもそもいらないのだ。本来は国がやるべきことを、聖子さんみたいな人たちが肩代わりしてくれているのだ。

なのに、子ども食堂を「助けてあげましょう」なんて。

当然、この発言はＳＮＳで炎上した。

〈金川は自分の仕事がわかってない〉〈政治家がやるべきことは、子ども食堂に行かないといけない子どもを一人でも減らすことだ〉〈普段口にしているきれいごとを本気で実現するつもりなんてないことが改めてわかった〉

こうした投稿を見ながら、俺も自分のアカウントで同じ趣旨の投稿をした。いつもなら、それで気が晴れて終わる。

でも、一昨日――二十七日の夜は違った。

家に一人でいた俺は、夕食の後、冷蔵庫からリンゴを取り出した。皮を剝く前に洗おうとしたが、流しの前で立ち尽くし、手にしたリンゴをじっと見つめてしまう。

――見切り品で安かったから、たくさん買ってきちゃった。大晴が好きなだけ食べていいよ。

母さんは嬉々とした顔で、そう言ってくれたっけ。

気がつけば握りしめたリンゴに、指先が食い込んでいた。

金川には、これがお似合いなんじゃないか？　直接ぶつけるのはさすがにまずいが、事務所に投げつけるくらいしても罰は当たらないんじゃないか？

いいアイデアだと思いかけたが、すぐに首を横に振った。そんなことをしてバレたら、父さんと母さんにどれだけ迷惑がかかるかわからない。忘れようと、風呂に入った。

でも風呂に入っている間も、風呂から出た後も、このアイデアは頭から離れなかった。途切れることのない雨音に鼓膜を撫でられているうちに、迷いも生じてきた。

この雨に紛れれば、証拠が残ることもない。

しかも、俺にとって有利なのはそれだけじゃない。

その気づきに背中を押された俺は、ビニール袋に包んだリンゴをウインドブレーカーのポケットに入れて、家を出たのだった。

＊

今度は「金川　リンゴ」というキーワードでＳＮＳを検索する。案の定、犯人――俺に対する称賛であふれていた。

〈よくやった〉〈Ａｐｐｌｅ狂信者の金川にはリンゴがお似合い〉〈表彰してやりたい〉……読んでいるうちに興奮して、訳もなく部屋の中を歩き回ってしまう。

もちろん、俺を批判して、すぐ警察に捕まると決めつける投稿もあった。わかってない。

警察が本気で調べないことは証明済みなのに。

七月一日。事件が報道されて二日経った。警察は真面目に捜査してないから、このまま何事もなく日々がすぎるはず。相変わらずの雨でもう何日も青空を見ていないが、俺の気分は爽快だった……のだが。

「伊原大晴くんだよね」

学校から帰ってきた俺がアパートの外階段をのぼろうとする寸前、後ろから女の声がした。外で女に名前を呼ばれることなんて滅多にない。どきりとしながら振り返る。

立っていたのは、パンツスーツを着た大人だった。背筋をぴんと伸ばしているのですぐには気づかなかったが、背が低い。髪は黒いし、メイクは地味だし、見るからにまじめでおとなしそうだ。俺と同じ年ごろのときは、男子とほとんど話したことがなかったに違いない。

女の後ろには、黒いスーツを着た男が立っている。年齢は女よりもずっと上、たぶん俺の父さんくらい。目の形は三角形に近く、顎の先端は尖っていて、全体的に刃物を思わせる雰囲気だった。身長は俺と同じ——一七〇センチ前後だからそこまで高くないが、やけに迫力がある。髭が濃いせいで、余計にそう感じるのかもしれない。

もしかして……。密かに身構えていると、女がスーツの胸ポケットからなにかを取り出して掲げる。

警察手帳だった。

「神奈川県警多摩警察署の仲田蛍といいます。訊きたいことがあるので、ちょっと時間をもらっていいかな？」

女——仲田蛍に連れてこられたのはチェーン店ではなさそうな、小さなカフェだった。天井や壁に木材が使われていて、あたたかく落ち着く雰囲気だ。窓辺の鉢には、切れ込みが入った楕円形の葉の植物が植えられている。モンステラか。前の家にもあったっけ。引っ越すとき、父さんの知り合いにあげてしまったのだ。元気にしてるかな……なつかしくなったが、いまは目の前のことに集中するべきだと思い直す。

店の一番奥、半個室になっている席に、仲田たちと向かい合って座る。

「好きなものを頼んでいいからね」

「ありがとうございます」

仲田に応じ、メニューを眺めるふりをしながら考える。

警察が俺に訊きたいことなんて、金川の件以外ありえない。でも俺を犯人だと思っているなら、呑気にこんな店に連れてこないだろう。きっと目をつけた相手に、形式的に話を聞いて回っているだけだ。適当に対応すれば、すぐに引き下がるはず。

なぜ俺が目をつけられたのかは、気になるが。

仲田と男はコーヒーを、俺はオレンジジュースを注文する。その後は、学校や家族など、事件とは関係のないことを訊かれ続けた。その質問は、注文が運ばれてきた後も続いた。

仲田のしゃべり方は、静かでゆっくりだった。警察官と話すのは初めてだが、みんなこんな感じなのか？　それとも、俺がまだ中学生だから気を遣ってくれているのか？　いずれにせよ、このまま当たり障りのない話題だけで解放されるかもと期待しかけたが、俺がオレンジジュースを半分ほど飲んだところで、仲田は言った。

「ところで、四日前、六月二十七日の夜、伊原くんはどこでなにをしていたか覚えてる？」

来た！　俺は記憶をさかのぼっているふりをしながら答える。

「たぶん、家にいましたけど」

「金川姫乃という政治家は知ってるかな？」

「知ってますよ、あっちこっちにポスターが貼られてますからね。それがどうしたんです？」

「二十七日の夜、金川議員の事務所にリンゴが投げつけられるという事件があったの」

「そういえばニュースでやってましたね。まさか、俺が疑われてるんですか？」

「そういうわけじゃないの。ただ、現場から、体格がいい中学生くらいの男の子が逃げ去ったという目撃情報がある。それで近所に聞き込みをしているうちに伊原くんにたどり着いたから、念のため話を聞かせてもらおうと思って」

「そんな安直な理由で俺を疑っているんですか」

笑ってみせると、仲田の左の眉がわずかに持ち上がった。そんなつもりはなかったが、ばかにしているように聞こえてしまったか。俺は真剣な表情をつくって言い直す。

「失礼しました。でも体格がいい中学生は、俺だけじゃないでしょう」

「もちろん、ほかにも話を聞かせてもらっている人はいるよ。でも、一応確認させてほしいの。事件の夜、あなたが家にいたことを証明できる人はいる？」

「父さんも母さんも仕事で留守だったから、いません。でもそんなの、我が家では珍しくない」

「そうなんだ。どうもありがとう」

仲田はあっさり頷いた。拍子抜けしてしまったが、すぐに納得する。

やっぱり警察は、まじめに捜査していないんだ。これはあくまで形式的な聞き込みなんだ。

「伊原くんは金川議員のことを、ポスターで知ってるくらい？」

そうですね、と無難な返事で済ませようと思った。でも俺はＳＮＳに、金川の悪口を書きまくっている。いくら警察がまじめに捜査していないとはいえ、これに気づかれたら厄介だ。

なにより、自分が金川をどう思っているかについて嘘をつきたくない。

「SNSで、どういう政治家かは知っています。一言で言えば、暗愚《あんぐ》だと思ってます」

だからすなおに答えると、仲田は困ったように眉根を寄せて笑った。

「暗愚か。おもしろい言い方をするわね」

「だって金川は、政府のやることなすことを批判するばかりで、なにもしてないじゃないですか。国民のことを見ていない証拠ですよ。だから子ども食堂のことを『助けてあげましょう』なんて言った。政治家のやるべきことは、子ども食堂がないと困る、俺たちのような人を減らすことなのに。あの発言で、金川はSNSで炎上しましたよね。リンゴを投げつけられたというのは、炎上を鎮火させるための自作自演なんじゃないですか。前もやりましたし」

金川は被害妄想が激しい。一年前、文部科学大臣が、与党の若い女性政治家を「若いことを武器にしてる」とばかにしたことがあった。すると金川は自分が言われたと勘違いして、SNSでこの大臣を猛批判した。「お前のことじゃない」と総ツッコミを受けると、「女性政治家全般の問題です」と話をすり替えた。

そんな金川だから、半年前、事務所のガレージに停めた車に「バカ女」とスプレーで落書きされたときは無理もないと思った。もちろん、さすがに同情もしたが、なんとこれが自作自演だったのだ。冷静に考えれば、ガレージに潜入されたら警報が鳴るはずなのに、みすみす落書きされるなんて不自然だ。だから「世間の同情を集めようとしているだけ」「自分で書いたとしか思えない」という指摘が相次いだ。金川はそれに有効な反論をできず、現在に至るまで犯人は捕まっていない。警察も金川の自作自演を疑い、まじめに捜査していないからに違いない。

だから今回も、形式的に捜査しているだけなんだ。

「そう言うがな――」

男の刑事がなにか言いかけたが、仲田の方をちらりと見ると口を閉ざした。この男の名前は国《くに》枝賢一《えだけんいち》。最初に仲田と一緒に名乗った後は、いままでずっと黙っていた。部下の仲田に捜査経験を積ませようとしているのかもしれない。いまは、つい口出ししそうになってしまったのかもしれない。

「あんなあんぽんたんな政治家の話を聞かないといけないなんて、警察も大変ですね」

仲田さんも金川の自作自演を疑っているんでしょう、というニュアンスを込めて、俺は言った。仲田は眉根を寄せて笑ったまま、なにも言わない。さすがに金川のことを悪く言いすぎたか？

背筋がうっすら熱を帯びたが、仲田はこう言った。

「よくわかった。遅くなっても悪いから、そろそろ出ましょうか」

仲田が伝票を手に席を立つ。もう話は終わり？　戸惑っていると、国枝が渋い顔をして、レジに向かう仲田の後ろ姿を睨んでいることに気づいた。

国枝としては、金川の自作自演を疑っているとはいえ、俺にもっと厳しく質問してほしかったのではないか。俺としては助かったが、仲田が後で怒られないか心配だ。警察に向いてないんじゃないか、あの人？

――そう思っていたのに。

次の日――七月二日の同じ時間帯、俺はまた仲田と会っていた。場所はカフェじゃない、多摩警察署の小さな部屋だ。ガラステーブルを挟んでソファが置かれた、応接室のような一室だった。

「ごめんね、二日続けて」

「いえ」

申し訳なさそうに頭を下げる仲田に、それしか返せない。

昨日と同じようにアパートの外階段をのぼろうとしたところで、背後から仲田と国枝が現れた。二日続けてなんの用だとは思ったが、仲田が「大事な話があるの。一緒に来てもらえる？」と言うので了承した。昨日、仲田の質問があまりに生ぬるかったから、国枝がやり直しを命じたのかもしれない。だとしたら俺の方からも話を振って、少しでも質問しやすいようにしてあげたい。

そう思っていたのに、カフェではなく人通りのない小道に連れていかれ、車に乗せられた。「どこに行くんですか」と訊ねても「落ち着いて話ができるところ」としか答えてもらえず、訳がわからないまま連れてこられたのが、この部屋だ。

仲田は俺の向かいのソファに腰を下ろしている。ぴったりくっつけた膝の上には、タブレットPCが載せられていた。国枝は俺の右前方、壁際に置いたパイプ椅子に座っている。その右手にはスマホ。カメラのレンズが、俺に向けられている。撮影しているのだろうか？

この二人がなにをしたいのかわからないが、警察が金川の話を信じているはずがない。俺のことを疑っているなら昨日もっといろいろ訊ねてきたはずだし、雨が洗い流してくれたから新たな証拠が出てきたとも考えられない。

「大事な話ってなんですか？」

俺が訊ねると、仲田は微笑んだ。母さんみたいな笑い方だ――俺がそう思った瞬間、仲田は言った。

「金川先生の事務所にリンゴを投げつけた犯人は、伊原くんだよね」

今日も、強くもなければ弱くもない雨が降り続いている。窓の外から聞こえるその音が、大きくなった気がした。

国枝賢一

七月一日。

「どういうことか説明しろ」

伊原大晴が角を曲がって姿が見えなくなるや否や、国枝は仲田蛍に迫った。

金川姫乃の事務所から「リンゴを投げつけられた」と通報があって二日。防犯カメラの映像と目撃証言から、犯人が伊原であることはほぼ確定している。今日は伊原に証拠映像を突きつけて自白を迫る――少なくとも国枝は、そう思っていた。

なのに仲田は、伊原をカフェに連れていった。

油断させてから質問攻めにするのかと思っていると、仲田は伊原に、学校や家族のことを訊ねはじめた。伊原は警戒することなく話していたが、仲田にさりげなく誘導され、父親の会社が倒産したことや、家計が苦しくて部活動をやる余裕がないことなど、家庭環境に関する情報を引き出されていた。自分が両親のためになにもできないことを、歯がゆく思ってもいるようだ。それが犯行の背景なら同情するが、子どもでもやっていいことと悪いことがある。きっちり教えてやらなくては。仲田も、その心積もりでいるに違いない。

意気込む国枝とは裏腹に、仲田は表層的な質問に終始し、伊原を帰してしまったのだ。

仲田が、傘の下から顔を覗かせ答える。

「説明は、捜査に目処がつくまで待ってください」

「いいや、いますぐにしろ」

「でも今回の件は、わたしにすべてお任せいただく約束でしたよね」

仲田がにっこり笑う。国枝が子どものころ大好きだったわた飴《あめ》を思わせる、やわらかく、ほんのり甘味が漂ってくるような笑顔だった。

「そ、そうだったな」

納得したわけではまったくないのに、まごつきながら返してしまう。

――こういうことだから、この女に頼むのは嫌だったんだ。

鉛色の空に視線を逃がししているうちに、今朝のことを思い出す。

＊

午前九時半。国枝は多摩警察署の小会議室で、仲田と二人でいた。刑事課に煙たがられている女なので前々から存在を知ってはいるが、二人きりで話すのは初めてだ。

「生活安全課《うち》の課長から、だいたいの事情は聞いています。金川議員の事件で、私に捜査協力をご希望だそうですね」

見た目だけでない、しゃべり方も警察官らしくないと思いながら頷く。

六月二十九日午前九時、金川の事務所に出勤したスタッフが、裏庭の植木鉢が割れていることに気づいた。傍にリンゴが転がっていて、窓ガラスには果汁と思《おぼ》しき跡がついている。このことからスタッフは「何者かがリンゴを窓に投げつけ、その拍子に植木鉢が割れた」と判断し、警察に通報した。

野党とはいえ、政治家の機嫌を損ねるのは得策ではない。しかも金川は、敵が多い反面、いわゆる左翼系の言論人からの支持が厚い。早期に解決しなくては「金川が与党議員でないから手抜き捜査している」などと心外な批判を受けかねないので、多摩警察署刑事課捜査第一係はこの種の事件としては多めに人員を割き、器物損壊事件として捜査を開始した。

　昨日、六月二十八日はスタッフが誰も出勤しなかったため、リンゴを投げつけられた時刻はすぐには特定できなかった。しかし事務所に設置された防犯カメラの映像から、六月二十七日午後九時五十二分、傘を差した体格のいい中学生くらいの少年が付近をうろついている姿が確認された。さらに、同一人物と思われる少年が庭を覗き込んでおり、人の気配に気づいたら逃げ出したという目撃証言も得た。

　以上から捜査陣は、この少年が事件に関与していると見て聞き込みを開始。昨夜の時点で、近所に住む中学二年生・伊原大晴が有力な容疑者としてあがった――こうした経緯を説明してから、国枝は荒々しく息をついた。

「伊原大晴がなにを考えているのか、俺には理解できん。金川議員のガレージで落書きした輩《やから》が逮捕されてから、まだ半年も経ってないのに」

　あの事件ではガレージの警報が鳴り響いているにもかかわらず、犯人――失業中の中年男性だった――が、車に「バカ女」とスプレーで書いてから逃げた。当然、現場からの逃亡が遅れたため目撃証言が続出し、三日後に男を事情聴取、その日のうちに逮捕となった。

「伊原もやるならせめて、防犯カメラに映らないように気をつければいいものを」

「落書きのときは、ガレージの警報が鳴らなかったというデマを鵜呑みにした人たちが、金川議員の自作自演だと決めつけていました。今回の容疑者――伊原くんもそうで、『警察はまた自作自演だと思って真剣に捜査しない』と考えたのかもしれません」

「落書き犯が逮捕されたことは報道されただろう」

「ＳＮＳは考えが合わないアカウントを非表示にできますから、気をつけないと自分の好みに合った情報しか目につかなくなってしまいます。金川議員に批判的な人たちの間では『落書きは自作自演』という情報の方が、『落書き犯が捕まった』より盛り上がるから、伊原くんは逮捕のニュースを知らないのかもしれません」

「ばかとガキにはＳＮＳをやらせるなってことだな」

「それは極論だと思いますが」

仲田は薄く苦笑してから、不思議そうに訊ねてくる。

「そこまで捜査が進んでいるなら、私にできることはないのでは？」

「捜査に関してはな。ただ、伊原が通っている子ども食堂の主催者が、柳田《やなぎだ》聖子なんだよ」

「子どもの貧困問題に取り組んでいる、あの柳田さんですか」

「子どもの貧困問題でうるさい、とも言うがな」

言いながら、国枝は顔をしかめてしまう。

柳田聖子は、長年、子どもの貧困問題に取り組んでいる女性だ。ＮＰＯ法人を立ち上げ、行政に貧困対策を提言したり、子ども食堂を開催したりと活動の幅は広い。それらに関しては頭が下がるが、子どもの権利を守ろうとするあまり感情的になることもしばしばだ。

四年前。柳田の子ども食堂に通う中学生の少女が、ドラッグストアで万引きを疑われたことがあった。弟をさがして買い物カゴに商品を入れたまま売場から出てしまっただけなのだが、店長も駆けつけた警察官も万引きと決めつけた。少女が子ども食堂に通っていると知り、「金がないから犯行に及んだ」と思い込んでしまったらしい。一人で帰宅していた弟から話を聞いて少女の疑いは晴れたが、店も警察もろくに謝罪をしなかった。

少女からこの話を聞いた柳田は激怒し、店と警察へのクレームはもちろん、マスコミに被害を訴え、当時の多摩警察署の署長が少女に直接謝罪するはめになった。

非は店と警察側にあるとはいえ、強面《こわもて》の警察官を黙らせる勢いで抗議する柳田の形相は署内で語り草になっている。

子どもや保護者には優しく、怒ったり怒鳴ったりすることはないらしいが。

「伊原が犯人であることはほぼ間違いないが、やり方を間違えるとまたマスコミ沙汰になりかねん。そこで上司《うえ》が、お前の力を借りろと言い出した。お前は子どもの扱いがうまいらしいからな。柳田からクレームを受けないように気をつけながら、伊原に罪を認めさせろ。それが上司《うえ》からのお達しだ。とはいえ、お前だって生活安全課《セイアン》の仕事で忙しいだろう。断ってもらって構わないぞ。上司《うえ》には、俺からうまく言っておく」

こういう言い方をすれば、仲田が空気を読んで断ると思った。

署長が謝罪に追い込まれたことがあるとはいえ、慎重になりすぎだ。証拠を突きつけ、伊原の自白を取れば済む。柳田がクレームをつけてくるなら、一喝して黙らせればいい——国枝は上司《うえ》にそう食い下がったが却下され、意趣返しか、「伊原大晴にたどり着いたのはお前なんだから、仲田と一緒に行ってこい」と命じられたのだ。

仲田にとっても、国枝の提案は渡りに舟のはず。いつだか見かけたとき、やけに顔色が悪いことがあった。警察官とは思えないほど小柄で、明らかに体力がなさそうだから、疲労が溜まりやすいのだろう。

「かしこまりました。午前中のうちに直近の仕事を片づけてから、国枝さんに合流します」

しかし仲田の答えは、これだった。空気を読め、と国枝が言う前に、仲田は続ける。

「お手伝いする代わりに、一つ条件を出させてください」

「なんだ?」

「伊原くんの捜査は、私主導でやらせてほしいんです」

＊

――煙たがられて当然の女だな。

仲田の横顔を見下ろしながら、国枝は改めて思う。

仲田蛍は、小柄で警察官にしては華奢、大きめの双眸はほんの少しではあるが垂れている。この外見とほんわかした口調が相まって、おとなしそうな印象を受ける。実際、警察学校に入校した当初は、同期から「お嬢」と呼ばれていたらしい。

しかし仲田は、穏やかな表情と口調を保ちながらも、自分の意見を臆せず口にする女だった。術科訓練で選択した剣道では別人と化し、激しく相手に打ちかかる一面もある。こうしたことが重なり、「お嬢」という呼び名は早々に自然消滅したという。

これだけなら「見た目と違って気が強い女」というだけで文句はない。しかし生活安全課に所属していながら、子どもが絡む殺人や強盗の捜査となると、上司《うえ》から頻繁《ヤマ》に協力を求められることが気に入らない。被疑者の年齢にかかわらず、殺人も強盗も刑事課の事件なのに。

仲田の方も断ればいいのに、あっさり引き受け、今回のように自分のペースで捜査したがる。国枝の上司《うえ》よりさらに上――県警の幹部連中に気に入られているという話だから、いざとなったら守ってもらえると増長しているに違いない。こんな女が、これまでいくつもの事件を解決してきたなど信じられない。大方、運がよかっただけだろう。

――なんだって真壁は、こいつに牙を抜かれたのか。

何度目になるかわからない疑問が浮かんだ。

真壁巧は、国枝が昔からかわいがっている刑事である。自分が手柄を立てることをなによりも優先する男で、強引な捜査に眉をひそめる者もいたが、おかげで解決した事件も多々ある。国枝としては、頼もしく思っていた。

しかし仲田と捜査してから、真壁は変わった。本人は「出世欲を捨てたわけではありません」と言ってはいる。しかし以前のように、聞き込み相手に脅迫まがいに詰問することも、目をつけた被疑者をこれみよがしにつけ回すこともなくなった。相変わらず捜査で手柄を立てることは続いているが、どうにも気に食わない。本人は否定しているが、仲田にほれたのではないか？

「――にしましょう」

あれこれ考えていたので、仲田の言葉の前半を聞き取れなかった。気がつけば、仲田は右手にスマホを持っている。

「聞こえなかった。もう一度言ってくれ」

「調べたいことがあるので今日はもう別行動にしましょう、と言ったんです」

なに？

「伊原大晴を放っておくのか？」

「相手は中学生ですから、逃走の心配はありません。警察が金川議員の事件を真剣に捜査していないと思っているようですし、明日までなにもしなくても大丈夫でしょう。国枝さんも、彼に接触しないでください」

「なにを調べたいのか知らないが、なぜ今日動かない？」

「明日お話しします」

国枝が威嚇まがいに訊ねても、仲田は軽く一礼しただけで歩いていった。

遠ざかっていく青い傘を、国枝はその場で睨み続ける。


同夜。自宅に戻った国枝は「ただいま」も言わず、荒々しく玄関ドアを閉めた。古い官舎なので思いのほか大きな音が響く。そのことすらも苛立たしい。

今日中に伊原の自白を取れると踏んでいたのに。上司《うえ》には「なぜ伊原《ガキ》を連行しなかった？」と叱責され、同僚からは「仲田に振り回されてるようだな」と嘲笑混じりに言われてしまった。

「お帰りなさい」

出迎えてくれた妻の美空《みそら》にも「ああ」としか返せない。しかし渉《わたる》が玄関に駆けてくると、さすがに国枝は相好を崩した。

「お父さん、お帰りなさい。今日は早いね！」

「たまにはな」

渉は九歳。自分の息子ながら、賢そうな顔つきになってきたと思う。美空によると、学校の成績も優秀らしい。どの子も渉のように育ってくれれば警察の仕事が減るのに。そう思った途端、芋づる式に伊原と仲田の姿が脳裏に浮かび、顔が再び強張っていくことを自覚した。すぐに自分の部屋に入ったが、スーツを脱いでいる間も苛立たしさが増していく。

しかし、考えようによっては好都合とも言える。

「柳田のクレームを受けないように、伊原に罪を認めさせる」。その役割を期待されたにもかかわらず、仲田はどうすればいいかわからないのではないか。だから調べたいことがあるなどと思わせぶりなことを言って、時間を稼ぐことにしたのではないか。しかし時間がかかればかかるほど金川のシンパたちが騒ぎ立て、警察は批判に曝《さら》される。仲田の面目は丸つぶれだ。

部屋着に着替え、リビングに入る。

「無様《ぶざま》な女だな」

吐き捨てるように呟くと、美空が顔をしかめた。いつもなら「渉の前でそういう言葉を使うのはやめて」と注意してくるが、国枝の機嫌を察したのか今日は黙っている。

「お父さん、こわい！」

その代わりのように、渉がはしゃぎ出した。

翌日、七月二日。

出勤した国枝に、仲田は「今日も別行動を取らせていただけないでしょうか」と申し出てきたが、無論、却下した。捜査の主導権を握らせているとはいえ、好き勝手に動かれてはたまらない。

国枝が語気を荒らげて言うと、仲田は少し考えてから「わかりました」と頷いた。

別行動してどうするつもりだったのか問うと、午後二時に金川と会う約束をしたという。国枝も同行することにしたが、それまでは手が空くので書類の作成に取りかかった。警察官は、供述調書や捜査報告書など、書かなくてはならない書類が山のようにある。捜査が始まるとそちらに手を取られるので、未決書類が溜まりがちだ。本来なら、不意に時間ができることは喜ばしい。

しかし今日にかぎっては、伊原を放置していることが気にかかり手がとまりがちだった。仲田が、金川にアポを取った理由を明かさないからなおさらだ。金川から聞いた話は、すべて仲田に伝えてある。いまさら得られる情報はないはずだが。

午後二時。国枝は仲田とともに、金川の事務所に行った。応接間のソファに仲田と並んで座り、金川が来るのを待つ。約束の時間を五分ほどすぎたが、まだ現れない。秘書によると、隣室で受けている取材が長引いているらしい。方々を洋風にリフォームしたとはいえ、もとが古い日本家屋のせいか壁が薄く、「国民のため、どんなときも、どん欲に、どんどん……」などと語る金川の声が漏れ聞こえてきた。さすが元アイドルだけあって、よく通る声だ。

金川は、さらに五分ほどすぎてから応接間に入ってくると、恐縮した様子で頭を下げた。

「遅くなって申し訳ありません」

仲田が立ち上がって一礼する。

「いえ。私の方こそ、急にお時間をいただいて失礼しました」

続いて立ち上がった国枝が仲田を紹介すると、金川は胸の前で両手を合わせ、「まあ！」と大袈裟な歓声を上げた。

「こんなに小柄な警察官がいらっしゃるんですね。同じ女性として、励まされる思いです」

政治家は、票のためなら電信柱にも頭を下げる生き物だ。これもその一環だろう。三日前、国枝たちが話を聞きにきたときは事件発覚直後だったためか、さすがにその余裕もなかったが。

「ありがとうございます」

体格について触れられることには慣れているだろうに、仲田は初めて言われたかのように微笑み頭を下げた。

互いにソファに腰を下ろしてから、金川が訊ねてくる。

「ご用件は、事件に関することですよね？　進展があったんですか？」

「捜査中なので詳しいことは申し上げられませんが、犯人の目星はついています」

仲田が答えると、金川は大きく息をついた。

「ほっとしました。犯人がどういう人物にせよ、わざわざリンゴを投げたのは、ＩＴ企業に関する私のデマを信じたからかもしれませんね」

ここに来る前この話になったとき、仲田は「伊原くんが凶器にリンゴを選んだ理由は、まだ断定しない方がいいと思います」と慎重だったが、おそらく金川の予想が正しい。

元アイドルグループという経歴のため、政界進出を表明した直後の金川は、世間から客寄せパンダと見なされていた。選挙期間中は、その側面があったことは否めない。しかし当選してからの金川は、与党だけでなく、野党の、それも自党の政治家すら、必要とあれば舌鋒鋭く批判した。こうした姿勢は一部から称賛される一方、「元アイドルで、しかも女のくせに生意気」という筋違いの批判を生み、ＳＮＳ上でデマを頻繁に流されることにつながった。内容は「海外の反日政治家から金をもらって与党を批判している」「Ａｐｐｌｅが好きすぎて、日本のＩＴ企業を無能扱いした」など、金川からすると身に覚えのないことばかり。

海外の政治家が、当選二年目の野党議員に金を渡してなんの得がある？　金川が国内のＩＴ企業を敵に回すメリットがどこにある？　考えるまでもなく、デマであることはすぐにわかる。

先月二十五日、子ども食堂を視察した金川が「たくさんの人が子ども食堂の運営をしやすいように、どんどん助けてあげましょう」と語ったとされているが、これもデマ――とまでは言わなくても、正確ではない。

金川がこの発言の前に「子ども食堂は、人と人とのつながりが薄れている中、地域のコミュニティとしても機能しています。貧困層の子どもを減らすことは重要です。でも、それとは別に」と言っていたことは、秘書が撮影した動画で確認できる。実際、最近の子ども食堂は、経済状況に関係なく誰でも利用できるものが多いらしい。金川の主張は非難されるものではない。流されているデマは、これを意図的に無視した切り取りだ。金川もそう主張して発言をすべて収めた動画をSNSにアップしたが、ほとんど注目されていない。それどころか、未だデマの方を引用して「世間はマスコミに騙されている」などとSNS上で騒ぐ者が後を絶たない。

マスコミ以外のものに騙されているのに世話はないが、事件が発生した時期と子ども食堂に通っていることを踏まえると、このデマが伊原の動機につながっている可能性は高い。凶器にリンゴを選んだのはIT企業に関するデマも信じ、「そんなにAppleが好きなら、ロゴマークになっているリンゴをくれてやる」とでも思ったのだろう。

「犯人は、IT企業に関するものだけではない、先日の子ども食堂に関する私のデマも信じて、犯行に及んだのかもしれません。だとしたら仲田さんが目星をつけた犯人というのは、SNS中毒気味な人なのでしょうね」

当然、金川も国枝と同じ考えにたどり着いていた。この後は、犯人を罵倒する言葉が続くと思った。SNSで無尽蔵に流されるデマに苛立ちが募っているのか、金川はデマを流した相手を「情報弱者」と罵ったり、文末に「(嘲笑)」とつけて小ばかにしたりすることが少なくない。二ヵ月前、さんざんデマを流していた与党政治家が収賄罪で逮捕されたときには「くさい飯より腐った飯の方がお似合い」とSNSに投稿。「さすがに言いすぎだ」と批判が殺到したが、「腐った飯がお似合いの人が大量に寄ってきた」などと煽っていた。

「もし私の考えが正しいなら、犯人の罪をなるべく軽くしてあげられないでしょうか」

しかし金川が口にしたのは、国枝にとって予想外の言葉だった。仲田が訊ねる。

「先生は、それでよろしいのですか?」

「もちろん。デマを信じただけなら、情報を精査する能力が少し足りないだけで、決して悪人ではないでしょうから。批判しなくてはならない相手には容赦しませんが、そうでない人には寛容の精神で接しているつもりです」

討論番組で声を荒らげている様とは対極の、落ち着き払った話し方だった。そちらに気を取られ、言葉の意味をすぐには理解できない。理解してからは当惑する。

金川はそれを見透かしたかのように、国枝の目を見つめて微笑む。来年で四十歳になるとは思えない、どこか少女らしさの漂う微笑みだった。さすが元アイドル、批判者の間では「ずる賢さが滲み出たような笑顔」などと嘲笑《あざわら》われているらしいが、客観的に見れば美しい——などと自分が妙な感心をしていることに気づいた国枝は、慌てて目を逸らした。

金川が、透明感のある声で笑う。

「国枝さんは、感情が顔に出やすいのですね」

「……申し訳ない」

「あら、ほめてるんですよ。私から最初に事件の話を聞いたとき、『犯人は許せません』と強い口調でおっしゃったでしょう。あのとき、本気で怒ってくれていることが伝わってきたんです。この人になら安心して捜査をお願いできると思いました」

あのときに、そんなことを？　胸に熱いものが広がりかけたが、政治家は票のためなら電信柱にも頭を下げることを思い出し、我に返った。一方で、犯人の罪をなるべく軽くしてあげたい、という言葉が嘘とも思えない。舌鋒鋭く批判するだけの政治家ではないということか。

金川が、仲田に問う。

「犯人の目星がついているなら、本日はなんのご用です？」

「実は、お願いがあって参りました」

その後で仲田が続けた言葉は、国枝にとっても金川にとっても不可解なものだった。


同日夕刻。国枝は仲田とともに、伊原大晴を多摩警察署の応接室に連れてきた。

「金川先生の事務所にリンゴを投げつけた犯人は、伊原くんだよね」

仲田がそう口にしてから数秒間、伊原は無言だった。窓の外から聞こえてくる雨音に、耳を傾けているかのようにすら見えた。

しかし前触れなく、年齢の割に屈強な肩が強ばった。

「な……なんのことですか?」

「伊原くんが犯人であることはわかっているの」

「証拠があるんですか?」

「あるわ」

仲田は膝に置いたタブレットPCを差し出すと、動画を再生させた。伊原が目を見開く。

「これは金川議員の事務所にリンゴが投げつけられた夜、防犯カメラで撮影されたものなの。伊原くんはこの日、家にいたと言っていたよね。でも、映っているのはあなたにしか見えない。どうして嘘をついたの?」

「それは……か……金川の言うことを信じるんですか! 落書きのときは自作自演だったのに、なんで?」

質問に質問を返す伊原に、仲田は迷子の子どもに道を教えるように言う。

「落書きのときだって、警察は自作自演だなんて思ってない。ちゃんと捜査して、すぐに犯人を捕まえたわ」

「嘘だ。そんなニュースは見たことない」

「伊原くんは知らないみたいだけど、報道もされているの」

「えっ……⁉」

よほど衝撃だったのか、伊原の声が裏返った。

「今回の事件も、しっかり捜査している。だから答えてほしい。どうして嘘をついたの？」

「う……映っているのは俺じゃなくて、似ているだけの――」

苦しい言い訳を口にしかけた伊原だったが、途中で言葉を切ると観念したように頭を下げた。

「すみません。俺が、やりました」

あっさり認めるくらいなら、こんなことをしなければよかったものを。国枝は苦々しく思ったが、仲田はゆっくりと頷いた。

「よく認めてくれたね。どうしてあんなことをしたの？」

それから伊原が訥々《とつとつ》と説明した動機には、なんの意外性もなかった。

俺は柳田聖子さんという人がやっている子ども食堂に通っている。国が俺たちのような家を助けてくれないから聖子さんみたいな人が子ども食堂をやってくれているのに、金川は「子ども食堂を助けてあげましょう」なんて言った。前々から反日だったり、日本のＩＴ企業を小ばかにしたりしている最悪な政治家だと思ってたけど、あれで完全に許せなくなった――云々。

「だから、ああいうものがお似合いだと思って、事務所に投げつけてやったんです。それくらい、許されると思って……」

「話してくれてありがとう」

仲田の目が国枝の方に向く。合図だ。ほどなく、ドアがノックされた。仲田が応じる。

「どうぞ」

「失礼します」

ドアが開かれる。入ってきたのは、金川だった。ずっと隣室で待機していたのだ。

――これから犯人を署に連れていって、話を聞きます。金川先生には、その様子をスマホのビデオ通話を通して見ていてほしいんです。合図を送ったら、部屋に入ってきてください。それから、犯人の話を聞いて思ったことを伝えてください。

先ほど事務所で仲田が金川にした「お願い」は、これだった。

入ってきたのが誰なのかすぐにはわからなかったらしく、伊原は金川の顔を数秒見つめていたが、「あ！」と声を上げると国枝のスマホを睨みつけた。

「そうか。警察は金川とグルだったのか。俺が自白するところを見せていたのか」

言い終える前に立ち上がった伊原は、飛びかからんばかりの勢いで金川に言う。

「いいさ、俺を罵れよ。でもなにを言われても、俺は自分のしたことを後悔なんてしない」

「そんなことはしませんよ。私は君を、罪に問いたくありませんから」

「なにを言ってるんだ？」

警戒心を露に問う伊原に、金川は繰り返す。

「私は君を罪に問いたくない。警察には、注意だけで済ませてほしいと思ってます」

「同情しているのか？　だったら、そんなものいらない。子ども食堂のことだって『助けてあげましょう』なんて言うより先に、政治家がしなくちゃいけないことがあるはずだ」

「それは誤解です」

金川はスマホを取り出すと、自身が子ども食堂について発言した動画を再生させ、真意を説明した。伊原の表情が大きく歪む。

「子ども食堂がコミュニティだなんて……そんなこと言われても……」

「本当です。伊原くんだって、あの場所がなかったら仲よくなれなかった友だちがいるのではありませんか」

伊原が息を呑んだ。図星らしい。

「本当にそうなら、なんで……なんでデマだと言わないで黙ってるんだよ」

「黙ってませんよ」

金川は、今度は自身のＳＮＳをスマホに表示させて伊原に見せた。伊原の表情が再び歪む。

「気づかなかったのは俺が悪いけど、それは俺だけじゃないし……お前が反日で、日本のＩＴ企業を小ばかにしたりしてるのも悪い……」

「それも誤解です」

「嘘をつくな。みんな、そう言ってるぞ」

「『みんな』とは、どこのどなたです?」

「それは……ＳＮＳで有名な人たち……」

「その人たちは、なにを根拠に発言しているのです?　具体的に説明できますか?」

「前々から言われていることだから、いまさら具体的である必要なんて……でも、女性が働きやすい社会だのご立派なことを言ってるだけで、どうしたらいいかは、なにも……」

「マスコミがあまり報道してくれませんが、そういう社会の実現に向けて勉強会を開いたり、与党の政治家と会合を持ったりしています」

「マスコミが報道していない……？」

伊原は、がくりとうな垂れた。その肩から、急速に力が抜けていく。金川は微苦笑した。

「伊原くんは悪くありません。ただ、情報への接し方がわからなかっただけ。これからしっかり学んでくださいね」

——これがお前の狙いだったわけか。

伊原に声をかける金川を見ながら、国枝は内心で仲田に語りかけた。伊原がデマを信じ込んでいることを、金川自身の口から指摘させたかったのだ。仲田が指摘するよりも説得力があって、反省を促せる。柳田からクレームをつけられることもなくなる。

「自分の力で少年を更生に導いた」となれば金川の歓心を買えるし、いいこと尽くめだ。

先ほど仲田から聞かされた説明によると、伊原の告発を今日まで待ったのは、昨日は金川が講演会で県外にいたかららしい。金川のスケジュールは、カフェを出て伊原を見送った後、スマホで確認したという。国枝があれこれ考えている間に気がつけば仲田がスマホを持っていたのは、そういうわけだったのか。

解決まで一日余計に時間がかかってしまったものの、悪くない手だ。上司《うえ》も満足だろう。

——だが、なぜ俺に黙っていた？

説明しなかった必然性が一切感じられない。強いて言えば仲田が手柄を独り占めできることくらいだが、この女にとってはこれこそが最重要事項なのだろう。

——そうやって幹部陣に気に入られてきたんだな。今回のことを真壁が知ったら、どう思うだろうな。

国枝の思いに気づくことなく、仲田はソファに腰を下ろしたまま金川と伊原を見上げている。

金川は力の抜けた伊原の肩に、そっと手を置いた。

「ＳＮＳは、自分と考えが似た情報ばかりに目が行きがちです。信じる前に、一度——」

「うるさい」

伊原が、金川の手を振り払う。

「お前の言うことなんて信じられるか、安直で暗愚なあんぽんたんのくせに！」

なんだ、その悪口は。失笑しかけた国枝だったが、その直前、見た。

金川の整った顔が、大きく引きつるのを。

伊原の言葉がそんなに気に食わなかったのか？　不可解に思っていると、金川は言った。

「それは私の真似ですか？」

国枝が質問の意図を理解する前に、伊原は頷く。

「そうだよ。ああいうリンゴを投げたのもお前の真似だ。腐った飯は、お前にこそお似合いだからな」

金川が帰った後、署に来てもらった両親を交え、伊原から改めて事情を聞いた。

金川の前では強硬な態度を崩さなかったものの、自分が信じていた情報がデマだと直接告げられたことは伊原にとって相当なショックだったらしい。金川のもとに後日謝罪に行くと約束したことと、金川が「穏便に済ませてほしい」と望んだこともあり、厳重注意にとどめて帰宅させた。

それから仲田を小会議室に連れてくるなり、国枝は口を開いた。

「まだ混乱している。お前がなにを企んでいたのか、今度こそ説明してもらおう」

「はい。きちんとお話をしないまま動いて国枝さんの面子《メンツ》をつぶすような真似をして、失礼しました」

　仲田は一礼してから話しはじめる。

「国枝さんからお話を聞いて気になったのは、少年が庭を覗いていたという目撃証言でした。リンゴを投げた後、そんなことをする必要はありませんよね。なにをしていたのか考えたとき、割れた植木鉢と結びついたんです。少年――伊原くんは窓にリンゴを投げた後、植木鉢が割れる音を聞き、植物が倒れたのではと心配になって庭を覗いていたのかもしれない。そんな優しい子が、どうしてあんなことをしたのか？　なにか事情があるように思えたので捜査の主導権を握らせていただき、まずはリラックスできる環境で本人から話を聞くことにしました」

　だから伊原をあのカフェに連れていったのか。

「カフェで伊原くんは、窓辺に置かれた植物――モンステラを眺めていました。その姿を見た私は、やはり植物が心配で庭を覗いていたのだと確信したんです。それから伊原くんの話を聞いて、金川議員に関するデマを信じ込んでいることと、警察が真剣に捜査しないと思い込んでいることはわかりました。一方で、投げるものにリンゴを選んだ理由がわからなくなりました」

「金川議員がＡｐｐｌｅと較べて日本のＩＴ企業を無能扱いした、というデマを信じて、リンゴを喰らわせてやろうと思ったからじゃないのか」

「生活に余裕がなくて子ども食堂に通っている伊原くんにとって、食べ物は貴重です。家計を助けられないことを心苦しく思ってもいる。いくら議員が憎くても、投げたりするでしょうか」

　あ――。

「でも、伊原くんがリンゴを投げたのは事実。どうしたら投げようと思うのか、伊原くんの気持ちを〝想像〟してみました」

仲田は時折、この「想像」という言葉を使う。捜査において関係者の心情を推し量ることは重要だが、仲田の場合は情報が少ない段階で、時には客観的な証拠を度外視して心情を思い描こうとする——少なくとも周囲には、そう見える。そのため署内では、仲田を陰で「想像女」と嘲《あざけ》る者も少なくない。国枝もその一人であるが、いまは黙ることで先を促した。

「いくら伊原くんの気持ちを〝想像〟しても、ご両親が買ってくれた貴重な食べ物を粗末にした理由は思いつきませんでした。ということは、あのリンゴは食べられる状態ではなかったのではないかと思ったんです」

「リンゴが食べられないって、一体どういう——」

否定し切る前に気づいた。

「腐っていたのか」

「そうです。安いから大量に購入して余ってしまったのか、見切り品でもともと悪くなりかけていたのか。そこまではわかりませんが、リンゴは腐っていたんです」

「リンゴがそんな風になっていたなんて報告、鑑識からあがってこなかったぞ」

「ここ数日はずっと雨が降っています。しかも事務所に出勤したスタッフがリンゴを見つけるまで、間が一日空きました。だからリンゴは濡れそぼって傷《いた》み、もともと腐っていたことがわからなかったんです」

納得するほかない。

「リンゴが腐っていたことに気づいてから、収賄罪で捕まった政治家について金川議員が、SNSで『くさい飯より腐った飯の方がお似合い』と投稿していたことを思い出しました。この発言には批判が殺到して、よくも悪くも注目された。伊原くんも目にしたはず。事件の夜、伊原くんは腐ったリンゴを見ているうちにこれが頭をよぎって、腐った飯――この場合はリンゴを議員の事務所にぶつけようと思い立ったのではないでしょうか。つまり伊原くんが犯行に及んだのは、金川議員の発言があったから」

「確定ではないが、状況証拠としてはアリだな。実際に伊原は、リンゴを投げたのは金川議員の真似だと言っていた。お前の予想は、運よく当たったわけだ」

「確信はできませんでしたが、可能性が高いとは思っていました。伊原くんは『安直』という言葉を使ってましたから」

――そんな安直な理由で俺を疑っているんですか。

仲田の言うとおり、伊原はそんな発言をしていた。あのとき仲田は、わずかではあるが眉を動かしていた。伊原の言い方が気に障ったのか、程度にしか思わなかったが。

「それがどうかしたのか？」

「中学生が『安直』という硬い単語を口にしたことが、少し不自然に感じられたんです。それ以外にも『暗愚』『あんぽんたん』と中学生らしくない言葉を口にしてましたよね」

――暗愚だと思ってます。

――あんなあんぽんたんな政治家の話を聞かないといけないなんて、警察も大変ですね。

確かに伊原は、そうも言っていたが。

「だから。それがどうかしたのか？」

「いずれも『アン』がつく言葉で、数は三つ。それに気づいたとき、金川議員が、同じ発音が使われている言葉を三つ、リズムよく並べて言うことが人の印象に残るコツだと話していることを思い出しました」

初耳だったが、思い返せば事務所でも「どんなときも、どん欲に、どんどん」と話す金川の声が隣室から漏れ聞こえてきた。

「昨日、国枝さんと別行動を取ってから議員のSNSを遡《さかのぼ》って調べたんです。すると、自分の意見とは違う相手を『安直で暗愚なあんぽんたん』と揶揄している投稿を見つけました。この投稿は金川議員に否定的な人たちの間で『政治家とは思えない言葉遣い』という批判とともに拡散されています。伊原くんもこれを見ていて、私と話しているとき無意識のうちに議員の真似をしたのかもしれない。だとしたら議員のほかの発言にも影響を受けていて、今回の犯行につながった可能性は高いと判断しました」

昨日、仲田が言っていた「調べたいこと」というのは、金川のSNSだったのか。

「影響、ね」

そう口にするのと同時に、国枝の脳内に伊原大晴の姿が蘇った。

腐った飯は、お前にこそお似合いだからな——その発言以降も伊原は、金川に罵詈《ばり》雑言《ぞうごん》を喚き続けた。鼓膜に鋭く突き刺さるだけではない、視界に黒いなにかが飛び散るような、頭部を殴打されるような、聴覚以外の感覚も容赦なく巻き添えにする声音だった。それは仲田が「その辺にしておきましょう」と制するまで続いた。

その間、金川は言葉を浴びせられるがまま、目を瞠《みは》って微動だにしなかった。

しかし伊原は、両親が来ると一転して弱々しく涙を流した。父さんと母さんに迷惑をかけてごめん、に類する言葉を、何度口にしたかわからない。両親はそんな息子を叱り飛ばす一方、自分たちの教育が悪かったと繰り返し頭を下げた。その度に伊原は、また新たな涙を流した。

あの姿を見てしまっては、思わずにはいられない。

金川姫乃がいなければ伊原大晴はあんな罵詈雑言とは無縁の中学生だったのではないか、と。

「伊原くんのことは、知り合いのカウンセラーに診てもらえないか相談してみるつもりです。もともとは優しい子なんです。心のケアをして、ＳＮＳとのつき合い方をきちんと学べば、二度と同じあやまちは繰り返さないはず」

仲田の声で、国枝は我に返った。

「お前の目的は、金川議員に『自分の言動が伊原大晴のような少年を生み出している』と見せつけることだったんだな。なぜ、事前に俺に話さなかった？」

「反対されると思ったんです。スタンドプレーに走ったことはお詫びします」

――理由はそれだけじゃないだろう。

机に額がつきそうなほど深く頭を下げる仲田を見ながら、国枝は思う。

＊

両親が来るまでの間、伊原のことは女性警察官に見てもらうことにして、国枝と仲田は金川とともに別の応接室に移動した。

「私は政治家という立場にあるにもかかわらず、言葉を軽はずみに使いすぎていたようですね。そのせいで伊原くんは、あんなことをしてしまった。自分の言葉がもたらす影響について、もっと深く考えるべきでした」

殊勝な言葉とは裏腹に、金川の双眸は不機嫌を剝き出しにつり上がっていた。このままでは終わりそうにないと思っていると、案の定、「ですが」と言葉が継がれる。

「仲田さんは、伊原くんが私の影響であんなことをしたと気づいていたようですね。でしたら、普通に言ってくだされればよかったのではありませんか?」

「申し訳ありません。ですが私が伝えるだけでは、ご理解いただけないと思ったんです」

そう応じる仲田の表情は普段のやわらかさが消え失せ、心底申し訳なさそうに硬く強張っていた。それでも仲田は、金川を真っ直ぐに見つめて続ける。

「伊原くんは親思いだし、私と話すときもなにかと気を遣ってくれているようでした。なのに金川先生に対しては別人のように敵意を剝き出しにする。先生の言葉がなければ、憎しみに駆られることも、罪を犯すこともなかった子どもがいる。そのことを知っていただきたかったんです」

「なるほど。ただ、私の立場もわかってください。『元アイドルだから』『女だから』というだけで、くだらないデマを流されているんです。打ち消すためには多少きつい言葉を使うこともやむをえないんです」

「それを子どもが真似してもですか?」

「……真似するかどうかは自己責任です」

金川は仲田から目を逸らして早口に言うと、ごまかすようにこれ見よがしにため息をついた。

「仲田さんのような女性にならば、私の立場をわかってもらえると思ったのに。残念です」

先ほど事務所で「同じ女性として、励まされる思いです」と仲田に言った笑顔は微塵もない。歓心を買うどころか、喧嘩を売りやがった……。愕然としていると、金川が国枝を見ていることに気づいた。慌てて表情を取り繕うと、金川は言った。

「その様子からすると、国枝さんは仲田さんがやろうとしたことをご存じなかったようですね」

「いや、その……」

「お答えいただかなくても結構ですよ」

金川は国枝には微笑んでから、再び双眸をつり上げ仲田を見据える。

「仲田さんのことは、よく覚えておきますね。今後のますますのご活躍をお祈りしてます」

仲田はただ、黙って頭を下げた。

＊

――お前は、俺を巻き込まないために黙ってたんじゃないのか？

国枝は内心で、仲田に問いかける。

――お前は自分が目的を達成すれば、金川に目をつけられることがわかっていた。だから一人で背負い込むことにした。いくら幹部連中に気に入られているとはいえ、政治家を敵に回したら立場が危ういだろうに。なんだってそこまでして、子どものために……。

「お前は」

脳の判断を介さず、口が勝手に言葉を発した。が、その先を続けられない。黙ってしまった国枝を、仲田は怪訝そうに見つめる。

「なんでもない」

短く言って、国枝は席を立った。


同夜。国枝が玄関ドアを開けた途端、渉がリビングから飛び出してきた。

「お帰り、お父さん。今日も早いんだね」

「ちょうど捜査が一区切りしたんだ」

本当は金川の件を報告書にまとめなくてはならないのだが、どうにも集中できず帰ってきた。

「そうなんだ。なら、一緒にプランクトン花子《はなこ》の動画を観ようよ」

「プランクトン花子……ああ、お笑い芸人か」

「そうそう。昨日の動画もすごくばかだったんだよ。無様な女なんだ」

涉の口調はまだ舌足らずで無邪気だし、動画配信者に好意を持って言ったことはわかる。

しかし国枝は、金川に食ってかかる伊原大晴を思い出していた。

この先、金川の言動が変わるのかどうかはわからない。だが、俺は――。

「涉」

国枝は膝を曲げて視線を涉と同じ高さにすると、まだか細い両肩を握りしめた。

「『無様な女』というのは、お父さんの真似だよね。お父さん、悪い言葉を使っちゃった。ごめんね。もう二度と言わないから、涉もそういう言葉は使わないでほしいんだ」

涉はきょとんとした後、怯《おび》えで顔を引きつらせた。リビングから出てきた美空は心配顔だ。

「どうしたの？　酔ってるの？」

「……酔ってない！」

靴を脱いだ国枝は、二人の顔を見られないまま自室に駆け込んだ。カーテンを閉めようとした矢先、雨がやみ、雲間から久方ぶりに月明かりが射し込んでいることに気づく。

明日、やっぱり仲田に一言言っておくか。

「なにを言いたいのか、よくわからんがな」

月明かりを浴びながら、国枝は呟いた。

生活安全課における仲田先輩の日常

防犯講話

駐車場での朝礼を終えた聖澤真澄《ひじりさわますみ》は署内に戻る最中《さなか》、仲田蛍をそっと見遣った。今朝は顔色がよく、足取りもしっかりしている。

「どうかした？」

視線に気づいた仲田が、聖澤を見上げてくる。

「仲田先輩がここ一週間では一番元気そうで、安心したんです」

「ここ一週間って……まさか、私のことを毎日チェックしてるの？」

「もちろんです。少し前に異様に顔色が悪い日があったから、慎重に確認しないと」

聖澤としては大まじめに答えたのだが、仲田はあきれたような笑みを浮かべた。

「そんなことしなくていいよ。それに、私は聖澤が心配するほど疲れてない。少し睡眠時間を削っただけで顔色が悪くなるんだって、いつも言ってるでしょ」

――信用できません。これだけ課内の仕事を押しつけられてるんですから。

口にしても受け流されるので、心の中だけで反論する。

一昨日の夜。仲田は押収した違法アダルトＤＶＤをチェックし、どの動画でどのような行為がなされていたかを報告書にまとめる仕事をさせられた。手が空いている男性課員が多々いる中、女性の仲田にやらせるのはセクハラ以外の何物でもない。聖澤も手伝いたかったが、別の現場に駆り出されていて、このことを知ったのは昨日の朝、出勤してからだった。

さらに昨日の夜は、カップル間のトラブル対応で深夜まで帰宅できなかった。男から「夕飯には必ず魚料理を出すこと」というルールを一方的に課されることに我慢の限界を迎えた女が怒鳴り散らすと、男の方も逆上して手をあげ大騒ぎになり、アパートの隣室から通報があったのだ。駆けつけた交番巡査が話を聞いているうちに、男が女に日常的に暴力を振るっているＤＶの疑いが生じたため、生活安全課で対応することになった。

結論としては「問題なし」だったが、仲田と聖澤は男の話に何時間もつき合わされるはめになった。食事は各自の嗜好や慣習に影響されるので、家族間のトラブルの種になりやすくはある。しかし「魚料理は日本の伝統文化なんだ。そんなこともわからないのか」と説教口調で語られてはたまらない。なんとか男に「これからは彼女の立場も考える」と承諾させたときには、時計の針は深夜二時を回っていた。

ＤＶ被害への対応は生活安全課の重要な業務の一つなので、少年係の仲田が応対することもある。しかし「料理のことで女に手をあげるような輩は仲田向きだ」というなんの理屈にもなっていない係長の鶴の一声で、当直でもないのに残業を命じられたのだ。仲田は「いつも生活安全課のみんなには迷惑をかけてるから」と嫌な顔一つせず受け入れていたが、聖澤は承服できない。

仲田が、刑事課が担当する事件の捜査に志願して、生活安全課を空けることがあるのは事実だ。

が、県警上層部から助っ人を打診され、事なかれ主義の生活安全課長が容認するケースの方が圧倒的に多い。なのに、係長をはじめほかの課員たちは「勝手な女」「生活安全課《セイアン》の仕事を舐めた女」などと仲田に聞こえるように不平不満を並べ立て、仕事を次々と押しつけているのだ。

女性警察官が、男どものやっかみによってつぶされることは珍しくない。神奈川県警でも、聖澤の知るかぎりこの二年で三人の女性が休職や退職に追い込まれている。

仲田先輩は絶対そんな目に遭わせない。私がこの手で守るために、もっと成長して優秀な警察官になる――先月開かれた同期との飲み会で、聖澤は高らかにそう宣言した。「先輩に憧れている女子高生か」と笑われたので、「そうだよ」と即座に返したら、場が静まり返りはした。でも、私は当たり前のことを言っただけだ。なにが悪い？

「じゃあ、私は防犯講話の準備をするから」

生活安全課の自席に戻ると、仲田は言った。今日は午後から、多摩区内にある小中一貫教育の私立校・栄萌《えいほう》学園で、犯罪被害に遭わないために気をつけるべき事項を講習する。対象は、小学四年生。一人で行動することが増えてくる年ごろなので、それを踏まえた注意喚起をしなくてはならない。

小柄な上に雰囲気がやわらかい仲田は、子どもたちの前に立つのに適任だ。生活安全課に赴任してから毎年、この業務を担当していることも頷ける。今日だって、聖澤は「お手伝い」ということで同行するものの、することは特にない。でも、仲田の負担を少しでも軽くしたいから。

「今回は私にやらせてください」

本当の理由を口にしては却下されるに決まっているので、こう続ける。

「今後のためにも、ぜひ防犯講話を経験しておきたいんです」

「本当にやりたいの？　こういう仕事は、できるだけ人に任せたいんじゃない？」

仲田の疑問はもっともである。聖澤は基本的に無愛想だ。昨春、生活安全課に配属されて以降、仲田から「聖澤は背が高いから、子どもをこわがらせないように、できるだけ笑顔で話しかけた方がいいよ」と何度アドバイスされたかわからない。しかし未だうまくできず、すっかり苦手意識が根づいてしまっている。

仲田を真似て、ショートにしている髪を肩口くらいまで伸ばせば印象が変わるのでは、と思ったこともある。が、寝癖がつきやすい髪質なので早々に断念した。

それでも聖澤は「やりたいです」と言い張った。多摩警察署生活安全課の防犯講話は、内容が代々申し送りされている。事前に確認しておくことは、最近、学校近辺で発生した事件の有無くらい。あとは子どもたちの反応を見ながら、台本を読み上げるだけ。この一年で少しは愛想がよくなったのだし、私にだってできる。大丈夫、大丈夫、大丈夫、大丈夫。

「――大丈夫、大丈夫、大丈夫、大丈夫、大丈夫、大丈夫、大丈夫、大丈夫、大丈夫、大丈夫」

「瞬き一つしないでぶつぶつ呟かれても説得力がないよ」

「大丈夫です！」

いつの間にか口にしていた独り言をごまかすために、聖澤は大きな声で言った。

正午になる少し前、聖澤は仲田とともに多摩警察署を出た。車両が出払っているので電車移動だ。一人で行きたいところだったが、警察官は二人一組での行動が基本である。聖澤が講話している間、仲田には傍で座って待機してもらうことにした。

栄萌学園は、多摩区の東部、南武線宿河原《なんぶしゅくがわら》駅から徒歩五分ほどのところにあった。赤煉瓦の校舎が、遠目からもはっきりわかる存在感を放っている。到着したのは十二時半ごろ。給食がない私立校のようで、七月の陽射しの下、制服を着た子どもたちがお弁当を食べながらはしゃいでいた。仲田によると、栄萌学園は子どもの自主性を重んじており、四年生からはクラスごとではなく、誰とでも自由に食べていい形式を採っているらしい。男子は白いシャツに黒いズボン、女子は白いシャツに黒いスカート。その姿を見て目を細める仲田を見て、聖澤は両手の拳を握りしめる。

——先輩に心配をかけないためにも、しっかりやらないと。

校長室に行って担当の男性教師に挨拶して、今日の流れを確認する。それから、会場である体育館に移動した。そこでは小四の子どもたちが、パイプ椅子にずらりと座っていた。子どもの身体に負担をかけないよう、体操座りを見直す学校が増えているというニュースを思い出す。

こんなことを思い出す余裕があるんだから私は大丈夫だ、と懸命に自分に言い聞かせる。

まずは仲田がステージ上で、簡単な挨拶と本日の趣旨を説明してから言った。

「詳しいことはこちらのお姉さんがお話しします。みなさん、静かに聞いてくださいね」

仲田がステージから降りると、入れ替わりに聖澤が上がる。その途端、子どもたちの視線が一斉に自分に向かってきた。事前に確認したところ、子どもたちの数はおよそ百人。意識が飛びかけたが、唇の両端を持ち上げるようにして笑顔をつくる。仲田はステージのすぐ下、聖澤から見て右側の椅子に腰を下ろした。心配をかけまいと意識しつつ、台本を読み上げていく。

このパネルは、子どもが事件に遭った時間帯をまとめたものです——普段から、街灯がある明るい道を確認しておきましょう——スマホを持っている人は、電話するふりをしながら歩くとこわい人が声をかけづらくなるようです――。

つつがなく進みはしたものの、子どもたちの反応は薄かった。聖澤とて、台本を淡々と読み上げるだけの講話など受けたくない。仲田のためとはいえ、申し訳ない思いがしてくる。

小学校の授業は、一コマ四十五分が基本だ。一通り話を終えたのは、開始から三十分が経ってからだった。途中から早口になってしまったので、予定より五分近く早い。

「では、なにか質問がある人はいますか？」

聖澤が呼びかけても、手は挙がらなかった。気まずい沈黙が体育館をじわじわ侵食していく。

「お巡りさんに訊きたいことがある人はいませんか」

仲田の向かい側、扉の脇に立った男性教師が呼びかけても、やはり手は挙がらない。

先輩なら、子どもたちが我先にと手を挙げるのに……。聖澤がいたたまれなくなったとき、前方からそっと手が挙がった。黒縁の眼鏡をかけた小柄な少女だった。

「質問、いいですか」

「もちろんです。どうぞ」

密かに胸を撫で下ろしつつ、聖澤は笑顔で促す。教師がマイクを持っていくと、少女は俯きがちに言った。

「四年二組の藤野真由《ふじのまゆ》です。本日はありがとうございました。それで、あの――こわい人だから警戒したのに……どうしたら、よかったんですか？」

聖澤が怪訝な表情をしないように気をつけていると、真由はたどたどしい口調で説明を始めた。

この前の日曜日の夕方。友だちと遊んで家に帰る途中、知らないおじいさんに声をかけられた。

「こんばんは。いま帰りなの？　暗くなっちゃうから、一緒にお家《うち》まで行く？」と言われたので、

「いいです」と返すのと同時に走って逃げた。そうしたら、そのおじいさんはパパの書道の先生だった。私はほとんど会ったことがないからわからなかったけど、おじいさんの方は覚えていて、「親切で声をかけてやったのに、最近の子どもは」とパパに文句を言いに家まで来た。おじいさんが帰った後、パパは私に「気にしないでいいよ」と言ってくれたけど、本当に気にしなくていいのかわからない――真由の話をまとめると、概ねそういうことだった。

真由は、眼鏡の向こうで両目を潤ませ聖澤を見つめる。

「私は、どうしたらよかったんですか？」

「それはですね」

とりあえずそう言ってみたものの、先を続けられない。答えが思い浮かびはした。が、この場で口にするのは適切ではない。もっと無難な答えにするべきだが、それが見つからない。

聖澤が黙りこくると、子どもたちがざわつきはじめた。男性教師も、不安そうな目でこちらを見ている。早くなにか言わないとまずいと思えば思うほど、頭の中が白くなっていく。

――先輩なら、なんて言うだろう？

頼ったらだめだという思いとは裏腹に、仲田の方に顔が向いてしまった。目が合うと、仲田は唇を動かした。読唇術《どくしんじゅつ》の心得などないが、仲田が唇をゆっくり大きく動かしてくれたおかげで、こう言ったことがわかった。

――好きに話していい。

先輩は、私を信頼してくれている――。自分の中から、なにかのスイッチが入る音が聞こえた。

真由に視線を戻した聖澤は、最初に思い浮かんだ答えを口にする。

「お父さんの言うとおり、そんな大人は気にしなくていいです。無視して、さっさと忘れてやりましょう」

「へ？」

真由の呆《ほう》けた声が、マイクを通して体育館に響いた。聖澤は、力強く繰り返す。

「忘れていいんです、そんな大人。だってあなたは、見覚えのない大人だったから逃げただけでしょう。『知らない人についていったらだめ』という大人が子どもにさんざん教えていることを守っただけで、怒られる筋合いはありません。これからも知らない人は警戒して、自分の身を守ることを優先してください」

「でも……おじいさんは『親切で声をかけてやったのに』って怒ってた……」

「そんなのは親切の押し売り。本当に子どものことを考えている大人なら、警戒して逃げたら『偉い』とほめてくれる――ううん、ほめるべきなの！」

敬語が抜けた上に、声が大きくなってしまった。さすがに言いすぎたかと思ったが、

「あ……ありがとうございます！」

真由が聖澤に負けず劣らず大きな声で言うと、体育館に拍手が鳴り響いた。聖澤と真由、どちらに向けられたものかはわからない。しかし子どもたちの目が、講話を聞いていたときよりずっと輝いていることは確かだった。聖澤は頬が紅潮するのを感じながら、体育館を見渡す。

男性教師の渋い顔は、見なかったことにした。


「先輩まで巻き込んでしまって、すみませんでした」

栄萌学園の校門を出て少し歩いたところで、聖澤は腰が折れんばかりの勢いで頭を下げた。

「謝らなくていいよ」

仲田は笑ってくれたが、聖澤は申し訳ない気持ちで一杯だ。

防犯講話の後、男性教師から「我が校は、年長者を尊《たっと》ぶよう教育しているんですよね」「子どもの質問には、もっと違う答えがあったんじゃないですかね」などと皮肉めいた口調で言われた。仲田が「でも聖澤は、間違ったことを言ってませんから」とやんわり受け流してくれたおかげで早々に解放されたが、後で署にクレームが来ないか心配だ。

聖澤は顔を上げてから、おそるおそる問う。

「仲田先輩なら、私みたいな言い方はしませんでしたよね？」

「そうだね。私も聖澤と似たようなことを答えたとは思うけど、もっとやわらかい言葉を選ぶかな。それと敬語は使うし、声を大きくすることもない」

それはそうだ。聖澤が肩を落とす直前、仲田は「でも」と言葉を継ぐ。

「あれはあれで、聖澤らしくてよかったよ。答えたのが私だったら、彼女はあんな声でお礼を言わなかったかもしれない。よくがんばったね」

「……はい」

仲田の方を見られないまま歩いているうちに、宿河原駅前の商店街に到着した。シャッターが下りたままの店舗が散見されるものの人通りはそれなりにあり、方々に七夕の飾りつけがされている。そういえば今日は、七月七日だ。栄萌学園でも飾りつけがされていたが、気に留める余裕がなかった。

でも、いまは違う。

顔を上げると、眩暈《めまい》がしそうなほど眩しい青空が広がっていた。

織姫と彦星は、今夜は支障なく再会できるに違いない。

万引き

〈万引きしようとした小学生を捕まえたので、対応をお願いします〉

　宿河原駅近くのスーパーから署にそう通報があったのは、七月十九日午後三時五十八分のことだった。子どもの万引きは、生活安全課少年係の担当である。本日、仲田は非番なので、聖澤はベテランの梶原直純《かじわらなおずみ》とともに現場に向かった。梶原に「相手が小学生なら、お前みたいなお嬢ちゃんが話を聞いた方がいいだろう」と露骨に小娘扱いされたのは気に入らないが、いつものことだし、あながち間違いでもない。

　現場に着くと、まずは商品が積まれた倉庫の隅に行き、子ども抜きで状況を聞くことにした。応対してくれたのは、定年間近と見られる年ごろの男性だった。このスーパーの店長だという。

　店長が少年に声をかけたのは、午後三時二十分ごろ。その少し前、ポテトチップや煎餅《せんべい》などが並ぶ菓子売場で、少年が板チョコを鞄に入れる姿が防犯カメラの映像に映し出された。バックヤードから飛び出した店長だったが、少年は店の入口手前でうろうろして外に出ようとしない。法的には店外に出ないかぎり万引きは成立しないが、訳ありかと思って声をかけると、少年は驚いて飛び退き、その拍子に身体が店の外に出た。一応、万引きの成立要件を満たしたし、明らかに様子がおかしいのでバックヤードに連れていったものの、少年は一言もしゃべらない。そのため、やむなく警察に通報した──以上を聖澤に話してから、店長は言った。

「本気で万引きするつもりなら、さっさと外に出てたと思うんですよ。うちとしては被害届を出すつもりはないんで、相談に乗ってやってください」

「わかりました」

面倒くさそうに顔をしかめる梶原がなにか言う前に聖澤が答えると、店長は安堵の息をついた。

「よかった。いい学校に通ってるのに、退学なんてことになったらかわいそうですからね」

「いい学校というのは？」

「栄萌学園ですよ。この近くにある名門校……って、説明するまでもなく知ってますよね」


人目につかないように少年を店の裏手に連れていき、車で多摩警察署に移動した。その間も少年は黙りがちだったが、なんとか聞き出した名前は小《こ》松《まつ》時《とき》哉《や》。住んでいるのは、南武線沿線の武《む》蔵《さし》小《こ》杉《すぎ》駅近く。防犯講話のときに見た制服を着ているから間違いないとは思ったが、やはり栄萌学園に通っているという。

聖澤は、署まで来るよう保護者に電話で伝えてから取調室に移動し、時哉の正面に座った。聖澤から見て時哉の左手後方では、梶原が調書を取るためノートパソコンに向かっている。


俯き、黙りこくる時哉に、聖澤は精一杯の笑顔をつくって切り出した。

「この前、防犯講話をするため栄萌学園に行ったんだよ」

時哉は弾かれたように顔を上げると、聖澤の顔をまじまじと見つめる。

「防犯講話をしてくれたお巡りさんだったんだ。気づかなかった」

この言い方からすると、時哉はあの場にいたらしい。ということは、小学四年生か。小柄な上に両目がくりりと大きいので、もう少し年下に見えた。

「防犯の話をしてもらった僕が、悪いことをしちゃうなんて……ごめんなさい」

「やっぱり時哉くんは、お金を払わないでチョコを持って帰ろうとしたの？」

下の名前で呼んで問う。子どもにもよるが、小学生は下の名前で呼んだ方が親密な雰囲気になり、話を聞き出しやすくなる。仲田から学んだことだ。「万引き」という単語を避けたのも、仲田の影響である。相手によっては「万引き」ではなく「窃盗」と直接的な単語を使って、犯した罪を容赦なく突きつけるが。

「そうです。ごめんなさい」

「でも時哉くんは、そんなことをしていいのか迷ってたんだよね。だから、すぐにお店から出なかったんだよね」

「…………」

時哉は答えない。再び黙りこくるのを防ぐため、聖澤は別の質問をする。

「時哉くんは、栄萌学園には一年生のときから通ってるの？」

「ううん、小四になってから。まだ三ヵ月です」

「そうなんだ。試験を受けたりしたの？」

「はい。難しかったから絶対落ちたと思ったけど、受かっててびっくりした」

――貧困の可能性は低いな。

笑顔で頷きながら、頭の片隅で判断する。栄萌学園は私立校だ。公立に較べて学費は高額のはず。決めつけはよくないが、三ヵ月前に転入するだけの資力があった小松家が、板チョコを盗まなくてはならなくなるほど貧しくなったとは考えにくい。とはいえ、

――慎重な対応が必要なことに変わりはない。

家庭で親からネグレクトを受け、満足な食事を与えられていないのか？　学校でクラスメートからいじめられ、万引きを強要されたのか？　新たな学校生活に慣れなくて、ストレスが溜まっ

ているのか？　まだわからないが、初動が肝心だ。

「――たんです」

時哉が俯き加減に、小声で呟いた。

「ごめんなさい、もう一度言って」

促すと、時哉は顔を上げて、声変わりにはまだほど遠い声音で捲し立てる。

「さっき、聖澤さんに訊かれたことの答えです。万引きしようとした理由ですよ。聖澤さんと一緒に学校に来たお巡りさんに会いたかったんです。リュシオルにそっくりだから」

リュシオル？

「どこからどう見てもリュシオルで、あんなにリュシオルに似た人がこの世にいるなんて――」

「ちょっと待って。私と一緒に来たお巡りさんって、仲田先輩……いや、仲田巡査部長……じゃなくて仲田さんのことだよね。あの人が、なにに似てるって？」

――子どもと話すときは、お互いを『さん』づけで呼ぼう。

仲田にそう言われていることを即座には思い出せず、呼称が二転三転してしまった。

『堕天使特区《だてんしとっく》』の新キャラに決まってるじゃないですか。今年の水着イベに実装されることが運営から発表されて、キャラデだけでトレンド入りしたんです。イラスト担当が神絵師のハルカさんだから当然ですけどね」

「わかるように説明して！」

笑顔を取り繕うのを忘れ、ぴしゃりと言ってしまう。

時哉によると。

『堕天使特区』というのは、ここ数年、若者たちの間で人気のスマホゲームである。無実の罪で天国から追放された天使たちが、濡れ衣を晴らすため悪魔と戦い続けるという奥深いストーリーもさることながら、次々に登場するキャラクターたちのイラストが美麗であることも魅力。何人もの人気イラストレーターがデザインを担当しているので、当然と言えば当然である。

八月一日からは、天使が水着姿で戦う期間限定の「水着イベント」が開催される。リュシオルは、このイベントに登場することが発表された新キャラクター。新進気鋭のイラストレーター・ハルカが描いているのでほかの新キャラクターたちと較べても一際目を引き、まだゲームに登場していないにもかかわらず話題になった。時哉もこのキャラクターに一目ぼれしてしまった。登場が待ち遠しくて仕方がない――。

話を聞いた聖澤は、まだ笑顔を取り繕えないまま問う。

「そのリュシオルと、仲田さんが似ているの?」

「そうなんです。仲田さんをモデルにしたんじゃないかと疑いたくなるレベルです。ほら!」

時哉が差し出してきたスマホのディスプレイには、顔の面積に比してやけに目が大きい、アニメ調のイラストが表示されていた。これがリュシオルらしい。

肩口で切りそろえられた真っ直ぐな黒髪、ほんのわずかに垂れた両目、厚みはないがやわらかそうな唇……確かに仲田の顔をアニメ風に描いたら、こうなるだろう。

首から下に目を遣る。白いビキニタイプの水着は包帯を思わせる形状で、申し訳程度にしか身体を覆っていない。聖澤が顔をしかめてしまうと、時哉は一転してしょんぼりとした。

「女の人は、こういう絵は好きじゃないですよね。フェミニズム……というんだっけ? よくわからないけど、『堕天使特区』のキャラを男の妄想って怒ってる女の人もいるし……」

「嫌な気持ちになる女性もいるかもしれないけど、私はそんなことないよ」

聖澤は慌てて表情を笑顔に変える。顔をしかめたのは、「こんな露出の多い恰好でどうやって戦うんだろう？」と考えてしまったからだった。不良少年を追いかけるときは擦り傷が気になって全力疾走できないし、道端に座り込む酔っ払いに声をかけたら「買ってほしいのか？」とからかわれるだろうし……いや、そういう戦いは生活安全課《じぶん》のものであって、天使とは無縁か。ゲームのキャラ相手にこんなことを真剣に考えてしまうなんて、職業病としか思えない。

「時哉くんが、リュシオルと似ている仲田さんと話をしたいことはわかった。でも、それがお金を払わないでチョコを持っていこうとしたこととと、どうつながるの？」

時哉が再び勢いづく。

「リュシオルと似ているから仲田さんと話がしたい、ってすなおに言ったら、警察は怒るでしょう。だから、自分が悪いことをして捕まるしかないと思ったんです。でも、『万引きは犯罪』とポスターに書かれているのを見て、いざとなったらこわくなっちゃって。どうしたらいいかわからなくて、お店の入口辺りでうろうろしてたんです」

「そこまでして仲田さんと話したかったの？」

「はい。防犯講話のとき、一目見た瞬間からずっと！」

こうも元気のいい声を出されては、「私のことは忘れていたくせに」と指摘する気も失せる。

聖澤の方に顔を向けてスマホを指差す梶原が、視界の片隅に映る。「仲田を呼び出すか？」と問うているのだ。それには答えず、聖澤は時哉を見ながら考える。

――この子は、一種のゲーム障害なのかもしれない。

ゲーム障害とは、ゲームをやめられない、日常生活においてゲームをなによりも優先するといったことが一定期間以上にわたり継続している状態を指し、世界保健機関《WHO》に疾病と認定されている。「ゲームのキャラクターに似た警察官に会うため罪を犯す」という行動も、ゲームのことを最優先している証左だろう。

ただ、仲田の力は借りたくない。

今回のようなケースはさすがに初めてだが、仲田に会うため非行を繰り返す子どもは、年齢や性別に関係なく多い。彼ら彼女らにとって仲田蛍は自分の話に耳を傾けてくれる唯一の大人なので、「仲田さんと話したい」と指名されるのだ。仲田はそれに可能なかぎり応じつつ、力になってくれる人物や福祉サービスに少年少女たちをつなげようとする。

――困っている子どもの力になりたいから、なにかあったら非番の日でも連絡をちょうだい。

ほかの仕事ですぐには駆けつけられないときでも、できる範囲で対応する。

仲田は常々、聖澤にそう言っている。それに従うなら、この少年のこともいますぐ仲田に連絡するべきではある。

しかし、連絡したくない。仲田の負担を増やしたくないという思いもあるが、それ以上に。

「時哉くんを、仲田さんに会わせるわけにはいかない」

きっぱり言い切ると、梶原が眉をひそめた。それでも、聖澤は繰り返す。

「時哉くんを、仲田さんに会わせるわけにはいかないよ」

「なんでですか。万引きしようとしたことは反省してるし、もう二度としません。だから――」

「仲田蛍は、私にとっては尊敬する先輩で、目標でもあるの。ゲームのキャラクターのように君の都合で扱ってほしくない」

論理もなにもない、感情に任せた言葉ではある。

が、そうしたものが人の心を動かすこともあることを、聖澤は先日の防犯講話で学んだ。

時哉は口を閉ざしたが、納得はしていないだろう。さらに言葉を継ぐ必要がある。懸命に頭を回転させている最中《さなか》、時哉が不意に聖澤から目を逸らした。

——え？

聖澤が戸惑っているわずかな間に、時哉は目を逸らしたことをごまかすかのように勢い込んで言う。

「リュシオルみたいなかわいいキャラに似ていると知ったら、仲田さんだって喜びますよ。だから話をさせてください。お願いします！」

「仲田さんがどう思うかは関係ない。とにかくだめ」

ぴしゃりと応じつつ、聖澤は考える。

この少年は、聖澤が本音をぶつけたら、仲田をゲームのキャラクターと同一視していることを後ろめたく思ったようだった。

万引きしようとした原因は、ゲーム障害ではない、別のところにあるのでは？

その後、時哉の父、小松義継《よしつぐ》が多摩警察署の取調室にやって来た。年齢は四十代半ば。くりりとした両目がそっくりで、一目で親子とわかる容姿だった。上質そうなスーツから、社会的地位が高いことが見て取れる。

聖澤が、時哉がしようとしたことと、その動機を説明すると、小松は顔を強張らせた。

「お前は、なんてことを……！」

声を荒らげかけた小松だったが、口を閉ざすと一転して静かな口調になる。

「お店の人には、ちゃんと謝ったのか？」

「まだ……」

「なら、ちゃんと謝りにいこうな」

「うん……」

小松が来てから、時哉は終始俯いていて、まだ幼い肩は見るからに硬くなっていた。警察に呼び出された父親と取調室で対面したのだから、当然の反応ではある。

が、普段からこうなのだとしたら？　それが万引きの原因だとしたら？

息子に頷いた小松は聖澤に向き直ると、「この度は誠に申し訳ございませんでした」と言って深々と頭を下げた。その後、応援の警察官に時哉を別室に連れていかせ、小松だけ取調室に残ってもらった。時哉抜きで話をするためである。

応援の警察官には、念のため虐待の可能性もあることを伝え、時哉から話を聞くよう伝えておいた。

小松は、おそるおそるといった様子で問う。

「息子はここで、カツ丼を食べたのでしょうか？」

「は？」

質問の意図がわからず、反射的に疑問の声を上げてしまう。小松はしどろもどろに言った。

「取調室ではカツ丼を食べるものだと聞きましたから……お支払する必要があるのでは、と」

いまどき、一昔前の刑事ドラマに影響を受けたような質問をされるとは。無論、答えは「否」だ。長時間にわたる取り調べでは、調べる側も調べられる側も、出前表から好きな物を注文できる。だから食べるものはカツ丼にかぎらないし、そもそも時哉は取調室に短時間しかいなかったので、なにも注文していない——聖澤がそう説明すると、小松は苦笑した。

「無知ですみません。こう言ってはなんですが、これまで警察とは無縁の人生を歩んできたものですから。まさか、こんなことになるなんて。改めてお詫び致します」

「悪質ではないので、今回にかぎってはお店も穏便に済ませてくれるそうです」

——ちゃんとした父親だな。

話をしながら、聖澤は思った。あくまで心証ではあるが、虐待の線はなさそうだ。

「時哉が、そこまでゲームに熱中しているとは思いませんでした。スマホゲームをやっているのは知ってましたが、『ゲームは一日一時間、勉強に支障がない範囲で』と言い聞かせて、ちゃんとそれを守っていると思っていたのに」

「実は、時哉くんがこんなことをしようとした直接の原因は、ゲームではないかもしれません」

時哉が目を逸らした話をすると、小松は椅子の背に身体を預け腕組みをした。

「ゲーム以外の原因、ですか」

「心当たりはありませんか」

「なんとも言えませんが、学校が変わったことが影響しているのかもしれません」

「時哉くんは小四になるタイミングで、栄萌学園に編入したそうですね。小学生が学年の途中で私立に移ることは珍しいと思いますが、どうして？」

「前々から、時哉にはいい教育を受けさせたいと思っていたんです。そんなとき、栄萌学園に欠員が出て、編入生を募集していることを知りましてね。学費が高いことがネックでしたが、幸い、私が勤務する会社は業績が好調で家計に余裕がありますし、時哉も成績がいいので受験させたら合格したんです。正直、環境を変えることに不安はありましたよ。もちろん本人は、親以上だったはず。それでも初日に新しい友だちができたと聞いて、安心していたのですが」

小松はそう言うが、友だちができることと、学校生活の安定は同じではない。公立と私立では、校則一つ取ってもなにかと勝手が違うだろう。急な環境変化に時哉が順応できていないおそれは充分ある。一概には言えないが、その辺りの事情は父親より母親の方が詳しいかもしれない。そう思って、聖澤は問う。

「本日、奥さまは？」

「家にいます。一昨年、大きな病気をしまして」

「あ……それは失礼しました」

聖澤が慌てて謝ると、小松も同じくらい慌てて言った。

「いえ、時間はかかりましたが、食事に気を遣うようになってから治療がうまくいって、いまはすっかり快復してるんです。ただ、あまり無理をさせたくない。警察から電話を受けた後かなり取り乱していたので、私が会社から一人でここに――ああ、そうか」

小松は、疲労の滲んだ息をつく。

「時哉は優しい子で、なにかと妻に――母親に気を遣っています。そのせいで、甘えることができない。唯一甘えられる大人が、私なんです。なのに私は、時哉に厳しくしすぎているのかもしれません。栄萌学園に合格するため一日何時間も勉強させたし、合格した後だって、休みの日も勉強させています。お小遣いは充分な額を与えているつもりですが、無駄遣いしないように一円単位で使い道を確認している。息が詰まって当然です。仲田さんという女性に会いたがったのも、ゲームのキャラクターに似ているからというのは言い訳で、本当は甘えたかったのかもしれません。仲田さんというのは、優しそうな人なんですか？」

「ええ、それはもう」

聖澤が力一杯頷くと、小松は頷き返した。

「今日帰ったら、まずは息子とじっくり話し合います。退学処分になったら困るから、今回のことは学校に報告したくない。でも、専門のカウンセラーには相談してみます」

――やはり、ちゃんとした父親だ。

再び頭を下げる小松を見ながら、聖澤は改めて思った。

一応、原因らしきものはわかった。とはいえ、小松が尽力したところで、時哉が抱える問題はすぐには解決しないだろう。仲田が時哉のことを知ったら、なにかしようとするかもしれない。

もしも、そうなったら。

かつての非行少女

七月二十一日の夕刻。生活安全課にて。

「小松時哉は八月三十日生まれなので、現在九歳。編入試験は、ほかの受験者より頭一つ抜けた点数で合格。編入後の成績も優秀で、テストで一番になることも珍しくない。時折お弁当を一人で食べていることがあるものの、友だちは多いようで、いじめられている、仲間はずれにされているといった問題があるようには見えない。七月十八日――私が補導した前日ですね――も、学校帰りに友だちの家に遊びに行っている。

ただ、編入当初より少しやせたことが気にはなっている。本人は明るく振る舞っているが、急激な環境の変化にストレスが溜まっているのかもしれない。学校側としては今後に注視していく――以上、時哉くんの担任教師から聞いた話をまとめました」

聖澤が報告を終えると、仲田はただでさえ大きな目をさらに大きくした。

「先生から、随分と熱心に話を聞いたんだね。悪いことじゃないけど、どうしてそこまで？」

「先輩が時哉くんのことを気にして、いろいろ調べると思ったからです」

七月二十日、聖澤が時哉の件を報告すると、案の定、仲田は根掘り葉掘り質問を重ねた上に、梶原がまとめた調書も読み込んだ。聖澤は「気にしすぎです」と言ってとめたが、「私に甘えたかったのだとしたら、気にして当然でしょう」と予想どおりの答えを返されてしまった。

先輩のためには、私が時哉くんのことを調べ尽くして、なにもすることがない状態にするしかない。そう心に決めて栄萌学園の教師に連絡し、話を聞き出したのだ。小松が今回の件を学校に報告したくないと言っていたので、「他校で編入生が問題を起こす事案が起こったから、念のため貴校のことも聞かせてほしい」という口実を用いた。

仲田は小さく息をつく。

「驚いたけど、聖澤が時哉くんのことをいろいろ調べてくれて助かったよ。このまま事件が起きなければ、明日は安心して出かけられる」

明日は、仲田も聖澤も非番だ。カレンダーの上でも休日である。

「どこに行くんです？」

「人気イラストレーターの家。聖澤も一緒に行く？」

「はい！」

即答した後で、目的地が引っかかった。イラストレーターの家って？

翌日。聖澤は姿見に映る自分を念入りに見つめていた。寝癖は完璧に直したし、メイクは派手すぎず地味すぎず、ちょうどいい案配。ロングスカートも、長い脚に我ながらよく似合ってる。先輩の隣にいて恥ずかしい恰好ではない――という確認を、かれこれ十分ほど繰り返している。

　仲田と一緒に出かけるときは、毎回こうだ。

　仲田との待ち合わせ場所は、警察官舎の駐車場だった。約束の時間である午前十一時ちょうどにやって来た仲田は、パンツスタイルだった。これに関しては普段の休日どおりだが、メイクは普段の休日よりはるかに濃い。ファンデーションを塗りすぎているせいで、年齢より若く見える顔つきが台なしだ。

「久々に会う相手だから、少しくらいおしゃれしようと思って」

　聖澤の心の内を読み取ったか、仲田は言った。これがおしゃれのつもりとは。

　――そういうところも、先輩らしくていいんですけどね。

　仲田の車の助手席に乗り込む。車種は知らないが、持ち主の体格に似合わない、大きくてごつい車だと見る度に思う。

　目的地である「人気イラストレーターの家」は、車で十分ほど走ったところに立つマンションの一室だった。

「うわー、仲田さん。相変わらずちっちゃいけど、メイクが濃くなりましたねー。それとも私に会うから、おしゃれしてくれたんですか？　時《T》と場合《P》と場所《O》を大事にしろって、さんざん私に教えてくれましたもんね。でも、ぶっちゃけ全然似合ってないです」

　玄関ドアを開けた途端、北島七緒《きたじまななお》は一息に言ってのけた。メイクに関しては同意見だが、第一声がそれかと内心で不満を抱えながら、七緒をそっと観察する。

　レンズが分厚い丸眼鏡に、整えられていないぼさぼさの髪、外出が少ないことが一目でわかる不健康に青白い肌。マスコミが「オタク」の見本として報じるような外見だった。廊下の先にある部屋には、アニメのポスターやフィギュアがずらりと並んでいることが覗き見える。人を見た目で判断するべきではないが、見た目どおりの趣味の持ち主であることは間違いない。

この女性が仲田に何度も殴りかかったという話は、どうにもぴんと来ない。

不仲の両親が罵り合うことに耐えられなくなった七緒は、中学二年生のころから、夜になると家を抜け出すことが増えていった。高校に入ると筋の悪い連中とつるみ、横浜市の関内駅付近の繁華街に頻繁に出入りするようにもなった。

そんな七緒を、当時、伊勢佐木《いせざき》警察署の交番に勤務していた仲田は幾度も補導した。その度に七緒は、仲田に罵詈雑言を浴びせながら殴りかかった。それでも仲田が補導を続けた結果、七緒は徐々に心を開いていった。そして仲田が仲介した児童福祉士のアドバイスを受け、両親と距離を置くべく親戚のもとに身を寄せた。

その後でアニメや漫画にハマり、こうなったらしい。

聖澤の視線に気づいた七緒は、腰に両手を当てて笑った。

「そんなにじろじろ見ないでくださいよ。もともと、あたしはオタク気質があって、アニメとか漫画のキャラに恋しちゃったりなんかしてたわけですよ。でもグレてたから強がって、そういうのに興味がないふりをしてたんです。それをやめて、自分にすなおになっただけ。おかげでいまは楽しいし、仕事にも活かせてるし、いいこと尽くめです。もともと絵を描くのは得意だったけど、ここまで人気者になれたのは仲田さんのおかげ。藤子不二雄先生が暮らしていた川崎市多摩《たま》区に仕事場を構えたら仲田さんも近くに異動してきたし、なんだか運命を感じてます」

言葉の途中から、七緒は聖澤の肩を、なぜか無遠慮にばしばしたたいてきた。ろくに挨拶すらしないこととといい、苦手なタイプかもしれない。

仲田の方は慣れたものらしく、いつもどおりの表情と口調で応じる。

「私はなにもしてないけど、七緒ちゃんがしっかりやっているようで安心したよ」

「なにをおっしゃる。仲田さんは私にとって世界一……いや、宇宙一の恩人です。さあ、上がってください、恩人さま。お連れさんもどうぞ」

七緒に促され、仲田と聖澤は廊下の先にある部屋に入った。窓際に広めの作業用デスクが設置され、その上にパソコンのディスプレイとペンタブレットがある。これを使ってイラストを描いているのだろう。

簡単に自己紹介をし合ってから、聖澤は仲田とともにソファに座った。七緒はディスプレイの前に置いた椅子に腰を下ろして脚を組んでから、仲田に訊ねる。

「わざわざ会いにきてくれたのは、あたしに訊きたいことがあるからですよね？」

「察しがいいね」

仲田は『堕天使特区』のリュシオルを表示させたスマホを、七緒に差し出した。

「へえ、忙しいでしょうに、仲田さんもスマホゲームをやるんだ。いやー、スマホゲームの浸透度たるやすごいですねー」

そう言う七緒は、分厚いレンズの向こうにある目を忙《せわ》しなく瞬いていた。警察学校で取り調べの演習を受けていなくても、疚《やま》しいことがあると一目でわかる。

「聖澤が補導した子どもが、このゲームをやっていたの。その子が好きだというリュシオルがあまりに私そっくりだから、気になって——」

「すみませんでしたぁっ！」

仲田が言い終える前に、七緒は椅子から飛び降り土下座した。

「大袈裟だなあ。顔を上げて」

仲田が言っても、七緒は額を床にこすりつけて続ける。

「ご明察のとおりです。リュシオルは、仲田さんをモデルに描かせていただきましたっ！」

──思ったとおりだな。

北島七緒のペンネームが「ハルカ」であることは、昨日の時点で仲田から教えられていた。「仲田《なかた》」の名前をシャッフルすると「かなた」になる。そこから「彼方」という漢字を連想し、似た意味を持つ「遥《はる》か」をカタカナに変えてペンネームにしたらしい。

また、仲田によると、リュシオルとはフランス語で「蛍」の意味。「私の知り合いが、私そっくりな顔をしたキャラクターを描いて、名前まで同じ。私をモデルにしているとしか思えないでしょう」というのが仲田の考えだった。

仲田そっくりなキャラクターだとは思っていたが、まさか本当にモデルにしていたとは。

七緒になんとか顔を上げさせてから、仲田は訊ねる。

「どうして私をモデルにしようと思ったの？」

「水着イベントって、ユーザーがめちゃくちゃ盛り上がるんで、絶対に納期に間に合わせないといけないんです。今年の水着イベントは八月一日からで、告知は三週間前の七月十日。納期は七ヵ月前の十二月十五日。でも年末なんて冬じゃないですか。絶対に水着なんて着ないじゃないですか。だから、全然アイデアが浮かばなくて……」

「そんなに早いんですか、納期？」

口を挟んでしまった聖澤に、七緒は頷いた。

『堕天使特区』はスケジュール優先だし、キャラのモーションをつくったり、声優を当てたりしなきゃいけないんで、納期は割と厳し目です。ゲームによっては、もっと早いこともあるっぽいですよ」

聖澤はゲームをやらないので、全然知らなかった。

「話を戻しますね。あたしはイルミネーションできらきらした街を、コートを着込んだ人たちが歩く中、必死に水着を着た天使を考えた。でも、どれも出来がイマイチだ。このままだと納期に間に合わない。ああ、万策尽きた……と思ったときに閃いた。好きな人をモデルにすれば描けるんじゃないか、と。そして、あたしの好きな人と言えば仲田蛍。しかもクライアントからいただいたキャラ名『リュシオル』は、フランス語で『蛍』の意。これはもう、『仲田さんをモデルに描きたまえ』という天の声に違いない！　そう確信したわけです」

「天の声かどうかはともかく、事前に私に一言言ってくれればよかったのに」

「無理です。『堕天使特区』は、売上が発売元の株価にまで影響する超人気ゲームなんですよ。あらゆる関連情報は、厳重に管理されてます。開発チームの中には、メインキャラが死ぬことを家族にうっかり話して飛ばされちゃった人までいるんです。あたしの如き駆け出し下請けが情報を漏らしたりしたら、その場でイラストレーター人生が終了です」

「だったら情報が解禁になった後で、連絡をくれてもよかったんじゃない？」

「そうするつもりだったんですけど……クライアントの追加リクエストに応えているうちに、どんどん露出が増えて……ほとんど水着を着ていないようなキャラになっちゃって……」

肩をすぼめた七緒は、うかがうように仲田の顔を見上げる。

「怒ってます……よね？　裸同然の恰好をしたキャラクターのモデルに使われて……」

「びっくりはしたけど、プロのイラストレーターにモデルにしてもらえたことは光栄よ。ただし、今後誰かをモデルにするときは必ず許可を取ること。事前に確認することができないなら、せめてもう少しモデルと似てない顔にすること。そうしないとトラブルのもとだし、なにより、マナーだからね」

「仲田さん……」

感激の声で呟く七緒を見ながら、聖澤は密かにため息をついた。ここまで本人そっくりのキャラを描いておきながら、知らん顔を決め込んでいたとは。とはいえ、

――仲田先輩のことが大好きということに関しては、心の底から共感できる。

苦手なタイプかもしれないと思ったが、そうでもなかった。

その後。

「モデルにする許可さえ取れれば、仲田さんを描き放題ってことですかっ⁉」

都合のいい解釈をして鼻息を荒くする七緒に、仲田は「そんなはずないでしょ」と笑顔ではあるがぴしゃりと言って、最近の生活や仕事の状況を一通り聞いてからマンションを出た。七緒は「お昼を一緒に食べると思ってたのに」と残念そうだったし、聖澤もそうすると思っていたのだが。

仲田の車に乗った聖澤は、苦笑しながら言う。

「なかなか強烈な子でしたね」

「前から変わってたけど、イラストレーターになって拍車がかかった気がする。でも、自分が補導した子ががんばってる姿を見るのはうれしいよ。今日は行ってよかった」

「補導した子どものその後《ご》にまで気を配るなんて、さすが先輩です。でも、ただでさえオーバーワーク気味なんですから、少し自重してください」

「気をつけてるよ」

「そうは見えませんけど。お昼はご一緒しましょう。おいしくて、栄養もしっかり摂れるお店にご案内します」

「お母さんみたいだなあ、聖澤」

「先輩より年下ですけどね」

とはいえ、そう言われることに悪い気はしなかった。

先輩のおかげで私は成長できている。去年のいまごろなら、時哉くんの本心を察することはできなかったはず。今日だって、先輩がかつて補導した相手に会う時間をつくってあげることができた。このままもっと成長して、先輩を支える警察官になる——決意を新たにしていると、仲田は言った。

「でもお昼の前に、もう一カ所行きたいところがあるの」

「お昼の後ではだめなんですか」

「早い方がいい。七緒ちゃんの話を聞いて、そう確信した」

意味がわからない聖澤に、仲田はアクセルペダルを踏み込んでから話しはじめる。

日常

仲田が向かった先は、小松時哉の家だった。場所は、武蔵小杉駅前に立つタワーマンションの上層階。アポを取った段階で、家族全員と話をしたい旨は伝えてある。

眼下に武蔵小杉の街並みが広がるリビングに通され、ソファに腰を下ろした。

ここに来た理由については、車中で仲田から説明を受けている。すぐには信じられなかったが、仲田の考えが間違っているとも思えなかった。

「聖澤さんたちは、今日お休みなんですよね。なのに、なんのご用で――」

小松が言い終える前に、妻の舞花《まいか》がお茶を持ってきた。夫や息子とは対照的な細い目で不安そうにこちらを見ながら、小松から見て右隣に座る。小松を挟んで反対側には、既に時哉が座っていた。

「いただきます」

仲田は軽く一礼してお茶を飲んだが、聖澤は深く息を吸い込んでから口をつけた。

仲田が舞花に向かって微笑む。

「とっても美味しいです」

「ありがとうございます」と返したのは、小松だった。

「それで、ご用件は？　私たち全員と話したいとなると、よほどのことだと思うのですが」

「そうですね」

仲田が時哉を見遣る。時哉は先ほどからずっと目を伏せていて、挨拶すらろくにしていない。

「時哉くんは私に会いたくて、お金を払わないでスーパーからチョコを持って帰ろうとしたんだってね。その割に、私がこうして目の前に現れても全然うれしそうじゃないね」

はっとしたように視線を上げた時哉だったが、すぐにまた目を伏せ、もごもご言った。

「いざとなると、仲田さんが思った以上にリュシオルに似ていて、緊張しちゃって……」

「無理しなくていいよ」

　仲田は、首をゆっくりと横に振って告げる。

「時哉くんがチョコを持ち帰ろうか迷ったのは、別の理由。それを隠すために、私に会いたかったなんて嘘をついたのよね」

「嘘じゃない。僕は仲田さんに会いたかったんですよ」

　時哉は即座に返したものの、依然として目は伏せたままだ。そんな息子を、小松夫婦は当惑気味に見つめる。

「でも時哉くんは、本当は『堕天使特区』というゲームをそんなに好きじゃないでしょう」

「そんなことない、大好きですよ」

「本当にそうなら、リュシオルが発表された時期を間違えるとは思えない」

「間違えるもなにも――あ」

　仲田の言わんとしていることに気づいたか、時哉は呆けた声を上げた。

「気づいたみたいね。リュシオルの情報が解禁になったのは七月十日。私が栄萌学園に行ったのはその三日前、七月七日。だから防犯講話のときに私を見て、リュシオルそっくりだと思うことはできない」

　栄萌学園に行ったのが七月七日であることは、スケジュールを見返すまでもなくわかる。宿河原駅前の商店街で七夕の飾りつけを見て、今夜は織姫と彦星が支障なく再会できると思ったことを覚えているからだ。

　時哉は、仲田と目を合わせられないまま言う。

「じょ……情報が出回っていて……『堕天使特区』は人気があるから、今年の水着イベントがどうなるかネットに書き込んだ人がいて……それでリュシオルのことを知ってて……」

「リュシオルを描いたイラストレーターは私の知り合いで、さっき会ってきたの。『堕天使特区』に関する情報は、すべて厳重に管理されているんだって。発表前に情報が出回ることはありえないわ」

「でも……」

時哉は、その先を続けられない。

「時哉くんは、チョコを持ち帰ろうとした本当の理由をどうしても内緒にしたかった。だから、私に会いたかったと嘘をついた。私とリュシオルが似ていることは取調室で聖澤さんと話しているときに思い出しただけで、そこまで興味があったわけではないのよね」

「そうなのか、時哉？　仲田さんに会いたかったんじゃなかったのか？」

小松が訊ねても、時哉はなにも言わない。それが答えだった。

時哉から仲田に会いたいと聞かされたとき、聖澤は、防犯講話をした私のことは忘れていたくせにと思った。しかし、本当は仲田のことも忘れていたらしい。聖澤が、仲田のことを「ゲームのキャラクターのように君の都合で扱ってほしくない」と告げたとき目を逸らしたのは、仲田を利用していることが後ろめたかったからなのだろう。

「仲田さんの言うとおりなんだな。だったら、どうして……」

「時哉くんに答えてもらうまでもなく、薄々わかっているのではありませんか」

仲田はやわらかな口調ながらも、小松を遮る。

「時哉くんは、小松さんが『身体にいい』と判断したものしか食べられない生活を送っている。

それに耐えられなくて、ついチョコを持ち帰ろうとしてしまったんです」

「食品が人体に与える影響については、さまざまな考えがあります。『市場に流通している小麦は品種改良を繰り返されたものなので身体によくない』と考えている人は、小麦絶ち《グルテンフリー》を徹底するでしょう。食品添加物は害悪でしかないと見なす人は、品質表示を厳密にチェックするでしょう。個人差や思想信条もありますから、そのどれもが間違っているとは言えません。でも極端になりすぎると必要な栄養素を摂取できず、健康に却って支障が生じることもある。例えば菜食主義者《ベジタリアン》はタンパク質やカルシウムが不足しがちなので、それを補うメニューを考えなくてはなりません。これはほんの一例で、ほかにもさまざまな工夫が必要になります。小松さん、あなたは食生活を変えておきながら、ご家族にそういった工夫を充分にしていないのではありませんか」

「おっしゃる意味がわかりませんね。なにを根拠に、そんな決めつけを？」

「順を追って説明します」

　小松の射貫くような視線を、仲田はやわらかな眼差しで受けとめる。

「時哉くんが私に会いたくてチョコ——厳密には板チョコ——を持ち帰ろうとしたと聞いたとき、私は妙に思いました。私に会うためには、お店の人に見つかって、警察に通報されなくてはならない。それなら板チョコではなく、もっと大きくて見つかりやすいものを鞄に入れた方がいい。お菓子の棚には、ポテトチップやお煎餅があったと報告書に書かれていました。それらではなく、比較的サイズの小さい板チョコを選んだのは不自然です」

　聖澤は密かに歯噛みする。先ほど仲田に指摘されるまで、そういう発想を抱きもしなかった。

「つまり時哉くんの目的は、板チョコそのものだったんです。最初は、お家《うち》の方針でチョコを食べさせてもらえないのかと思いました。スーパーの件の前日、時哉くんは友だちの家に遊びに行ったそうです。そのときに食べたチョコの味が忘れられなくて、もう一度味わいたくて仕方がなくなって、つい魔が差してしまったのかもしれないとも思いました」

仲田の言葉の途中で、小松は時哉に顔を向け、時哉は小松から顔を背《そむ》けた。

「でも、チョコを食べたいだけでここまでするでしょうか？　釈然としなかったのですが、小松さんたちの話をまとめた調書を読んでいるうちに思いついたんです。時哉くんが食べさせてもらえないのはチョコだけではないのではないか、と」

仲田が舞花に視線を向ける。気がつけば舞花の細い目は、きつく閉じられていた。

「舞花さんは一昨年、大きな病気をした際、食事に気を遣うようになってから治療がうまくいったと聞きました。食事が快復の決め手になったと考えた小松さんは、以降も食事に気を遣い続け、『健康にいい』と判断した食品だけを家族に食べさせ、それ以外を口にすることを禁止しているのではありませんか。時哉くんが小四になるタイミングで栄萌学園に編入したのは『いい教育を受けさせたかったから』だけが理由ではない、学校給食を食べずに済むから。小松さんから見れば、給食は健康に害がある食品のオンパレードでしょうからね」

川崎市内の公立小学校は、基本的に給食が提供される。私立に給食があるかどうかは学校ごとに異なるが、栄萌学園が弁当であることは防犯講話の日にこの目で見た。小松が「健康にいい」と見なす昼食を、自由に用意できるというわけだ。

小松一家は微動だにしなかったが、仲田は「ほかにも根拠はあります」と挟んで続ける。

「時哉くんは友だちが多いのに、時々、一人でお弁当を食べている。健康を重視するあまり、友だちに見られたら抵抗がある——例えばですが、緑野菜しかない、異様に量が少ないなど、中身が極端なお弁当のとき、そうしているのではないでしょうか」

父親から背けた時哉の顔が、微かに上下する。

「小松さんは、時哉くんが取調室でカツ丼を食べたか気にして、カツ丼は食べていないし、出前も注文してないと知ったらほっとしたそうですね。それも、健康に害がある――少なくともあなたはそう考えている――食品を、時哉くんが口にしていないとわかったからですよね」

小松は仲田の方に顔を戻したものの、答えない。いや、答えられないのか。

「担任の先生によると、時哉くんは編入してきたときより少しやせている。それも小松さんが考える『健康にいい』食べ物の影響。舞花さんが病気になる前と違って、好きな物を食べられないから、自然と体重が落ちたのでしょう。時哉くんはそれに耐えられず、チョコを持ち帰ろうか迷うほど思い詰めてしまった。小松さんにお小遣いの使い道まできっちり管理されているから、買うことはできなかった。お小遣いを管理しているのも、『健康に害がある』食べ物を買わせないためですよね」

仲田が言い終えるや否や、小松は深く息をついた。

「部外者に口出しされるのは面倒だから、できれば知られたくなかったんですけどね。でも、仕方がない。そのとおり。我が家は私の方針で、身体にいい食品だけを食べるようにしています。具体的には、農薬や化学肥料を一切使わずに栽培された野菜や果物だけの料理を考え、妻につくってもらっています。お出ししたお茶もそうですよ」

やはりか。妙な味がするのではと警戒した聖澤は、簡単には口をつけられなかった。

小松は、慈《いつく》しむように舞花を見つめる。

「でも、家族に健康にいいものだけを食べさせることの、なにが悪いんです？　私だって昔は、なにも考えず毒まみれの料理を食べていましたよ。でも妻が体調を崩した際、自然栽培の野菜だけを食べさせたら劇的に快復したんです。そのおかげで妻は助かったんです——そうだよな？」

舞花は首を微かに縦に振動させただけなのに、小松は満足そうに頷いて仲田に向き直る。

「先ほど仲田さんは、菜食主義者《ベジタリアン》はタンパク質やカルシウムが不足しがちで、それを補うメニューを考えなくてはならないと言いましたね。我が家はまさにそれを実践して、不足しがちな栄養をサプリメントを摂取することで補っています。もちろん、どのサプリメントも完全に安全なものです。各サプリメントから摂取できる栄養素は綿密に計算していますから、過不足が生じることもない。工夫がないなんてことはない、むしろ、工夫のかぎりを尽くしている。なにも知らないあなたに、とやかく言われる筋合いはありません」

小松は誇らしげに胸を張る。その姿と対を成すように、両脇の時哉と舞花は俯いた。

仲田は、首を横に振る。

「私が言った『工夫』は、精神面に関することです。お話を聞くかぎり、時哉くんには健康に大きな問題はなさそうですね。でしたら、食べ物に過度に気を配る必要はないはず。なのに、食べたい物を食べたいときに食べることができない。このことは成長期の時哉くんにとって、大きなストレスでしょう。小松さんは、それを解消する工夫をしていない。だから時哉くんは、チョコを持ち帰ろうとしたとは思いませんか」

「しかし——」

咄嗟に逆接を口にした小松だったが、その先を続けられない。それを見て取り、仲田は言う。

「舞花さんは、体調が快復した理由が本当に食事を変えたことなのか、確信を持てないでいるように見えます。なのに快復したいまも自然栽培されたものだけを食べる生活を続けさせられ、子どもまで同じ食事を強制されている。そのことをどう思っているか、考えたことがありますか」

「確かに快復した直接の原因は、食事ではないかもしれない。が、食事でないともかぎらない」

小松は自らを鼓舞するように強い口調で言うと、指輪を嵌めていない仲田の左手薬指に目を向けた。

「失礼ながら、結婚はしていないようですね」

「そうですね。過去にしていたこともありません」

「でしたら、わからないんですよ。配偶者と子どもの健康をなによりも大切に思う、私の気持ちが。妻が体調を崩して危なかったとき、私がどれほど心配したことか。人はいつか必ず死にますが、そのときが来るのを少しでも先延ばしにしたい。たとえ舞花と時哉にどう思われようと、私は自分の方針を変えるつもりはありません。時哉がいまどんなにストレスを感じていても、長い目で見れば私に感謝してくれるはずです」

小松の双眸は澄んでいた。ただ純粋に、舞花と時哉の健康を願っている。そこに嘘偽りはなく、言い分には一理も二理もある。

食事は家族間のトラブルになりやすいことは承知していたが、こんな形のトラブルもあるとは。これ以上、部外者の私たちには口出しできない――聖澤はそう思ったが、仲田は口を開いた。

「確かに結婚していない私には、配偶者がいる人の気持ちが本当の意味ではわかりません。ですが結婚したら、その瞬間から、ずっと独身でいる人の気持ちがわからなくなってしまいます。だから〝想像〟するんです」

「想像?」

当惑気味に鸚鵡《おうむ》返しする小松に、仲田は頷いた。

「自分と違う立場の人のことを、完全には無理でも、少しでも理解するために。その人がどんなことを考えて、どんな思いを抱いて、どんな苦しみを背負っているのかを。チョコを食べたくてたまらなかった、時哉くんの気持ちを。本当のことを大人に打ち明けられず、私に会いたかったと嘘をつくことにしたときの心情を」

数秒の間、仲田は眉間に深々としわを寄せ、奥歯をきつく噛みしめた。聖澤は警察官になってから、これと似た表情を目にしたことがある。

刃物で刺されて血がとめどなく流れ出る傷口を、両手で懸命に覆う者の表情だ。

仲田がどんな類いの〝想像〟をしたのかは、聞くまでもなくわかった。

「だから私は時哉くんを放っておけなくて、今日ここに来ました」

「僕のために……」

時哉はぽつりと呟くと、ゆっくりと顔を上げた。次いで、震えを押さえつけるように全身に力を込め、小松を真っ直ぐに見据える。

「お父さんの気持ちはうれしいけど、僕にはもう無理だよ。限界だ」

小松が目を瞠る。

「僕は健康なんだ。お母さんだって、いまはもうなんともないでしょ。昔みたいに、好きな物を食べたい。健康に気を遣わないといけないのはわかるけど、こんな生活は嫌だ」

「まだ子どもだからわからないんだ。お父さんは、お前とお母さんのために――」

「私からも言わせて」

舞花も顔を上げ、小松を見据える。

「暴飲暴食には気をつけるけど、少しくらい好きな物を食べたい。このままだと、違う病気になっちゃいそう」

「二人とも、どうしてわかってくれないんだ。俺はお前たちのためを思っているのに！」

声を震わせる小松に、仲田は一転してやわらかな表情になって告げる。

「お二人とも充分わかっているからこそ、いままで言えなかったんだと思いますよ」

小松が再び目を瞠る。時哉と舞花は、そんな小松をじっと見つめ続ける。

「……いまさら前の食生活に戻すなんて、絶対にありえない」

強く否定しながらも、小松の声には力がこもっていなかった。


「ひとまず信頼できる栄養士を見つけ、食事について相談する」という舞花の提案を小松が受け入れてから、聖澤たちは辞去した。

「これから小松さんのお家《うち》は、どうなるんでしょうか」

帰りの車内。小さくなっていくタワーマンションを振り返りながら、聖澤はぽつりと言った。

「わからない。私たちが考える『解決』と、小松さん一家がたどり着く『解決』が同じなのかもわからない。時哉くんにはなにかあったら連絡してと伝えたし、私たちにできることはここまでだよ」

「――そうですね」

妻と息子に左右から見つめられたときの小松の姿を思い浮かべ、聖澤は頷いた。それから仲田に、気になっていたことを問う。

「先輩は私が時哉くんの万引き未遂を報告した時点で、食事制限に気づいていたんですか？」

仲田は、少しだけ黙ってから頷いた。

「私に会いたくて万引きしようとしたなら、板チョコのような見つかりにくいものを選ぶのは不自然だからね。お母さんが食事に気を遣ってから治療がうまくいって、その後で給食のない私立に編入したともいうし、食事制限の可能性はあると思った。通常業務があるからすぐに確かめることはできなかったけど、もしも本当にそうなら、早くなんとかしてあげたいとも思った。食事は人が生活していく上で、基本となるものでしょう。それを理不尽に制限されている状態を、放っておくわけにはいかないもの。時哉くんはまだ子どもで、親に与えられる食事以外に選択の余地はないから、なおさらね」

胸が締めつけられていく。それを悟られないようにするため、聖澤は目一杯の苦笑を浮かべた。

「すごいなあ、先輩は。私なんて時哉くんから直接話を聞いたのに、全然気づかなかった。そのくせ、自分が成長したからあの子の本心に迫れたと思い込んでたんですよ」

「でも聖澤が学校での時哉くんの様子を調べてくれたから、私は自分の考えに確信を持てたんだよ。それに聖澤は、まだ生活安全課に配属されて二年目でしょう。失敗しても仕方がないよ。これから成長すればいい」

「今日、私を連れていってくれたのも、成長させるためですか」

「そうだね。聖澤には、期待しているから」

仲田の答えが鼓膜に触れた瞬間、胸にあたたかいものがじんわり広がっていく。

比例して、胸を締めつける力はますます強くなっていった。

仲田が、ダッシュボードのデジタル時計にちらりと目を遣った。釣られて、聖澤も目を向ける。

時刻は午後二時半。

「少し遅くなったけど、お昼にしようか。おいしいお店に連れていってくれるんでしょ？」

仲田とランチはしたい。栄養のつくものを、しっかり食べさせてあげたい。

でも。

「そう思ってましたが、今回の件を一人で反省したいので今日は帰ります。また次の機会に」

聖澤の返事に仲田は虚を衝かれた顔をしたものの、「あまり思い詰めないようにね」と言うだけで引きとめはしなかった。

警察官舎の自室に戻った聖澤は、ベッドに仰向けに倒れ込んで大きく息をついた。そのまましばらく待つ。ここは二階。仲田の部屋は、ちょうど真上だ。別れ際、仲田は「なにか食べながら映画を観る」と言っていたが物音はしない。壁も床も厚く、普段から上階の生活音があまり聞こえない建物ではある。しかしいまは生活音どころか、人がいる気配すら感じられない……と思ってしまうのは、先入観のせいだろうか？

仲田先輩は疲れ切っている、という先入観の。

聖澤が昼食を断ったのは、仲田を早く一人にさせてあげたいからだった。

仲田は、聖澤から報告を受けた七月二十日の時点で、時哉が異様な食事制限を強いられていることを察していたという。

そのときからずっと、時哉の心情を〝想像〟していたのではないか。

周囲に悟られないよう、密かに眉間に深々としわを寄せ、奥歯をきつく嚙みしめながら。ただでさえ仕事を抱え込んで、心身ともに疲労困憊なのに。

そのせいでほとんど限界で、顔色が悪かったのではないか。

それを隠すため、今日はあんなにもメイクが濃かった。

七緒に会うからおしゃれをした、という言い分を信じかけはした。が、七緒と会ったその足で小松に真相を告げにいくことを、仲田はあらかじめ予想していたのだ。あんなメイクをしていくとは思えない。七緒に教えたという時と場合と場所《TPO》に反している。

仲田とて、それは重々承知していたはず。最低限のメイクだけをして、一人で行動する選択肢もあったはず。それでも聖澤に顔色の悪さを隠していると見抜かれるリスクを背負って、濃いメイクをしていくことを選んだ——聖澤の成長につながると思って。

少し前、小学生時代の友だちに会いにいったときも、ファンデーションがやけに濃かった。あの時期も猛烈に忙しかったから、顔色が悪かったのかもしれない。

なんの証拠もないが、そう考えずには——仲田流に言えば〝想像〟せずにはいられない。

——聖澤には、期待しているから。

光栄だし、その言葉には応えたい。でも今回のようにかかわった人すべてに共感しているのだとしたら、自分が支えられるほど成長する前に仲田がこわれてしまう。休職や退職に追い込まれた、女性警察官たちのように。

こんな日常を続けていたら、遠くないうちに必ず。

仰向けになったまま胸の上で手を組み、きつく目を閉じる。

——誰でもいいから、先輩を助けてあげてください。一刻も早く。

少女が最後に見た蛍

真壁

「久しぶりだね」

真壁巧は、スマホのディスプレイに映る聖澤真澄に言った。昼間、聖澤から「相談があるので、できるだけ早くビデオ通話させてください」という趣旨のメールが来たので、勤務時間が終わるなり小会議室に移動し、こうして話をしている。

〈どうも〉

聖澤は仏頂面だ。自分から連絡してきたくせにとは思うが、無愛想なだけで悪気がないことはわかっている。

聖澤は、前置きなく本題に入った。

〈仲田先輩のことで力をお借りしたいんです。真壁警部補は先輩のことを認めている、数少ない刑事ですから〉

警察は男社会だから仕方のない側面はあるが、「生活安全課《セイアン》のくせに刑事部の事件《ヤマ》を横取りする女」と仲田を毛嫌いしている刑事は多い。仲田に何度か捜査協力を依頼している真壁は、奇異の目で見られることもしばしばだ。多摩警察署の国枝に至っては、「仲田にほれたのか」と会う度に問うてくる——先日顔を合わせたときは、なぜかなにも言われなかったが。

〈もちろん、力をお借りしたいだけです。先輩に変なちょっかいは出さないでくださいね〉

「言われなくても出さないよ」

仲田を異性として意識したことは一度もない。外見が好みでないことも理由ではある（真壁がつき合ってきた女性は全員長身だった）。が、それ以上に大きいのは、彼女の微笑みだ。見る者の心に染み入ってくるような微笑みではある。ただ、あまりに超然としすぎていて、無神論者のくせにたとえるのも妙だが、女神やそれに類する存在の微笑みのようで、人間味を感じられないのだ。

仲田にそういう印象を抱いていることを言う必要はないので、「仲田を異性として意識したことはない」とだけ補足すると、聖澤は顔をしかめた。

〈先輩に女性としての魅力がない、と？〉

「そんなことより、仲田になにがあったんだ？」

面倒な女だと内心で苦笑しながら訊ねると、聖澤は不意に真顔になった。

〈一昨日対応した、酔っ払いのことです〉

向ケ丘遊園《むこうがおかゆうえん》駅近辺には、居酒屋が何軒もある。十月になったいまは、夏休みを終えた大学生が再会を祝して羽目をはずすことがあるため、生活安全課がパトロールするのが日課だ。

しかし昨夜トラブルを起こしていたのは、学生らしき男性と、スーツ姿の女性だった。話を聞くと、学生の手が女性の胸に当たった、当たってないで揉めているらしい。ひとまず二人を引き離し、学生の方は男性警察官のコンビが、女性の方は仲田と聖澤が話を聞くことになった。

——もうすぐ結婚するんです。そのお祝いを友だちにしてもらって、ちょっと酔っ払ってました。すみません。

女性は学生と揉めていたのが嘘のように、しおらしい態度になった。来栖楓《くるすかえで》という名前で、住所はこの辺り。勤務先は、新宿に本社を置くＧｏＧというＩＴ企業。大手ではないが、メディアに取り上げられることの多い会社だ。結婚相手は、ここの社長らしい。はしゃぐのもわからなくはないと聖澤が思っていると、来栖は仲田の顔をまじまじと見つめはじめた。長身なので、小柄な仲田を見下ろす恰好になる。仲田の方も、来栖を黙って見つめ返す。

しばらくしてから来栖は、こう言った。

——もしかして、蛍《ほたる》、こ……こんなところで会うなんて。警察官になったの？　もしかして、彼女が亡くなったことに責任を感じてるから？

蛍子《けいこ》

中学生になった最初の日から、来栖さんのことは苦手だった。

制服を着て学校に行くこと、全部で三学年しかないこと、授業ごとに先生が替わるらしいこと。いろいろなことが小学校と違いすぎる不安を抱え、一人で廊下を歩いていたときのこと。

前方から来栖さんが、女子三人と笑い合いながら歩いてきた。すれ違うことに気が引けてしまうような、大きな声だった。先ほど教室で一人ずつ自己紹介したから、全員同じクラスであることはわかる。

私は廊下の端に寄って進む。来栖さんは三人の先頭に立ち、身振り手振りでなにかを話している。その手が、私の肩にぶつかった。私は悪くないけれどいつもの癖で謝りそうになった矢先、来栖さんは軽く手を振った。

「ごめーん、知らない人」

咄嗟になんと言っていいかわからないでいると、後ろの女子たちがはしゃぎ声で言った。

「『知らない人』なんてひどい」「全然謝ってない」「『ごめん』だけでよかったのに」

言葉とは裏腹に、誰も来栖さんを責めていなかった。来栖さんも、はしゃぎ声で返す。

「だって、知らない人だもん」

四人は笑い声を残して歩いていく。その間、私の方は誰も一度も見なかった。

この後、教室で私と顔を合わせても、来栖さんたちはなにも言わなかった。廊下でぶつかった女子と私が同一人物だと認識しているかどうか——ううん、そのことを覚えているかどうかすら、怪しかった。


ちゃんと話したことがないのに苦手意識を持つのはよくない。来栖さんだって入学したばかりで緊張していたのかもしれない。自分に言い聞かせながらすごしているうちに迎えた五月半ば。

その日は朝から激しい雨で、学校に着いたときにはスカートの裾まで濡れていた。昇降口で上履きに履き替えて外を見る。雨が鈍色《にびいろ》の空から、白い糸が垂れるように降り注いでいる。その音が心地よく、知らず知らずのうちに耳を澄ませていた。だから、

「桐山《きりやま》さんって、楓のことを無視するんだ」

背後から飛んできた言葉の意味が、すぐにはわからなかった。振り返って真っ先に目に入ったのは、来栖さんだった。陸上部に入ったからか肌が小麦色に焼けて、猫を思わせる目で私を凝視

している。

来栖さんの前には、女子が三人立っていた。入学式の日の四人組だ。

三人のうち、真ん中に立った女子が私を睨んでいる。さっきの一言は、この人のものらしい。

「楓が『おはよう』と言ってるのに、振り向きもしないなんて」

「ご……ごめんなさい。聞こえなかったから……雨音を聞いていて……」

「はあ？　楓の挨拶より、雨音の方が大事ってわけ？」

話が嚙み合っていない。口ごもっていると、来栖さんが笑いながら首を横に振った。

「いいよ、別に。許してあげる」

その途端、女子三人が口々に声を上げる。楓は優しい、さすが楓、楓ってそういうところがあるよね……。それに対して来栖さんは「いやいや、そんなことないよ」と照れ笑いを浮かべる。

彼女たちが教室に向かうまで、私は立ち尽くしていることしかできなかった。


その後くらいから、来栖さんたち四人はクラスの誰かを見ながらくすくす笑ったり、思わせぶりに視線を交わしたり、本人に聞こえるように悪口を言ったりするようになった。ターゲットはその時々で変わったけれど、来栖さんの気分で決まっていることは間違いなかった。女子三人がある人の悪口を言っていると、来栖さんが「そんなこと、どうでもよくない？　それよりさ――」と別の人の名前をあげる、するとターゲットが変わることが、何度もあった。

ターゲットにされる期間はまちまちで、一日で終わることもあれば、何日も続くこともあった。

ただ、ターゲットは性別に関係なく、地味でおとなしいという共通点があった。

だから私も当然、ターゲットに含まれた。

いざターゲットにされたら、もうあきらめるしかない。

「桐山さんってチビだよね」「声も小さいよ。拡声器を使ってしゃべってほしい」「目が細すぎて、見えるものも見えてないいんじゃん?」

こんなことを聞こえるように言われて耳たぶまで熱くなっても、聞こえないふりをして友だちと話し続けたり、トイレに行くふりをして教室から出ていったりするしかない。

噂によると、来栖さんは背がひょろりと高いせいで、小四までは「男女だ」「栄養が身長に全部回ってるから頭が悪い」などといじめられていたらしい。本人も高身長を気にして、いつも猫背気味だった。でも母親が不動産業を営む社長と再婚すると、周囲は掌を返した。私たちの住むQ市は東京から遠く離れた小さな地方都市にすぎないが、この会社が所有する物件がいくつもあるからだろう。呼応するように、来栖さんは胸を張って歩くようになり、いまのような態度を取るようになったのだという。

人はかなしいことを経験すればするほど、人に優しくなれる。私が生まれるずっと前にそういう歌詞の歌が流行ったらしいけれど、そんなのは人によることがよくわかった。


ころころ変わっていたターゲットが私に固定されたのは、中一の秋だった。

最初は、今回のターゲット期間は長いと憂鬱に思っていただけだった。でもくすくす笑いや悪口が二週間、三週間と続くうちに、どうやらターゲットはもう変わらないことに気づいた。

なぜターゲットが、私に固定されたのかはわからない。背が低いから、声が小さいから、運動神経が鈍いから。きっと理由はそのすべてでもあるし、どれでもない。

要は、来栖さんの気まぐれだ。

どうしてよりにもよって私なの？　そう思う度に息が苦しくなったが、同じくらい辛かったのが、友だちが離れていったことだった。気のせいだと思いたかったが、いつも一緒に帰っていた友だちも、教室の隅でお勧めの本を紹介し合っていた友だちも、私に話しかけてこなくなった。私から声をかけても、「うん」「ああ」などと生返事をするだけで会話にならない。その度に来栖さんが、周囲とくすくす笑い合う。

幼稚園のころから仲よしだった友佳《ともか》ちゃんにまで同じ態度を取られたときは、思わず教室から飛び出した。「わーお！」という来栖さんの歓声に続いて大勢の笑い声が聞こえてきたけれど、私のことを笑っているわけじゃないと思い込もうとした。

ビジョ。それがいつの間にか、私につけられたあだ名だった。面と向かって言われたわけではない。でも、朝、私が教室に入る度に「ビジョが来た」「今日もビジョだね」などと話す声が聞こえては、嫌でも気づく。「美女」の意味だと勘違いできるほど、自分の容姿に自信はない。案の定、耳に入ってきた来栖さんたちの話から「ブス（Ｂ）で、冗談（ＪＯ）みたいにチビ」と、「男相手にあそこがビジョビジョ」という二つの意味があることがわかった。

前者も嫌だったけれど、後者はそれ以上に信じられなかった。国語の男性教師に私がほめられたことが理由らしいけれど、幼稚すぎる。さすがにすぐに、呼ぶのをやめるかもしれない。

期待とは裏腹に、来栖さんたちは私を「ビジョ」と呼び続けた。

いままでターゲットにされていた人たちも、一緒になって私のことを「ビジョ」と言うようになった。

幼稚すぎるから気にしなくていいはずなのに、朝、ベッドから出られなくなることが増えた。

無理に起き上がろうとすると眩暈がする。頭から布団を被って、なにもかも忘れたくなる。

それでも、学校には通い続けた。私が小さいときにお母さんが病気で死んでから、お父さんは一人で私を育ててくれている。詳しいことは教えてくれないけれど、給料はあまり高くなさそうだ。この上、余計な心配をかけたくなかった。

でも十二月が近づき、肌寒い日が当たり前になったころ。

「あ、ごめん」

その一言とともに、来栖さんたちがぶつかったふりをしながら両手で私の胸に触れるようになった。あまりに勢いよく両手が突き出されるので、私はバランスを崩して倒れそうになる。その度に「見えなかった」「気づかなかった」「わからなかった」などと言い訳になってない言葉を並べ立てた後、私から離れて小声でなにか言ってどっと笑う。それが一日に何度も繰り返された。なにを言っているのかはわからない。でも「ビジョ」というあだ名とあわせて考えれば、なんとなくの想像は嫌でもできてしまう。

耐えられなくなって、みんなが下校してから美術室に移動し、担任の先生に相談した。担任は、若い男性だ。来栖さんたちに知られたらまたなにか言われるに決まっているので、絶対に人に見られたくなかった。

自分がされていることを伝えてから、私はありったけの勇気を振り絞って言った。

「これって――いじめ、なんじゃないでしょうか」

いじめ。自分の状態にこの言葉を使ったのは、初めてだった。口にした途端、身体がかっと熱くなり、涙があふれかけた。「いじめる方が悪い」と頭ではわかっていても、いじめられる自分が情けなく、恥ずかしくなった。

すると先生は、あっけらかんと笑った。

「いじめなんて大袈裟なものじゃない、ちょっとからかってるだけじゃないか。でも桐山さんが傷ついているなら、来栖さんたちはやりすぎなのかもしれないな。先生も注意して見ておくよ」

最初から最後まで軽い調子で告げられた内容をまとめると、「現状維持で様子見」となる。

お願いします、と応じるのが精一杯だった。


それから私は、胸の前でノートや教科書を握りしめて歩くようになった。でも来栖さんたちは、握りしめたものの上からでも胸に触れてきた。私が油断してなにも握りしめていないときに触れて、「成功!」とはしゃぐこともあった。では、直接胸に触れられないときは失敗ということか。でも失敗のときも、来栖さんたちは大笑いしている。私は成功でも失敗でも、黙って俯くことしかできないのに。

唯一の心の支えは、二年生になることだった。うちの中学は、二年生になるタイミングでクラス替えがある。別のクラスになれば、来栖さんだってなにもしてこないはず。先生に相談したのだから、さすがに配慮して別のクラスにしてもらえるに決まってる。友佳ちゃんとだって、また仲よくなれる。

その思いだけに縋《すが》って迎えた新年度。新しいクラスの名簿が貼り出された掲示板の前に立った私はこれまでと変わらない日々が続くことを知って、周囲の音が聞こえなくなった。

二年生になってから、私のいじめに男子も加わった。一年生のときからほとんど身長が変わっていない私と違って、来栖さんたちは大人びた体格になりつつある。男子は声変わりだってしている。そのせいで、「ビジョはいつまでもチビなまま」「ビジョはいつも一人ぼっち」などと笑い合う声は、一年生のときより重く聞こえるようになった。

「ビジョの真似！」と両目を思いっ切り細くすることも、トイレの個室に入ったらドアの前で私に聞かせるための悪口を言うことも明らかに増えた。さすがに男子が胸に触ってくることはなかったけれど、来栖さんたちと一緒にはしゃいではいた。

二年生になって二週間しか経っていないのに、この惨状だ。うちの学校は三年生になるタイミングではクラス替えがないから、これがあと二十四ヵ月続くことになる。それを思うと、頭をかきむしって叫びそうになった。

せめて私の背が高かったら「チビ」と言われないのに。そんな無意味な妄想をしたこともある。でも二年生になってから同じクラスになった私より背が低い女子は、なにもされてない。彼女の方も背の順で一番前であることを気にする様子もなく、友だちと話をしている。

彼女は名前だって私と似ているのに、全然違う。

うらやましかった。私も、ああいう女の子に生まれたかった。

学校に居場所がない私にとって、唯一安心できる場所は家だった。お父さんは残業で遅くまで帰ってこない日が多いので、気兼ねなくソファで両膝を抱えたり、窓の外を眺めたりできる。

お父さんがたまに家にいるときは「友だちの家に行く」と嘘をつき、一人になれる場所をさがして街をさまよい歩いたけれど。

一人でぼんやりしていると、気持ちが少しずつ落ち着いてくる。明日も来栖さんたちに同じ目に遭わされるだろうけれど、放課後まで我慢すれば安らげる。それを糧《かて》にがんばろうと思えた。

もう少しでゴールデンウィークが始まることも大きかった。カレンダーの関係で、今年の連休はいつもより長い。その間は、来栖さんたちと顔を合わせずに済む。運がよければ、連休で中断するのを機に、いじめが終わるかもしれない。

風船に空気を吹き込むように、懸命に期待を膨らませていた夜。部屋でベッドに横たわっていると、知らないアドレスから携帯にメールが届いた。迷惑メールかと思ったが、件名が「学校のこと」だったので警戒しつつも開封してしまう。

〈この前話した例のサイトだよ。みんな、どんどん書き込んで盛り上がってる！　ＩＤとパスワードを教えるからログインしてみて〉

文面だけを見たら、やっぱり迷惑メールだ。

でもＩＤは small_small で、パスワードは bijo_bijo だった。

単純に考えれば誤送信だ。でも、本当にそうだろうか。このＩＤとパスワードを私に見せるために、来栖さんが周りの誰か――なんとなく来栖さん本人ではない気がした――に、間違えたふりをして送らせたのではないだろうか。

私がここでこうしているいままさに、来栖さんたちは私に関する書き込みで盛り上がっている――いまは部屋で一人きりなのに、胸の前で携帯を握りしめた。

次の日。私は、ふらふらになりながら学校に行った。「具合が悪いんじゃないか」と心配するお父さんには、夜遅くまで勉強していたとごまかした。

来栖さんたちは学校にいる間だけじゃない、三百六十五日二十四時間いつでも気が向いたときに、私をネタにして笑っている。その事実を知ってしまったのだから当然だった。土日も祝日もゴールデンウィークも一切関係ない。私は逃げられない。ネットでどんな書き込みがされているかわからないだけに、悪い想像に歯止めがかからなかった。

一度も来栖さんの方を見られないまま、朝のホームルームが終わった。一時間目は理科室に移動だ。俯いたまま席を立とうとした私に、来栖さんの声が飛んできた。

「桐山さんは後から来て」

「……どうして？」

「どうしてもー」

かすれ声で訊ねる私に、来栖さんは語尾を伸ばして答えた。来栖さんの周りにいる人たちが一斉に笑う。

「昨日そういう話になったもんね」「桐山は見てないだろ」「そうだった。ごめんね、桐山さん」

全身から嫌な汗が噴き出した。

来栖さんたちはインターネットで盛り上がったノリを、そのまま教室に持ち込んでいる。私がそれにつき合う道理は一切ないのに、自分の中からなにかが折れる音が聞こえた気がした。

来栖さんと一緒になって笑っているのは、男女合わせて六人。うちのクラスの生徒数は三十五人だから、六分の一近くが来栖さん側ということになる。この数は、増えることはあっても減ることはないだろう。

対して私の味方はゼロで、この先もゼロのまま。

もう無理だ。いますぐ帰ろう。お父さんには申し訳ないけれど、学校には二度と行かない。でもそうしたところで、インターネットの書き込みは続くんだ……視界が段々と滲んでいく。

「桐山さん、一緒に理科室に行こう」

その一言は、なんの前触れもなく私にかけられた。右手で両目を拭う。いつの間にか、目の前に女子が立っている。肩口のところで切りそろえられた黒髪、黒目がちな大きな双眸、そして、私よりも低い背丈。

ああいう女の子に生まれたかったと思っていつも見ているので、知ってはいる。

でもまともに話をするのは、これが初めてだ。

来栖さんたちの戸惑いが伝わってくる。それに気づいていないはずがないのに、女子は私の手を握りしめ立ち上がらせた。身体の内側からじんわりしてくるような、あたたかな手だった。

顔の方は、微笑んではいるもののきりりとしすぎていて、ちょっとこわいけれど。

「一緒に理科室に行こう」

女子はもう一度、静かなのに教室中に響く声で言う。

これが、私と仲田蛍の出会いだった。

真壁

「こんなところで真壁さんとお会いするのは新鮮です」

真壁の顔を見て、仲田は微笑んだ。相変わらず警察官らしくない、ほわほわした微笑みだ。

向ヶ丘遊園駅の近くにあるイタリア料理店の個室である。真壁は「話したいことがある」と仲田に連絡して、ここに呼び出した。

「わざわざ多摩警察署《うち》の近くまでお越しいただき、ありがとうございます」

真壁の住居は、横浜にある警察官舎だ。

「用があるのは俺の方だから、出向くのが筋だ。それより、随分とお疲れのようだな」

「そんなことありませんよ。ちょっと睡眠時間を削っただけで、顔色が悪くなる体質なんです。もう少ししっかりメイクをしてくれればよかったですね」

薄暗い照明の下でもはっきりわかるほど青白い顔をしているのに、仲田は軽快な笑い声を上げた。

――仲田先輩は顔色が悪くても、睡眠時間を削ったらこうなるだけだと言い張ります。鵜呑みにしないでください。

昨日、聖澤がビデオ通話で言っていたことを思い出す。彼女は仲田のことを、実によく把握しているらしい。

注文を済ませ、真壁はビール、仲田はシャンパンで乾杯した。考えてみると、仲田と酒を飲むのは初めてだ。見た目からしてアルコールに弱いと思い込んでいたが、仲田は一息でシャンパンを半分ほど飲み干してから言った。

「それで、ご用件は？　仕事以外で真壁さんが私と話したいことなんて、心当たりがないのですが」

「実は」と返したものの、その先を続けられない。

聖澤によると、来栖は仲田に思わせぶりなことを言った後は名刺を交換して、おとなしく帰っていったという。当の仲田は、その後も平然とパトロールを続けた。

〈どこの誰が亡くなったのか、先輩がどうして責任を感じているのか、訊きたかったんです。でも先輩があまりに平然としすぎているから、却って訊ける雰囲気ではありませんでした。だから、真壁警部補にお願いしたいんです。私は先輩が無理をしすぎているんじゃないかと、普段から心配していますこの上、傷ついたのかもしれないと思うと耐えられません。先輩の力になってあげてください〉。それが聖澤の用件だった。大袈裟だと思ったものの、真壁とて、仲田が自分のことを度外視して仕事をしているのではと案じたことがないわけではない。だから引き受けたが、いざとなると話の糸口が見つからない。

――いじめは、私も経験しているから。

少し前、仲田が珍しく自分の体験を持ち出したことを思い出す。来栖の発言は、これと関係しているのだろうか。だとしたら、ますます訊きづらい。

「聖澤になにか言われたんですか」

仲田の言葉は不意打ちだった。咄嗟には答えられないでいると、仲田は苦笑いを浮かべた。

「やっぱりですか。朝から彼女がそわそわしていたから、なにかあるとは思ったのですが」

「気を悪くしないでくれ。彼女なりに心配しているんだ。この前、酔っ払いに、君のせいで誰かが死んだと言われたそうじゃないか。話したくないのはわかるが――」

「別に話しても構いませんが」

「え?」

間の抜けた声を上げてしまった。

「自分から話すようなことではないから黙っていただけで、訊かれたらお話ししますよ」

仲田が笑い声を上げる。声だけを聞けば軽やかだ。しかし顔色が悪いせいで、無理をしているようにしか見えない。本当は言いたくないのでは? 真壁の懸念をよそに、仲田は話しはじめる。

「来栖さんが言っていたのは、桐山蛍子という女の子のことです。当時中学二年生で、来栖さんのグループにいじめられていました。私は来栖さんたちから、彼女を守ろうとしました。でも中途半端に希望を与えるだけ与えて、結局なにもできなかった。そのせいで」
仲田は、シャンパンに口をつけてから言い直す。
「そのせいで蛍子は、自ら命を絶ちました」

蛍子

クラスは違ったけれど、仲田蛍のことは一年生のときから知っていた。私と同じく小さいのに、私と違って堂々としている女の子。剣道部では上級生に交じって試合に出て大活躍。生徒会選挙では、一年生で唯一、候補者の応援演説を担当した。よく透る声で原稿を読み上げるその姿が、私には眩しく見えた。俗っぽい言い方ではあるけれど、本当にそう見えたのだから仕方がない。自分とは一生縁がない女子だと思っていた。二年生で同じクラスになって、私と違って来栖さんたちにいじめられないでいるのを見て、その思いはますます強くなった。

そんな子といま、学校からの帰り道を一緒に歩いている。ほかには誰もいない、二人きりで。

仲田さんは、小さく頭を下げた。

「今日まで全然話しかけなくてごめんね」

仲田さんは二年生になってから、剣道部の引き継ぎや新入生の勧誘などで忙しく、教室のことに関心を向ける余裕がなかったのだという。来栖さんたちからなんとなく嫌な雰囲気を感じていたものの、勘違いだったら私に迷惑をかけてしまう。しばらく様子を見ようと思っていたが、今朝の来栖さんたちを見て、放っておけないと判断したのだそうだ。

「これからは、できるだけ桐山さんに声をかけるね。なるべく一緒にいるようにもする。来栖さんたちには、味方がいると見せつけた方がいいと思うの」

「……ありがとう」

仲田さんがいなかったら、私の学校生活は今日で終わっていたかもしれない。涙ぐむ私に、仲田さんは言った。

「泣かないで。それより、この先のことを考えよう。桐山さんは、どうしたい？　先生に言う？　親に相談する？　マスコミに訴える？　私が来栖さんたちと話をする？」

「それは、その……」

言葉に詰まった。いますぐいじめを終わらせられるなら、なんだってしたい。担任の先生は去年と同じだけれど、仲田さんと一緒に話せば今度はちゃんと対応してくれるかもしれない。

でも、また一年のときと同じことを言われたら？　違うとしても、来栖さんたちが逆上して、いじめが激しくなったら？　そのせいで、お父さんにいじめのことを知られてしまったら？

「……わからない」

どうにかそれだけ言う私に、仲田さんは笑みを浮かべた。思わず背筋を伸ばしてしまうような、こわいくらい凛々しい笑みだった。

「なら、どうしたいか答えが出るまで待つよ。それまで桐山さんを守る。そのうちに来栖さんたちが、なにもしなくなるかもしれない」

「焦《じ》れったいなあ」などと急かされても仕方ないと思っていたので、意外な反応だった。

この言葉どおり、それから仲田さんは私に話しかけたり、一緒に教室移動したりしてくれるようになった。効果は覿面《てきめん》で、来栖さんたちが私を小ばかにする回数は目に見えて減った。私の方も、仲田さんがいるときは胸の前でなにかを握りしめることがなくなった。

仲田さんは「桐山さんが答えを出すまで待つけど、これだけは先にとめた方がいい」と言って、インターネットの書き込みもやめさせてくれた。「いじめサイトって、誰かがスクリーンショットを撮って流出させたら、書き込みしている人たちは全員ただじゃ済まないだろうね」と伝えたら、来栖さんが慌ててサイトを削除したらしい。

たったそれだけで来栖さんをとめた仲田さんが、私にはますます眩しく見えた。

仲田さんは剣道部の主要メンバーなので、教室にいないことが多かった。そういうとき、来栖さんは待ってましたとばかりに私の悪口を言い出すので、教室から避難しなくてはならない。無事に避難した後も、いままさに自分が小ばかにされているのかと思うと息を吸うことすら難しくなる。

来栖さんの方も陸上部で次期エースとして期待されているらしく、毎朝決まった時間にジョギングしているようだった。聞きたくもないのに聞こえてきたコースを頭に思い描くと、結構な距離を走っていることがわかる。

どうやら「健全な魂は健全なる身体に宿る」という格言も、当てはまるかどうかは人によるらしい。この格言が、本来は「宿れかし」という願望であると知ってからは来栖さんがそうなることを祈ったけれど、期待できそうになかった。

でも仲田さんのおかげで、学校は少しだけ居心地のいい場所に変わった。国語の成績が悪いので意外だけれど、仲田さんは読書家だった。「『○○《まるまる》さんの気持ちを答えなさい』とか、そういう問題が苦手なだけ。なにを考えてるかなんて本当のところは他人にはわからないんだから、考えるだけ無駄でしょう。本を読むこと自体は好き」だそうだ。私も小説が好きなので、お勧めの本の話で盛り上がるようにもなった。

あの仲田さんが、私の傍にいて、笑ってくれている――妙な言い方だけれど、いじめがなかったらこんな関係にはなれなかった。

でも、いじめがあるからこそ、この関係が長くは続かないこともわかっていた。

その予感が的中したのが、仲田さんが私に初めて話しかけてくれてから半月ほど経った、五月半ばの昼休み。

仲田さんが教室にいないので図書室に行こうとした私の足は、空き教室から聞こえてきた「いまの蛍は、かなりヤバいよ」という一言でとまった。立ち聞きはよくないことを承知しつつ、ドアにそっと耳を当てる。

「ヤバいって、なにが?」

仲田さんの声が聞こえてきた。それに対し、女子が口々に言う。

「桐山さんと一緒にいることだよ。来栖さんがいらいらしてる」「蛍のことを『正義の味方気取りでむかつく』とも言ってたよ」「蛍までいじめられるのは時間の問題だよ。桐山さんがかわいそうなのはわかるけど、距離を置いた方がいい」

この人たちは私と違って仲田さんのことを「蛍」と呼んでるんだ。胸が締めつけられるのと同時に、終わりが来たことを悟った。

仲田さんはこの人たちの警告を受け入れて私を避けるようになるだろう、友佳ちゃんと同じように。これ以上は聞いていられなくてドアから離れるより先に、仲田さんは言った。

「私が桐山さんと一緒にいるのは、来栖さんたちから守りたいことだけが理由じゃない。友だちだからだよ」

驚いたのは私だけではないらしい。「友だち？」という当惑まみれの声が聞こえてきた。「そうだよ。本の話をしているときは楽しいし、国語の勉強を教えてもらってもいる。立派な友だちでしょう」

現実逃避するあまり幻聴が聞こえているのではないかと、本気で不安になった。

「でも……」「蛍はそれでよくても……」「このままだと、周りも……」

女子たちがもごもごとなにか言う。仲田さんは、それらを吹き飛ばすような明るい声を出す。

「ひょっとして、私と仲よくしてたら巻き添えになって、来栖さんたちになにかされると思ってる？　なら、問題が解決するまで私とは話さなくていいよ。来栖さんに私のことを悪く言うように迫られたら、言ってくれて構わない。自分たちがいじめられないことを優先して」

声を上げそうになって、咄嗟に唇を嚙みしめた。

女子たちは「それは、さすがに」などと言ったものの声に力はなく、ほどなく、仲田さんの言葉に甘えようという結論に至った。

それを聞いてから私は、足早にその場を立ち去った。

その日は剣道部が休みだったので、仲田さんは私と一緒に下校した。伏し目がちに黙々と歩く私に、仲田さんは心配そうに言う。

「大丈夫？　来栖さんたちになにかされた？」

「違う。立ち聞きしちゃったの……仲田さんが友だちと話しているのを……ごめんなさい」

「あ、そうなんだ」

仲田さんの相槌は、拍子抜けするほどあっさりしていた。

「なら、話が早い。そういうわけだからこれからもよろしくね、桐山さん」

「無理しなくていいよ。このままだと私のせいで、仲田さんまでいじめられちゃうかもしれない。そんなの、耐えられない……」

「別に無理してないよ。話を聞いてたならわかるでしょ。桐山さんは、私の友だち――」

「仲田さんこそ、わかってるの？」

思わず遮ってしまう。

「来栖さんに目をつけられてる上に、友だちが離れちゃったんだよ。これから、私みたいな目に遭わされるかもしれないんだよ。なのに、そんな平気そうに……こわくないの？」

「もちろんこわいよ」

唾を飛ばす私と対をなす、波紋一つない湖面のような声音が返ってきた。

「自分が桐山さんと同じ目に遭わされたらと思うと、こわいし辛いし、かなしい。絶対に学校に行きたくなくなる。だからこそ、桐山さんを放っておけない」

よく見ると、仲田さんの両手は鞄の柄をきつく握りしめていた。微かではあるが、震えてもいる。それに気づいたとき、私はいまさら理解した。

仲田蛍は私と同じ、中学二年生の女子でしかないことを。

それなのに、こんなにも眩しくて――。

足がとまった。仲田さんは、数歩先に行ってから首を傾げる。

「どうしたの、桐山さん？」

「ほたるこって呼んでほしい」

仲田さんの両目が、いつも以上に大きくなる。落ち着いて、と自分を制止しようとしたけれど、言葉があふれ出てしまう。

「仲田さんは私より小さいのに、全然いじめられることがなくて、かっこよくて、眩しくて。ずっと仲田さんみたいになりたいと思ってたの。いまの話を聞いたら、ますますそう思った。まずは名前だけでも仲田さんみたいになりたい。仲田さんの名前は『蛍《ほたる》』でしょ。私は『蛍子《けいこ》』で『蛍《ほたる》』という字は同じで、前から名前が似ていると思ってたの。だから、『ほたるこ』って呼んでほしい。そうしたら、少しだけ――」

言い終える前に我に返った。「仲田さんは眩しい」という思いが、最悪の形で爆発してしまった。口にした内容もめちゃくちゃだ。絶対に変な奴だと思われた。

仲田さんは大きくなった両目で私を見つめている。怒られる！　全身が強張ったが、とにかく言い訳しようとしていると、仲田さんはいつも以上に凛々しい笑みを浮かべた。

「私のことを買い被りすぎだけど、『ほたるこ』というのはあだ名っぽくていいね。これからは、そう呼ぶことにする」

ほたるこ。仲田さんの口から出たその言葉に、胸があたたかくなった。でも、

「……恥ずかしいから、そう呼ぶのは二人だけのときにして」

「なんで？　自分から言い出したのに？」

仲田さんは私をからかうように笑ったけれど、すぐに「わかった」と受け入れてくれた。

この後、「私の方も名字以外で呼びたい」という気持ちを隠しながら、仲田さんの呼び方も変えた方がいいか訊いてみた。答えは「『仲田さん』でいいよ。『蛍《ほたる》』だと『ほたるこ』と似ていてややこしいでしょ」だった。

六月に入ると、いじめの内容が少し変化した。私に聞こえるように口にされる悪口に「女子相手にもビジョビジョ」というものが加わった。私の胸に触れてから、「女子に揉まれてそう！」と聞こえよがしにはしゃぐようにもなった。仲田さんとの関係を揶揄していることは明らかだ。傷つく以上に、腹が立った。

仲田さんがどんな思いで私の傍にいるのか、知りもしないで。

私の思いとは裏腹に、来栖さんはとうとう仲田さんまでターゲットにしようとした。ある日の放課後、仲田さんが私の傍に来て「部活が休みだから一緒に帰ろう」と言った次の瞬間だった。

「仲田さんとビジョって、つき合ってるんじゃない？　小さい者同士でお似合いだしー」

わざとらしく語尾を伸ばして、来栖さんは言った。途端に来栖さんの周囲で笑い声が沸き起こる。来栖さんは、気をよくして続ける。

「あの二人、いつも一緒だもんね。どう考えてもただの友だちじゃないよ」

頭の中が、かあっと熱くなった。今日ばかりは許せない。

「ねえ、楓。ビジョの顔が赤くなってるよ」

「すごい目をしてこっちを見てる。やだ、こわい」

女子二人がけたたけた笑ったが、構わなかった。私のことはいい、でも仲田さんには謝らせる。拳を握りしめた私が一歩踏み出す寸前、仲田さんはすたすた歩き出した。前々から思っていたけれど、小さいのに歩くのがものすごく速い。

仲田さんが、来栖さんの前で足をとめた。猫を思わせる目を少し泳がせた来栖さんだったが、自分のすぐ傍に女子が三人いるのを見てから、わざとらしく両手で口元を覆う。

「え？　なに、仲田さん？　もしかして怒ってる？　いまの話、聞こえちゃった？」

「うん、聞こえた。だから一応言っておくね。桐山さんとつき合うなんてありえないよ。私には彼氏がいるから。剣道の大会で知り合った、高校生の彼氏が」

教室にはまだ半分以上人が残っていたけれど、その全員の視線が仲田さんに集中した。「つき合っている人がいる」という事実だけでもクラス内のヒエラルキーは格段に跳ね上がる。しかも、相手が高校生《おとな》だなんて。

来栖さんも、まさか仲田さんにそういう相手がいるとは思っていなかったらしい。口を半開きにしたまま固まってしまう。

「そういうわけだから、私と桐山さんは純粋な友だちなの。わかってもらえた？」

仲田さんは笑みを浮かべながらも、一切の反論を拒絶するようにぴしゃりと言った。

その日の帰り道。私は思い切って訊ねた。

「仲田さんは、本当に……高校生の彼氏がいるの？」

「どっちだと思う？」

「……質問に質問を返さないでよ」

とはいえ、答え次第では仲田さんを遠くに感じてしまいそうで、問い詰める気にはなれない。

仲田さんは得意げな笑みを浮かべていたけれど、不意に真顔になった。

「それより来栖さんたちをどうしたいか、ほたるこの答えは出た？」

仲田さんは最近、この質問をよくしてくる。仲田さんが私に初めて声をかけてくれたのは、一ヵ月以上前。そろそろ答えを出さなくてはいけないことを承知しつつ、私は首を横に振った。

「仲田さんは、どうしたらいいと思う？」

質問に質問を返さないで、と言っておきながら同じことをしてしまった。

「ほたるこ次第だけど、私としては、やっぱり先生の力を借りるべきだと思う。ニュースではひどい先生ばかり取り上げられるけど、実際には、先生に相談したら七割近いいじめが改善されるというデータもあるんだって」

「……去年、担任には相談したの。でも、なにもしてもらえなかった」

そのときのことを話す。誰かに教えるのは初めてだけれど、思っていた以上に声が小さくなった。仲田さんは顔をしかめる。

「あの先生なら、そう言うかもね。でも、私の去年の担任は頼りになるよ。違うクラスでも、相談したらきっと力になってくれる」

「仲田さんはそう言うけど、なにもしてもらえないかもしれないし……それに、来栖さんたちが『言いつけた』って怒るかもしれないし……それなら、もう少し様子を見た方が……さっき仲田さんが彼氏の話をしてくれたおかげで、いじめが自然消滅するかも、なんて……」

先生に相談したら改善されるいじめは七割。自分が残りの三割の方にならない保証はない。臆病すぎるし、このままだと仲田さんまで本格的にターゲットにされるかもしれないのだから、勝手な言い分だと思う。仲田さんは、考え直すように迫ってくるに決まってる。

「わかった。ほたるこがそうしたいなら、そうしよう」

なのに仲田さんの答えは、それだった。ありがたくはあるが、疑問を抱かずにはいられない。

「仲田さんはどうしてそこまで、私を受け入れてくれるの？」

「そんな大層なことをしているつもりはないよ。ただ、私自身が正しいと考えていることをするより、当事者の気持ちを優先した方がいいと思ってるだけ。そうしないで、小学生のとき失敗しちゃったから」

仲田さんが自分の話をするのは珍しい。親の仕事の都合で転校が多かった、とは聞いているけれど。

「小五のときの先生が、自分の機嫌次第で子どもを叱る人だった。私はそれが許せなくて、いちいち反抗していたの。当時は、自分が正しいと信じて疑ってなかった。でも三学期の授業参観で、ある男子がなごやかな雰囲気にしようとがんばってね。そのときに、思い知らされたの。もしかしたら私が反抗ばかりしていたせいで、クラス全体がぎすぎすしていたのかもしれない。先生の事情を考えたら、反抗する以外の選択肢もあったかもしれないって」

仲田さんの唇の合間から、薄いため息が漏れ出る。

「小五のときの私だったら、来栖さんだけじゃない、いじめがあることを認めようとしない先生も、見て見ぬふりをしているクラスメートも、強い言葉で批判していたはず。でも、そんなことをしても対立が深まって、ほたるこが辛い思いをするだけ。だから、ほたるこを守りながら、ほたるこがどうしたいかを優先したいと思っている。

逆に言えば、いまの私にできるのはこれだけ。情けないよね。いまこの瞬間に、いじめを解決して、クラスのみんなが仲よくできる方法を閃けばいいのに」

いつの間にか仲田さんは、鞄の柄を握りしめていた。自分だっていじめられるのがこわい、と打ち明けてくれたときよりも、ずっと強く。震えも大きく。

仲田さんが眩しいことに変わりはない。でも――。

私はおそるおそる腕を伸ばすと、握りしめられた仲田さんの両手に、自分の右手を重ねた。仲田さんは、弾かれたように私に顔を向ける。

「なに？」

「えっと……最初に仲田さんに手を握ってもらったとき、うれしかったから……私にはなにもできないけど、こうするだけで仲田さんももしかしたら、と思って……」

言えば言うほど焦って、早口になってしまう。それでも手を重ねたままでいると、仲田さんは自分の手をそっと動かした。払いのけられたのかと思って胸がきゅっとなったが、仲田さんは私の手を握ってきた。きゅっとなったばかりの胸からとくんと音がして、なにがなんだかわからなくなりながらも、とにかく仲田さんの手を握り返す。

「悪くないかも、ほたるこの右手」

仲田さんが微笑む。普段の凜々しすぎる笑い方とは別物の、六月の湿り気を帯びた空気をかき消して季節を春に巻き戻すような、ほんわかした微笑みだった。迷ったけれど、手を握った勢いに任せて言ってしまうことにする。

「仲田さんはそういう風に笑った方が、絶対にいいよ。ものすごく優しそうで、ほっとする」

「そう？」

仲田さんは素っ気なく返しただけで、私から手を離し歩いていった。もしかして、余計なことを言っちゃった？　焦る私の少し前を歩きながら、仲田さんは言った。

「どうして私が『ほたるこ』と呼んでるのに、ほたるこは私を『仲田さん』と呼ぶの？」

「どうしてもなにも……仲田さんが、これまでどおり『仲田さん』でいいって言ってた……」

「仲のいい子たちには『蛍』って呼ばれてるから、ほたるこもそれでいいよ。両親が蛍《ホタル》の名所で出会ったからつけてくれた名前で、気に入っているし」

「でも、『蛍』だと『ほたるこ』と似ててややこしいとも言ってた……」

「『蛍』でいい。私も誰かがいるときは『桐山さん』じゃなくて『蛍子《けいこ》』と呼ぶ。二人きりのときは、これまでどおり『ほたるこ』ね」

「ええと……せめて『蛍ちゃん』で……」

「呼び捨てでいい」

仲田さんは、いつも以上の速度で歩いていく。唐突な上に理不尽だ。でも笑顔をほめたら、仲がいい子たちと同じ呼び方でいいと言ってくれた。

だから、機嫌が悪くなったわけでないことは理解できた。

この日から、私は仲田さんのことを「蛍」と呼ぶようになった。蛍の方は、私を「ほたるこ」と呼び続けた。蛍が私のことをそう呼んでくれるのは、相変わらず二人きりのとき。誰も知らない、私たちだけの秘密。

時々ではあるけれど、蛍がほんわかした微笑みを浮かべてくれるのも、私の前だけだった。

その後、来栖さんは蛍にはなにもしなかった。それどころか、蛍が教室にいると不自然なほど静かになることが増えた。呼応するように、来栖さんと一緒になって私のことを悪く言っていた人たちが何人か、蛍に話しかけるようになった。

その反動か、私に対するいじめはひどくなった。蛍が教室にいないときは、私が座っていても胸を突いてくるようになった。それが嫌で教室から出ようとすると、来栖さんが毎回、「ビジョが逃げる！」と大声で言う。「毎回のように」ではなく、「毎回」だ。自分が呼吸する回数すら測定されているようで、ぞっとした。その度にクラスの方々から笑い声が起こることも嫌だった。蛍がいるときは、みんな絶対にこんなことをしないのに。

蛍が部活で私一人で帰った日に、来栖さんがよその中学の男子三人と一緒に後をつけてきたこともあった。三人とも制服を着崩していて、お世辞にもまじめそうではない。懸命に知らん顔をして歩く私の後ろから「あれが来栖イチオシのビジョちゃんか」「確かにビジョっぽいな」などと騒ぐ声が、つかず離れずついてきた。家の場所を知られたくなくて遠回りしてなんとか巻いたけれど、足の震えはしばらく収まらなかった。

来栖さんの変化を蛍も察して、できるだけ私と一緒にいたり、話を聞いてくれたりするようになった。でも私はあまり眠れない日が続き、体重も落ちた。

そして七月になって数日が経った、ある日の朝。

登校すると、自分の下駄箱から上履きが消えていた。来栖さんが「お疲れー」と私にわざわざ声をかけてから教室に向かったので、彼女の仕業だとわかった。どうしていいかわからず立ち尽くしていると、朝練を終えた蛍がやって来て一緒にさがしてくれることになった。蛍が部室から持ってきてくれた、卒業生が使っていた上履きを履いて校内を歩く。私の上履きは、一階の女子トイレで見つかった。

厳密に言えば、女子トイレの一番奥にある個室の、便器の中で見つかった。

先端が、便器の底にねじ込まれたような恰好で。

踵《かかと》しか見えないけれど、私の上履きなんだろうな。ぼんやり思っていると、蛍は用具入れからバケツを持ち出した。次いで、上履きの踵をつまんで便器から取り上げ、バケツに入れる。そのまま洗面台まで持っていき、蛇口を捻る。流れ出た水が上履きに当たる音を聞いて、私は我に返った。

「私が洗うよ、自分の上履きなんだから」

「ほたるこは被害者なんだよ。なにもしなくていい」

「被害者だなんて、大袈裟な」

笑い飛ばそうとしたけれど、上履きの爪先に「桐山」と書かれているのを見たら唇が動かなくなった。それでも蛍にだけやらせるわけにはいかなくて、右の上履きの踵をつまんで持ち上げ、隣の洗面台で水をかける。蛍が、まるで首を絞められているかのように眉根を寄せた。

「役に立たなくてごめん。来栖さんがこんなことまでするようになったのは、私のせいだ。私が高校生の彼氏がいるなんて言ったから、挑発されたと思って――」

「あのとき蛍がああ言ってくれなかったら、私がなにをしていたかわからない！」

蛍を遮る声は、自分でもびっくりするくらい大きくトイレに響いた。

「ありがとう。でも、このままだとほたるこが耐えられない。なんとかしよう」

「そう言われても、どうすれば……」

「先生に頼るのが一番いいと思う」

「でも……先生は力になってくれるかどうか……」

「そんなことを言ってる場合じゃない」

蛍はきっぱりと言った。この前は、様子見したいという私の希望を受け入れてくれたのに。上履きにこんなことをされたとはいえ、急に強引になった気がする。戸惑う私に、蛍は重ねて言う。

「これから先生に話をしにいこう。この上履きを見せたら、さすがに力になってくれるはず」

本当だろうか。また軽く流されてしまうのではないだろうか。今回は蛍もいるけれど――。

「一晩だけ……考えさせてもらえないかな」

「そんな悠長なことは――」

言葉を切った蛍は、自分を落ち着かせるように息を吐いた。

「わかった。でも明日の朝には、結論を出してほしい」


その日の夕方。私はリビングのソファに、両膝を抱えて座っていた。タイムリミットは、明日の朝まで。焦る一方、どうして蛍が急かしてきたのかが気になっていた。私を心配してくれているのはわかるけれど、急に強引になったように思えてならない。

頭の中がとっちらかったままで、観たい番組があるわけではないのにテレビをつけると、なにかの記者会見を生中継していた。いじめ自殺に関する学校の記者会見のようだった。少し前、隣の県の男子中学生がいじめを苦に自殺した。遺書によると、男子中学生はお金を盗られたり、万引きさせられたり、みんなの前で自慰行為を強要されたりしていたらしい。担任の先生のことも書かれていて、暴力がふるわれている現場に居合わせながら「傷が残らないようにな」と笑っていたのだという。

自分もいつ似たような目に遭わされるかわからないとぞっとしたので、よく覚えている。

当然、いじめっ子にも学校にも批判が集まっていて、世間の注目度は高い。だから、こうして生中継しているのだろう。

とても見られる気がしない。チャンネルを替えようとすると、記者の声が聞こえてきた。

〈ですから、どうして担任の先生が直接説明してくれないんですか〉

ひな壇に座っているおじさんは担任じゃないの？　私の疑問に答えるように、おじさんは言った。

〈最初に申し上げたとおり、担任の教諭は体調を崩してドクターストップがかかりましたので、

校長である私がこうしてこの場におります〉
〈男子生徒は亡くなっているんですよ。担任が説明するべきではありませんか〉
〈ですから、医者にとめられましたので〉
〈都合がよすぎますし、校長先生は現場に居合わせたわけではありませんよね。説明できること
はかぎられていると思うのですが、それについてはどうお考えですか〉
〈私にできる範囲で、精一杯お答えさせていただきます〉
〈答えになってないし、校長先生にはわからないことがあるんじゃないですか〉
〈精一杯お答えさせていただきます〉
校長先生は無意味な言葉を繰り返す。その後も別の記者たちが、次々に質問を繰り出した。
〈男子生徒が亡くなったとき、いじめていた生徒たちが歓声を上げたという話は事実ですか〉
〈男子生徒が暴力を振るわれている現場に遭遇したとき、先生はなぜとめなかったのですか〉〈普
段のクラスの様子はどうなんですか〉
案の定、これらの質問に校長先生はまともに答えられなかった。
担任に確認します。なぜとめなかったのか、私にはわかりません。問題がないクラスだと認識
していたようです……その度に記者たちは、校長先生では話にならないから担任の先生に改めて
記者会見をしてもらいたい、などと迫る。
携帯を手に取る。ネットを見ると、校長先生を批判する書き込みがどんどん増えていった。姿
を見せない担任の先生への非難も凄まじい。
〈いじめ➡子どもが自殺➡校長『なにも知りませんでした！』➡ネット民が批判
なぜ日本の学校は同じことを繰り返すのか〉

その書き込みを読んだ数秒後、吐き気が込み上げてきた。懸命にこらえていると、携帯を落としてしまった。


次の日の朝。学校に行く途中、朝練を休んでくれた蛍と待ち合わせた。

「ごめんなさい。やっぱり先生には……言いたくない。もう少しだけ、様子を見させてほしい」

蛍の顔を正面から見られないまま、途切れ途切れに私は言った。

「夏休みに入ったら、来栖さんたちと顔を合わせずに済むし……その間に来栖さんたちが違う楽しいことを見つけて、もう私になにもしてこなくなるかもしれないし」

「そんなに都合よく行くとはかぎらないし、夏休みまでまだ時間がある。先生に相談した方がいいよ」

昨日よりも強い口調で、蛍は食い下がってきた。私はぽろりと口にする。

「昨日の記者会見を見ちゃったからね」

「記者会見って？」

あまり思い出したくないので、「いじめ自殺があった学校の記者会見を見て、先生が本気になってくれないことがわかったの」とだけ言う。

「そう」

私の真意を汲み取れたとは思えないが、蛍は呟いて続ける。

「先生じゃない、学校以外の大人に相談するのも嫌？」

「嫌じゃないけど……こわい。来栖さんの家は、お金持ちだから……お父さんにも、なにかしてくるかもしれない……」

「そう」

蛍は同じ言葉を、さっきよりも力なく呟いた。そのまま並んで歩く。辺りには、私たちと同じように学校に向かう生徒たちがいる。その話し声が、いつもより大きく聞こえた。

私は思い切って顔を向けると、蛍から目を逸らさないように眼球に力を込めた。

「蛍がこれまでどおり一緒にいてくれれば、きっと来栖さんたちはいじめをやめる。だから、もうしばらくこのままがいいの」

「ずっと一緒にいられるか、わからないでしょ」

「蛍なら、いてくれるでしょ」

蛍はなにか言いかけたけれど、口を閉ざした。すぐに頷いてくれると思ったのに。訝《いぶか》しくはあったけれど、私は前もって準備してきた言葉を、胸をどきどきさせながら紡ぐ。

「今日の放課後は、部活だよね。それが終わった後で、もしも疲れてなかったら……一緒に行ってほしい場所があるの」

「いいよ。どこ？」

「誰にも教えたことがない、秘密の場所」

こんな話を誰かにするのは初めてで、口の中が急速に乾いていった。

放課後、部活帰りの蛍と合流した。一度家に帰ったので、私は私服だ。飾り気のないブラウスとジーンズ。我ながら地味だとつくづく思う。

日没まではまだ時間があるのに、空は鉛色の雲に塞がれていて辺りは薄暗い。

「今日は一日中こんな天気だったね。これから少しずつ晴れるって、天気予報で言ってたけど」

私の言葉に蛍は「うん」と短く返してきただけだった。心なしか、表情が硬い。部活がハードだったのだろうか。

通学路からはずれた道を進むこと、約五分。到着したのは、工場や倉庫がいくつか並んだ区域だった。ほとんどが廃業していて、人の気配はない。その中で頭一つ高い四階建てのビルが、私の目的地だった。

「入ろう」

「『入ろう』って……不法侵入じゃないの?」

「そうだけど、このビルは工事の途中で会社が倒産したらしくて、何年もそのまま放置されてるの。たぶん、いまは誰にも管理されてない」

「そういう問題じゃないでしょ」

「ちょっと前に、ノブに鍵が挿し込まれたままになっているのを見つけて、中に入ってみたの。ほかに入口はないし、鍵は私が持ち歩いてるから、変な人が入ってくる心配もない」

指摘には直接答えず、ジーンズのポケットから取り出した鍵でドアを開ける。背中を軽く押すと、蛍は渋々ながらも中に入った。窓はいくつかあるけれど、どれも小さいし、陽の光が雲に遮られているので薄暗い。携帯のライトをつける。内部は中央が、大きな吹き抜けになっていた。それを囲む各フロアの廊下は、幅が学校の廊下より少し広い程度。四隅にそれなりに広い空間があるから、ここに部屋をつくる予定だったのだろう。私たちが入ってきたドアの向かって正面には階段。内装はコンクリート打ちっ放しで、なんの飾り気もない。

「一人になりたいけど、お父さんが家にいるとき——こっそり来ていたの。蛍が一緒にいてくれるようになってからは、初めてだけど」

自分が出した声が空っぽのビルに思いのほか大きく反響して、途中から小声にした。

「ほたるこみたいな子が、一人でこんなところに出入りしてたなんて意外」

蛍も携帯のライトをつけて、入るのを躊躇していたのが嘘のように、興味津々の様子で屋内を見回している。

「どうして秘密の場所を、私に教えてくれたの？」

「しん——来栖さんが私をいじめるのをやめるまで我慢することにはしたけど、蛍と二人きりの時間を増やさないと耐えられそうにないから」

親友だから、と言いかけたが、蛍がどんな顔をするかわからなくて別の言葉を継ぎ足した。

「一番上まで行ってみよう。窓から見える景色がなかなかいいんだよ」

私たちの顎の高さくらいまで積まれた鉄柱や鉄パイプを横目に進み、階段を上がる。蛍もついてくる。縦に長い空間に、私たち二人の足音だけが響く。

四階まで上がると、蛍は吹き抜けを覗き込んだ。

「柵がないから、暗いと落ちちゃうかも。下はコンクリートだし、怪我じゃ済まない。歩けるところはかぎられているし、気をつけて」

蛍の言うとおり、一階と違って高く積まれてはいないものの、この階にも鉄柱や鉄パイプが置かれていた。なぜか、折り畳まれたパイプ椅子まで床に転がっている。それらを見てから、私は言った。

「でもこれだけ物があったら、見られたくないものをいくらでも隠せるよ」

「別に見られたくないものなんてない」

「そのうちなにか出てくるかもしれないでしょ。だから覚えておいて」

蛍は答えず、窓辺に立った。雲間ができたらしく、窓から夕陽が大量に射し込んでくる。それが蛍の全身を金色《こんじき》に染め上げた。仲田蛍は眩しいと、改めて思った。私は何度も唾を飲み込んでから切り出す。

「迷惑かもしれないけど、でも……私は蛍と、ずっと一緒にいたい。この先、来栖さんがなにをしてきても、蛍がいてくれれば乗り越えられると思う。だから夏休みの間も、時々ここで会わない？　部活が忙しいのはわかるし……来年には受験だから、時間もないかもだけど……あ、でも、ここでなら勉強もできるし……剣道の特訓だって……」

話せば話すほど、しどろもどろになってしまう。蛍が「いいよ」と頷くか、「そこまで甘えないで」と拒否するか。全身の血管が激しく脈打つ。

「ごめん」

蛍の返事は、謝罪だった。「そこまで甘えないで」ほど直接的ではないけれど、拒否か。それを理解した途端、脈打っていた血管が急速に静かになり、なぜか笑みすら浮かんだ。

「私の方こそごめん。甘えすぎだよね。蛍にだって、夏休みの予定が――」

「夏休みは関係ない。ほたること一緒にいることは、もうできなくなるの」

「え？　なんで？」

笑みが凍りついた。蛍は、私からわずかに目を逸らす。

「父の仕事の都合で、イギリスに引っ越すことになった。九月から、向こうの学校に通う」

言葉の意味が、自分の中にゆっくりと浸透してくる。イギリス。日本と時差が何時間もある国。世界は狭くなったなんて大人は言うけれど、中学生にとっては宇宙と変わらないところにある国。

そうか。自分がいなくなってしまうから蛍は、急に強引になったのか。

「ごめん、ほたるこ。だから先生に――」

蛍が、私の手を握ろうと腕を伸ばす。反射的にそれを振り払った私は、ふらふら後ずさった。

蛍はいまにも涙がこぼれ落ちそうな目で、私を見ている。窓辺に立ち尽くすその姿は金色《こんじき》に染まったままだけれど、私の身体は陽の当たらないところに入った。

真壁

桐山克樹《かつき》のマンションは、男の独り暮らしとは思えないほど整理整頓が行き届いていた。

「本日はお時間いただき、ありがとうございます」

畳に正座した真壁は、なるべく丁重に頭を下げる。十五年近い歳月が経過したとはいえ、一人娘を自死で失った親と話すのは気を遣う。

「お電話で申し上げたとおり、これは再捜査ではありません。仲田は、蛍子さんが亡くなったのは自分のせいだと思っています。本当にそうなのか？　別の理由があるのではないか？　それを確かめるため、当時のお話をうかがいたいんです。辛いことを思い出させるようで、恐縮なのですが」

「いや、むしろうれしいですよ。どういう形であれ、仲田さんが娘のことをずっと気にかけてくれていることがわかって。娘のお墓に手を合わせたままずっと震えていた仲田さんの姿は、いまも忘れられません。そんな彼女を、却って傷つけることになるかもしれませんが……」

最後の一言が気になったが、話を聞かせてくれることには密かに胸を撫で下ろす。

＊

二日前、仲田から桐山蛍子の話を聞いた後、真壁は苛立ちまじりに息をついた。

「いかにも女子らしい、陰険ないじめをされていたんだな」

「陰険ないじめをするのに性別は関係ないと思いますが」

「……そのとおりだな。すまない」

男性警察官たちが仲田にしていることを思えば、頭を下げるほかない。仲田は「謝ってもらうようなことではありませんが」と苦笑しつつ続ける。

「イギリスに引っ越すと告げた後、蛍子とはまともに話せないまま廃ビルを出ました。次の日から彼女は学校を休みがちになったし、登校しても私と目を合わせようとしなかったから、やはり話せないままでした。私としてはいじめをどうにかしたかったのですが、蛍子には私が、手を差し伸べておきながら逃げ出す裏切り者に見えたのかもしれません。家まで行っても顔を出してくれなかったし、イギリスに行ってしまう私が勝手に先生に相談するわけにもいかなかった。

引っ越してからも、メッセージを送ったり、ビデオ通話に誘ったりしたんですよ。でもなんの返事もなくて、携帯も解約されてしまった。だから、手紙を書いたんです」

「君はなにも悪くないのに、彼女の方から一方的に避けるようになったんだ。そこまでする必要はなかったんじゃないか?」

「蛍子は、大切な友だちでしたから。もちろん、いじめがどうなったか心配でしたが、それ以上に、また仲よくなりたかったんです。でも私の手紙を読んだ次の日の朝、蛍子は廃ビルの吹き抜けから飛び降りて命を絶ちました。蛍子が飛び降りたと見られる四階には、びりびりに破かれた私の手紙が落ちていたそうです」

ちょうどいまくらいの季節のことでした、と呟きに似た一言が挟まれる。

「蛍子は飛び降りる直前——午前五時ごろ、早朝ジョギング中の来栖さんと会っています。来栖さんによると会ったのは偶然だけど、少し話をしたそうです。私からの手紙に随分腹を立てていたらしいですよ。来栖さんは、それが原因で飛び降りたと思ってるんです」

「来栖さんが本当のことを言っているとはかぎらない」

「そうですね。でも遺書は残されていなかったし、蛍子には日記を書く習慣もなかったから、なにを思って飛び降りたのかはわかりません。

私は蛍子が亡くなったことを、お父さんからのメールで知りました。親に無理を言って一時帰国させてもらってお墓参りに行ったとき、お父さんは『娘のためにいろいろしてくれてありがとう』と言ってくれました。でも私が手紙に書いたなにかが引き金になったのかもしれない。遺書を書くこともできないほど強く、私を恨みながら死んでいったのかもしれない。私にはわからない——いくら〝想像〟しようとしても、全然。わかるのは、私にはもっとできることがあったはずということだけ。だからほかの子どもたちには、できるだけのことをしなくてはいけない」

仲田の言葉は語尾に近づくにつれ、独り言じみていった。

友人の自殺。おそらくこの経験が、現在の仲田を形づくっている。

だから——本人は否定しているが——自分のことを省みず、子どものために尽くそうと……。

「心配いただかなくても大丈夫ですからね」

真壁の不安を察したか、仲田は微笑んだ。しかし顔色の悪さと相まって、無理に笑顔をつくっているようにしか見えない。そう思うと、この一言が自然と口を衝いて出た。

「当時の蛍子さんのことを、俺が調べてもいいかな」

「私にとめる権利はありませんが、どうしてです？」

「自殺の原因が本当に君の手紙だったのか、確かめたい。もしかしたら、別の理由があったのかもしれない」

「現場で、手紙が破かれていたのに？」

「それはそうだが……手紙をわざわざ廃ビルまで持っていったことが不自然と言えば不自然だ。別の可能性がないか、調べ直す価値はある」

言明は避けたが、事故や殺人の可能性も視野に入れたいと思った。特に来栖は、死亡直前の蛍子と会っているのだ。疑いの余地はある。それならそれで仲田が傷つくだろうが、〝想像〟できずにいる状態を脱することはできるかもしれない。

「そんな暇があるんですか？」

「溜まっている有給を消化する」

「せっかくの有給なんですから、ご自分のために使った方が」

「聖澤から力になるよう頼まれたし、いまの俺があるのは君のおかげだからな」

仲田は双眸を少しだけ大きくしたが、苦笑しつつも返してきた。

「真壁さんになにかしたつもりはありませんが、ご自由に」

まず対応に当たった所轄署に行くことを考えたが、先入観を持たないようにするため、先に関係者の話を聞くことにした。蛍子の死が仲田の責任だと決めつけている来栖楓は、後回しでいい。

一番手は桐山蛍子の父、克樹。仲田に連絡を取ってもらうと、現在は埼玉県さいたま市に住んでいることがわかった。娘が命を絶った土地から、少しでも離れたかったのだろう。

＊

真壁は仏壇の蛍子に手を合わせてから、改めて克樹と向かい合った。身長はそれほど高くないが、肩幅が広く、屈強な体格をしている。こんな「強そう」な父親に心配をかけたくなくて、蛍子はいじめを隠し続けていたのか。あるかなきかの控え目な笑みを浮かべた遺影に、もう一度目を向けてしまう。

克樹は、真壁に一礼してから言った。

「仲田さんは警察官になったんですね。きりっとしてる子だったから、ぴったりだなあ」

別人の話をしているのではと思いかけたが、蛍子をいじめから守ろうとしていたのだから、凛と振る舞っていたのだろう。

「蛍子さんは仲田が引っ越すことを知ってから、学校を休みがちになったそうですね」

「はい。仲田さんという女の子と仲よくなった話は、前々から聞かされていました。その彼女がイギリスに引っ越すと知ってから、部屋に閉じこもりがちになったんです。朝、仲田さんが迎えにきても頑なに無視していました。喧嘩でもしたのかと思ってましたが、娘は仲田さんがいなくなったら自分がクラスでどんな目に遭わされるかわからなくて、不安だったんでしょうね。恥ずかしながら、私がいじめのことを知ったのは二学期になって、娘が完全に不登校になってから。それまでは仕事が忙しくて娘に構う時間がなかったのですが、あまりに様子がおかしいので問い詰めると、ようやく打ち明けてくれました」

仲田さんは一人で娘を守ってくれていたようですね、という囁きに似た声が挟まれる。

「いじめのことを知ってから、娘には『無理に学校に行かなくてもいい』と言う一方で、担任の先生に相談しました。でも学校は、いじめがあったことを認めなかった。いじめの首謀者――来栖楓やその取り巻き連中も『いじめなんて知らない』の一点張りだったんです」

学校はなにもしてくれないかもしれない、という蛍子の不安が的中したわけだ。

「蛍子には、自分がされたことを先生に話そうと言ったことも何度かあります。その度にあの子は、涙を流して首を横に振りました。私がいじめに気づくのが遅すぎたんです。でも、まさか自殺するとは思わなかった」

克樹は現実を直視するかのように、「自殺」という単語に力を込めた。

「確かに不登校になってから、唐突に泣き出したり、夜中にリビングのソファで両膝を抱えてじっとしたりして、精神的に不安定なところはありました。ただ、妙な言い方かもしれませんが、不安定なところで安定していたんです。『高校には行きたい』と言って、勉強もしていました。なのに、その……まあ……」

「仲田からの手紙を読んで、変わってしまった？」

克樹は遠慮がちに頷いた。

「仲田さんから手紙が届いた日だって、部屋で勉強していたんです。手紙に変なことが書かれていたわけでもないんです。むしろ、蛍子を大切に思ってくれていることが伝わってきました。でも精神的に不安定なときは、そういう手紙すらよくなかったのかも……あ、もちろん、仲田さんにはなんの責任もありませんよ。ただ、来栖たちは仲田さんのせいだと決めつけている。仲田さんのためには注目を浴びることは避けた方がいいと考えて、いじめの件をマスコミに訴えることはやめました。それが正しい判断だったか、いまも迷ってはいるのですが」

娘を失ったとなればパニックになって当然なのに、仲田にそこまで気を遣うとは。蛍子がこの父親にいじめのことを隠し続けた理由が、わかった気がした。

「仲田の手紙は、廃ビルで破かれていたと聞いています。なのになにが書かれていたか知っているのは、どうしてです？　蛍子さんに読ませてもらったのですか？」

「いいえ。警察が破かれた紙片を集めて、貼り合わせてくれたんです。かなり細かく破かれたのですべては見つけられなかったそうですが、書かれていたことはおおよそ読み取れます。ちなみに手紙が入っていた封筒は無傷で、一階に積まれた鉄パイプの合間から見つかりました。このことから娘は、飛び降りる前に封筒だけ投げ捨て、その後で手紙を破いたと見られています」

「その手紙は、いまどこに？」

「私が持っています。お見せしますよ」

「いいんですか」

「あまり人に知られたくないから誰にも見せたことはありませんし、警察にも黙っていてほしいと頼みましたが、こうして娘のことを調べ直してくれているのですから。仲田さんも構わないと言ってくれるでしょう」

克樹は奥の部屋に入ると、すぐに大きなビニール袋を手に戻ってきた。

「娘の最期に関するものは、すべてこの中にしまっているんです」

中には、蛍《ホタル》のイラストが描かれた白い封筒と、テープで貼り合わされた便箋が入っていた。克樹は慎重な手つきで取り出した便箋を、真壁に差し出す。飴色に退色したテープが、時の流れを想起させる。大きさはさまざまだが、克樹の言葉どおりかなり細分化されたようで、方々に欠けがあった。全体的にしわが寄ってもいる。

「娘を見たのは、その手紙を読んだ後、部屋から私を追い出したときが最後。あの日は夕飯も食べなかったし、風呂にも入りませんでしたから」

克樹の話を聞きながら、手紙に目を落とす。並んでいるのは、いまの仲田からは意外な、少女らしい丸文字だった。そのくせ縦書きで、「拝啓」「敬具」と形式をきっちり踏まえているところが仲田らしい。「敬具」の文字が滲んでいるのは、蛍子が涙をこぼしたからだろうか。

内容に関しては、克樹が言ったとおりだった。この手紙が自殺の引き金になるなどありえないのでは？　真壁が抱いた希望を打ち砕くかのように、克樹はため息をついた。

「実はその手紙にしわが寄っているのは、蛍子が読み終わった後、いきなり丸めて放り投げたからなんです。しかもその後、こう口にしたんです。いまでもはっきり覚えていますよ」

蛍子が口にしたのは、次の四音だったという。

——死にたい。

蛍子

イギリスに転校すると告げられてから、蛍とはできるだけ顔を合わせないようにしてすごした。学校にはあまり行かなくなったし、蛍が家に迎えにきても玄関のドアを開けなかった。

〈転校する前に来栖さんのことをなんとかしたい。先生に相談しよう〉

そういうメッセージも携帯に度々届いたけれど、全部無視した。蛍には申し訳なかったし、自分勝手であることも承知していた。でも、自分がいまのまま独りぼっちになってしまうという現実をどう受け入れていいかわからなかった。

とうとうまともに口をきかないまま蛍がイギリスに行った後もそれは変わらず、蛍からの電話も、メッセージも、ビデオ通話の誘いも、すべて無視した。携帯も解約した。

蛍がいなくなると、来栖さんのことがこれまで以上にこわくなって、学校には完全に行けなくなった。部屋で一人きりのときでさえ、来栖さんの声を聞きたくなくて耳を塞いだり、胸をかばって本やノートを握りしめたりするようになった。いじめのことを知ったお父さんが力になろうとしてくれたけれど、一緒にがんばる気力は残されていなかった。

それでも、お父さんにこれ以上は迷惑をかけたくなくて、高校には行こうと決意した。中学で不登校だった生徒を受け入れてくれる高校も見つけた。試験に合格しさえすれば、堂々と高校生になれる。苦手科目の理科と数学を中心に、必死になって勉強した。国語は大得意なので、ほとんど勉強しなくていい。そのことはありがたかった。

国語の勉強なんてしたら、蛍のことを思い出してしまうから。

結局は、蛍のことを思い出したくないと思うことで、思い出してしまうのだけれど。

特に、最後に真っ正面から目にしたいまにも涙ぐみそうな顔を、ありありと。


蛍がイギリスに行ってから二ヵ月がすぎ、十一月が近づいてきた。この間、来栖さんと直接顔を合わせることはなかった。でも蛍がいなくなったから、また私をネタにするサイトをつくっているかも……ううん、つくったに決まってる。それを思うと唐突に泣き出したり、訳のわからない叫び声を上げたりしてしまい、何度もお父さんに部屋のドアをノックさせてしまった。申し訳なかったし、自分が情けなかった。

それでも、蛍がいなくなると知った直後よりは食欲が出てきたし、睡眠時間も少しずつ長くなった。

蛍から手紙が届いたのは、そんなときだった。

「これ、仲田さんから」

自分の部屋で数学の教科書を広げていると、お父さんが迷いながらも封筒を手渡してきた。色は白。下の方に水辺を舞う蛍《ホタル》のイラストが描かれた和風のデザインだ。でも切手に書かれた値段は日本円じゃなくて、住所と名前はアルファベットで書かれている。蛍が遠くに行ってしまったことを、改めて見せつけられているようだった。

お父さんが部屋から出た後、一人で読もうと思った。なのに、手が勝手に封を破いてしまう。中身は、便箋が一枚。一学期の間は何度も目にした、凜々しい見た目からは意外な丸文字が敷き詰められるように縦に並んでいる。そういえば蛍は「日本人なら手紙は縦書きで書くべき」と言ってたっけ。

自分の意思とは関係なく、目が文字を拾っていく。

拝啓　夜長の候、ますますご清栄のこととお慶び申し上げます。
……と、まずは堅苦しい挨拶をして本題。もしかしたらほたるこは、私とはもう話したくないし、顔も見たくないかもしれません。ほたるこを置いてイギリスに行ってしまったのだから、仕方ないと思う。正直、「親の都合なんだから私にはどうしようもない」という気持ちはあります。でも、来栖さんたちからほたるこを守ろうとしたくせに、中途半端なところでいなくなってしまったことを申し訳なく思ってます。いま、ほたるこが学校でどうしているか、とても心配です。

でもね、こうして手紙を書いている理由は、それだけじゃないの。

ほたること、また一緒に話したり、笑ったり、勉強したりしたい。

そっちの理由の方が、ずっと大きい。

私はほたるこを助けているつもりだったし、実際にそうしていたと思う。でもほたるこは、私が笑ったら「ほっとする」と言ってくれたでしょ？　あんなことを言われたのは生まれて初めてで、ものすごくうれしかったの。「蛍」と呼ばれたことは何度もあるけど、ほたるこに呼ばれたときは胸があたたかくなるというか、弾むというか……とにかく、ほかの人とは違った。

ほたるこだけの秘密の場所――廃ビルを教えてくれたときも、本当は飛び上がりそうなくらいうれしかった。でも、だからこそあの場でイギリスに行くことを告げないといけないとも思ったの。あのときは、本当に本当に本当に辛かった。

その気持ちを、いまも引きずっています。

ほたるこ、さみしいです。

こっちに来て友だちもできたけど、ほたることもまた仲よくなりたいです。

気が向いたら、お返事ください。手紙でもメールでも電話でも、なんでも構いません。すぐじゃなくてもいいから、お願い。待ってます。

敬具

蛍の手紙を両手で握りしめ、二度三度と読み返した。自分がいま、どんな感情を抱いているのかわからないでいるうちに、右の頬を液体が伝い落ちてきた。咄嗟に拭って、お父さんに向かって笑う。

「人間って、片目だけで泣くこともあるんだね」

そう言った次の瞬間、自分でも驚いたことに私は蛍の手紙を丸めて、ごみ箱に放り投げた。手紙はごみ箱の縁に当たって床に転がったけれど、拾い上げる気にはなれない。

「なにしてるんだ！」

お父さんが珍しく大きな声を出す。でも、蛍が書いてきた手紙のことで頭が一杯になり、なんの反応もできない。

「死にたい」

その呟きが口からこぼれ落ちる。怒っていたお父さんは、一転して不安そうな顔になった。

「死にたいって……どうしたんだ？　仲田さんの手紙に、なにか書いてあったのか？」

「え？　言ってないよ？　空耳じゃない？」

お父さんの顔を見られないまま強引にごまかし、無理やり部屋から追い出した。

真壁

「手紙を読んだ後、蛍子が『死にたい』と言ったことは仲田さんには言えませんでしたが、警察には話しましたよ。それもあって自殺と判断されたんです。いまの仲田さんに伝えるかどうかは、真壁さんにお任せします」

克樹は真壁に、そう語った。

蛍子はやはり自殺で、仲田の手紙が引き金になったのか。克樹の言うとおり、精神的に不安定なときには自分を気にかけてくれる言葉すら害になるということなのか。

ただ、自殺を決行するまでの時間が引っかかる。

克樹によると、蛍子が仲田の手紙を読んだのが午後七時すぎ。翌朝五時ごろ来栖と会っているから、飛び降りたのはそれ以降。十時間近く空いている。その間にあったなにかが、蛍子の背中を押したのではないか。だとしたら、自殺は仲田のせいとは言えない。この間に蛍子が生きようと決意していたことが証明できれば、事故か殺人の可能性さえ出てくる。

なんにせよ、家族以外からも話を聞いた方がいい。

そのために真壁は、克樹と会った翌日、Q市を訪れた。駅前に立つビル群は、首都圏とは較べ物にならないほど低くて古い。

まず会ったのは、大地《だいち》麻里亜《まりあ》という女性だった。旧姓は野沢《のざわ》。克樹によると、来栖楓の取り巻きで、蛍子をいじめていた生徒の一人だという。克樹は彼女の連絡先を知らなかったが、真壁が何人かを経由して「桐山蛍子が自殺した原因が、本当に仲田の手紙だったのかどうか知りたい」と面会を打診するとすんなり了承された。いじめを蒸し返されることは嫌がると思っていただけに、拍子抜けしてしまう。

待ち合わせ場所は木のぬくもりが感じられる、山小屋を意識したと思われる内装のカフェだった。隅のスペースにはカーペットが敷かれ、積み木や絵本が置かれている。

「ここで少し遊んでてね。なにかあったら呼んでね」

大地は、息子二人に言った。上は六歳、下は四歳だという。真壁の向かいの席に座ってから、大地は丁寧に頭を下げる。

「すみません。子どもたちは親に預けてくるつもりだったのですが、急用が入ったらしくて。でも二人とも、そんなに手はかかりませんから」

大地の言葉どおり、兄弟はおとなしく積み木で遊びはじめた。そんな息子たちに、大地は目を細める。大地自身の身なりは質素だが、子どもたちは見るからに上等な服を着ていた。

来栖と一緒に蛍子をいじめていた姿を、うまく思い浮かべることができない。

飲み物を注文してから、大地は切り出す。

「最初に言っておきますけど、私たちは蛍子ちゃんをいじめてませんからね。蛍子ちゃんがちっちゃくてかわいいから、ちょっといじってただけ。『ビジョ』だって、本当に美人だと思ったからつけたあだ名なんです。なのに仲田さんが騒いだせいで、蛍子ちゃんは被害妄想に陥った。仲田さんがイギリスに転校してからは、梯子をはずされた形になって学校に来られなくなってしまった」

大地の面持ちは沈痛だった。嘘やごまかしではなく、本気で言っている。当時からいじめを否定していたとは聞いたが、そのころからこうだったのか、月日が経つにつれこうなったのか。

「あなたたちが蛍子さんにしたことを聞くと、『ちょっといじってただけ』とは思えませんが」

「そうですか？　中二のころのことなので、なにをしたのかよく覚えてませんけど」

大地は深く考えている様子もなく受け流す。

「蛍子ちゃんが自殺したのも、仲田さんがきっかけでした。あの人がイギリスから手紙を送ってきた次の日に死んだんですから。どんな手紙だったのか知りませんけど、腹が立つことが書かれてたみたいですね」

「手紙のことは、来栖さんから聞いたんですか。彼女は亡くなる直前の蛍子さんに会っているそうですが」

「はい」

大地は、来栖から聞いた話をする。

陸上部に所属する来栖は、朝練前に近所をジョギングすることを日課にしていたという。その日の朝も走っていると、前方から人影が歩いてきた。十月の早朝なので薄暗かったが、小柄なシルエットは間違いなく桐山蛍子だった。久しぶりなので来栖がうれしくなって声をかけると、蛍子は仲田から手紙が来たことを一方的に捲し立て、最後にこう言って駆けるように去った。

——二度と読みたくないから、読み終えた瞬間に丸めて放り投げた。

大地の話を聞き終えた真壁は、運ばれてきたコーヒーに口をつけてから敢えて挑発する。

「来栖さんの話を信じていいんですかね」

「楓を疑ってるんですか。二人が話しているところは、犬を散歩させているおじいさんがちゃんと見てるんです」

「早朝だったんですよね。まだ薄暗かったんじゃないですか」

「……そうらしいですけど」

「なら二人とは断定できないですし、会話まで聞こえたんですか」

「……おじいさんはすぐに通りすぎたそうだから、聞いてないと思います」

「では、やはり来栖さんの話は完全には信用できませんね」

挑発を重ねたものの、来栖が死ぬ直前の蛍子と会ったことは事実だろう。不確かとはいえ証言もあるし、来栖にそんな嘘をつくメリットはない。

おそらく来栖は、早朝ジョギングの最中に蛍子を見つけ、久しぶりに「獲物」に遭遇したことがうれしくて声をかけたのだ。蛍子の方は、怯えながらも対応した。

仲田の手紙に関する話は、信用してよいか迷うところではある。蛍子との関係を考えれば、最後に会った来栖が、故意かどうかはともかく蛍子を殺害した線も捨て切れない。調べたところ、あの朝、蛍子と来栖が会った場所と廃ビルは五〇メートルも離れていないようだから、目撃されずに移動することは充分可能だ。

ただ、克樹の証言と概ね一致するし、来栖が嘘をついていると証明するものもない。当時担当した警察官も、そう判断したのではないか。

「蛍子ちゃんは楓と別れた後、すぐに飛び降りたんですよ。そのことに楓は、ものすごくショックを受けていました。相変わらず明るかったけど、前みたいにみんなとはしゃぐこともなくなった。なのに、信用しないなんて……ひどい……」

それは証言の信憑性と無関係だ。白々とする真壁とは裏腹に、大地は悔しそうに顔をしかめる。

「蛍子ちゃんが死んだのは仲田さんのせいです。絶対に間違いありません！」


克樹には、いじめが始まるまで蛍子と親しかった友人にも連絡を取ってもらったが、会ってくれる者はいなかった。唯一の例外が、これから会いにいく小澤《おざわ》友佳である。蛍子とは幼稚園のころから仲がよかったという。いじめが始まってからは、距離を置いていたらしいが。

小澤に来るよう指定された場所は自宅。地方都市でよく目にする、古く大きな一軒家だった。電話で〈今日なら両親も妹も出かけています〉と言っていたから、いまも実家暮らしなのだろう。事前に指示されたとおり人目がないタイミングを見計らってインターホンを押すと、小澤がドアを開けた。ぼんやりした目つきが印象的な、見るからにおとなしそうな女性だった。

小澤は真壁を和室に通すと、挨拶もそこそこに切り出す。

「蛍子の件については、私だって被害者なんです。確かに私は、友だちだったのに蛍子を避けるようになりました。でも来栖さんに目をつけられないようにするためには、仕方なかったんです。来栖さんに言われるがままいじめに加担した野沢さんより、ずっとマシだと思います」

「野沢」は、今し方会ってきた大地の旧姓だ。

「嘘ですよ。野沢さんは、いじめがあったことを否定していましたが」

「野沢さんは最初のころ、来栖さんにいじめられていたんです。でも『これ以上なにかされたくなかったら、桐山蛍子のことをビジョと呼べ』と命令されると、あっさり従った。それどころか、来栖さんと一緒になって蛍子をいじめるようになったんです」

察してはいたが、大地は自分に都合のいいように記憶をねじ曲げているだけだった。

それにしても。

「もちろん、一番の被害者は蛍子です。でも蛍子になにもできなくて、苦しい思いをしていた私も被害者のはずです」

——いじめは当事者だけではない、周りにいる人たちも被害者です。

いつだか仲田は、そう言った。一理あると思っていたが、蛍子を避けておきながら被害者であることを声高に主張する小澤を見ていると、同意する気が失せてくる。

「あのころは、誰も来栖さんに逆らえなかったんです。逆らったら、なにをされるかわからなかったんです。私だけじゃない、みんなそう思ってました」

「仲田は、蛍子さんを守ろうとしていたようですが」

「仲田さんは……すごかったと思います。自分だっていじめられるかもしれないのに、あんなに堂々と。でもあの人は、いじめられても平気そうだったから」

そんな人間がいるとは思えないが。

「それに仲田さんだって、あのままうちの学校にいたらどうなっていたかわかりませんよ。来栖さんは、仲田さんのことを『偉そう』『正義の味方気取り』なんて言って、随分いらいらしてましたから。転校して有耶無耶《うやむや》になったけど、あのままだと仲田さんだっていじめられてましたよ。そうしたら蛍子をかばったことを後悔してましたよ」

願望に似た妄想にはつき合っていられないので、話を進める。

「その仲田が転校してから、蛍子さんが彼女のことをどう思っていたか知りませんか」

「知りません。でも仲田さんが転校する前、蛍子は来栖さんにこんなことを言ってました」

仲田が転校することが担任教師からクラス全員に告げられた、翌日。

蛍子は学校に来たが、仲田は朝練が長引いているようで、なかなか教室に来なかった。すると来栖が待ってましたと言わんばかりに、「ビジョ、仲田さんに捨てられちゃったねー」と、ばかにするためのかなしそうな声で叫んだ。取り巻きたちがどっと笑うと、蛍子は胸の前で教科書を握りしめて立ち上がり、来栖の眼前まで歩いてきた。そして「え、やだ。怒っちゃった?」と芝居がかった怯え顔をする来栖に、いまにも泣きそうな顔をしながらこう告げた。

――こんな思いをするなら、仲田さんなんて最初からいなければよかった。

「蛍子が来栖さんにあんなことを言ったのは初めてでした。いつもは聞こえないふりをして俯いているか、黙って教室から出ていくだけだったのに。よっぽど仲田さんに腹が立ってるんだと思いました。どう考えても逆ギレで、さすがに仲田さんがかわいそうでしたけど」

逆ギレだとしても、蛍子が仲田に悪感情を抱いていたことは確からしい。

「私にお話しできるのはこれだけです。二学期になってから蛍子は完全に学校に来なくなったし、私も人のことを気にしている場合ではなくなりましたから」

「なにかあったんですか？」

「来栖さんたちにいじめられていたんです、蛍子の代わりに」

驚きの声を、辛うじて飲み込んだ。

「蛍子の友だちだったのに助けてあげなかった卑怯者だから、いじめてもいい。来栖さんは周りに、そう言ってました。卑怯なのは認めます。でも、蛍子をいじめていた張本人がそんなことを言うなんて、おかしくありません？　なのに、ほかの人たちも一緒に……蛍子が自殺するまで、私のことを……」

「来栖さんは、自分と会ったすぐ後に蛍子さんが亡くなったことがショックだったと聞きました。あなたへのいじめが収まったのは、それが理由ですか？」

「違います。蛍子をいじめていたことを世間に知られるのがこわくて、おとなしくすることにしただけ。その証拠に、来栖さんは周りにこう言ってたんですよ」

――ビジョの奴、死ぬなら高校生になって、私たちとかかわりがなくなってから死ねばよかったのに。マジで最悪。

「蛍子が死んでから『蛍子ちゃん』と呼ぶようになったのも、大人の前だけ。裏では『ビジョ』のままでした。仲田さんのことは『仲田』と呼び捨てにしてましたね」

大地は来栖について「前みたいにみんなとはしゃぐこともなくなった」と言っていたのに、裏でそんなことを？　無論、小澤の話が正しいとはかぎらない。が、もしそうなら、大地はこのことを完全に忘れていることになる。

来栖本人は、どうなのだろう?

「蛍子が自殺してから、私がいじめられることはなくなりました。蛍子が死んでくれたおかげ――そう思っちゃったんですよ、私。いまだって、そう思ってるんですよ。これからも思い続けるんですよ。思いたくないのに、何度も何度も。私のことをどう思います、刑事さん?」

肩を震わせながら問われても、真壁には答えられない。

――いじめは当事者だけではない、周りにいる人たちも被害者です。

仲田の言葉を、もう一度思い出した。


蛍子は、イギリスに行った仲田をずっと逆恨みしていた。しかし当の仲田から優しい言葉を連ねた手紙を送られ、精神のバランスを崩した。そして一晩苦しんだ末に廃ビルに駆け込み、手紙を破り捨てて飛び降りた――その線が濃厚になっていくのを感じながら、真壁はQ警察署にやって来た。蛍子の自殺に関する資料を見せてもらうためである。「亡くなった少女が同僚の友人で、当時のことを知りたがっている」と電話で伝えると、〈ぜひお越しください〉と歓迎された。田舎の警察署だけに、刺激がほしいのかもしれない。

担当の警察官は、走ることに難儀しそうな、腹の突き出た中年男性だった。

「遺体は、娘がいなくなったことに気づいた父親からの通報で警察が近所をさがし回って、午後一時二分に発見されています。死亡推定時刻は、同日午前五時から六時の間。遺書がなかったので、事故と殺人《ころし》の線もさぐりはした。でも友だち――これが同僚さんですな――から来た手紙を読んで『死にたい』と呟いたと父親が言っている。現場の廃ビルはドアの鍵が開けっぱなしになっていたので第三者に襲われた可能性も検討したが、破り捨てられた手紙もある。その手紙を送った友だちによると、このビルに時折出入りしていたともいう。だから自殺と判断されたようですな。当時、私は別の署にいたので詳しいことは知りませんが」

そう言いながら、捜査ファイルを手渡してくる。最初のページには、現場となった廃ビルの全景写真があった。コンクリート打ちっ放しの外壁は鼠色で、巨大な墓石を思わせる。

「そのビル、もうとっくにありませんよ。この子が自殺した後で周囲に防犯カメラが設置されて、二年後には取り壊されたらしいです」

「ここに来る途中で見てきました」

事前に地図アプリで確認して知ってはいたが、かつて廃ビルや工場が立っていた辺りは巨大な集合住宅になっていた。蛍子は仲田に、廃ビルの中に「見られたくないものをいくらでも隠せる」と言ったらしいが、たとえなにか隠していたとしても丸ごと破壊されたことだろう。

それは即ち、たとえ殺人だったとしても証拠は既に消滅していることを意味する。

ファイルをめくる。死亡時の蛍子の服装は、薄手のカーディガンにジーンズ。この地方の十月としては珍しい服装ではなさそうだ。所持品は財布くらいで、遺書の類いはやはりなかった。

さらにめくる。蛍子の遺体の各部位が写された写真が掲載されている。右手小指側の側面、掌《しょう》外沿《がいえん》全体が黒ずんでいた。シャーペンか鉛筆かはわからないが、芯の——厳密に言えば黒鉛の跡だ。蛍子は高校に行くために勉強していたという話を思い出す。そうなると、やはり仲田の手紙によって衝動的に死を選んだという推測が成り立つか。調べれば調べるほど、仲田には救いのない結論に——。

——待てよ、勉強？

それに気づいた真壁は、掌外沿の写真を凝視した。

仲田と克樹の話のとおりなら、これはおかしい。ということは……蛍子は、本当は仲田に……。

「どうしました？」

担当警察官の問いかけに、生返事すらできない。


Q市から戻ったその足で、真壁は仲田に会いにいった。場所は前回と同じ、向ヶ丘遊園駅近くのイタリア料理店である。ほかの店をさがしている余裕はなかったし、仲田相手なら店を変える気遣いもいらない。

約束の時間は午後十時。電車が遅延したため真壁が五分ほど遅れて到着すると、仲田は既に来ていた。その横顔を、思わず二度見する。顔色は前回よりさらに青白く、呼吸するのも辛そうだった。

真壁に気づくと、仲田は笑顔になった。顔色は悪いままだが、気力が漲《みなぎ》ったように見える。

「こんばんは、真壁さん。さっきまでQ市にいたんですよね。お疲れではありませんか」

「君こそ、随分と疲れているようだな」

「この前言ったとおり、少し睡眠時間を削ったら顔色が悪くなるだけです」

「顔色が悪いだけじゃない、苦しそうにも見えた」

「ぼんやりしていると、そう見える顔らしいですね。なんともないのですが」

仲田はわざとらしく胸を張ったが、無理をしているとしか思えなかった。やはり来栖楓に言われたことを気に病んでいるのか。

だとしたら、それは今夜で終わる。

しばらくはQ市の様子など当たり障りのない話を続けたが、注文したものがすべてテーブルに並んでから、真壁は本題に入る。

「結論を言うと、蛍子さんが君の手紙を読んだことがきっかけであんなことをしたのは間違いなさそうだ。だが、それだけではないこともわかった」

桐山克樹、大地麻里亜、小澤友佳に会った後、Q警察署に行ったことを話す。

「署で見た蛍子さんの資料には、黒鉛で汚れた右手掌外沿の写真があった。克樹さんの話を踏まえると、これは説明がつかないんだ」

「蛍子は高校に行くために勉強していたと聞いてますが?」

「蛍子さんは右利きだったよね」

「確か、そうでした。右手で、私の手を握ってくれたことがありますから」

仲田が自分の左手に、ちらりと視線を落とす。

「蛍子さんが勉強していたのは、苦手科目の数学と理科中心だったそうだ。君から手紙が届いたときも数学の勉強をしていたらしい。ちなみに国語は得意で、ほとんど勉強しなくてよかった」

「思い出しました。あのころの私は国語の文章問題が苦手で、よく蛍子に教えてもらって――」

真壁の言わんとしていることに気づいたか、仲田の言葉は半ばで途切れた。

「そうなんだ。数学と理科の勉強をしていたなら、掌外沿が黒ずむはずないんだ。どちらの科目も横書きで、自分が書いた文字に掌外沿が触れることはないから」

右利きの場合、縦書きだと自分が書いた文字と掌外沿が接する頻度が高く、黒鉛が付着しやすい。しかし横書きなら、文字と接するのは小指の側面くらいだ。

「君の手紙が届くまで数学の勉強をしていたのだから、蛍子さんの掌外沿に黒鉛が付着したのはその後になる。だが、蛍子さんが勉強していたのは数学と理科。勉強とは関係なく、縦書きで、長い文章を書いたということ」

蛍子が「死にたい」と口にしてから飛び降りるまでに十時間以上空いていたのは、このためだったのだ。

「死を決意した人が書くそんなものは、一つしかないよな」

「遺書ですね」

仲田は即答した後、首を横に振った。

「遺書があったなら、お父さんがそう言うはずです。隠す必要はない」

「隠したのは、蛍子さん自身だよ」

「どこに?」

「廃ビルの中だ。蛍子さんは君に言ってたんだろう、廃ビルの中は物がいろいろあるから、見られたくないものをいくらでも隠せる、と」

仲田は真壁の答えが妥当であるかどうか検証するように、しばし虚空を見つめた。

「なぜ、蛍子は遺書を隠したんです?」

「君に見つけてほしかったからだ。蛍子さんは遺書を書いたものの、君に読んでほしいか自分でもわからなかったんだと思う。だが、イギリスにいる君より、警察や父親が先に遺書を見つけることは確実。君に遺書を見せるかどうかは、彼らが判断してしまう。それを避けるため、二人の秘密の場所である廃ビルに隠した。現場検証をした警察でも見つけられなかったんだから、かなりわかりにくいところに隠したんだろう。君が見つけるかどうかは運に委ねるつもりだったんだ。あるいは、君との思い出の中に隠し場所のヒントがあったのかもしれない。いずれにせよ、廃ビルは立ち入り禁止になって、取り壊されてしまったけどね。

恨み辛みを書いただけなら、国際郵便で送りつければいい。そうしなかったのは、君への複雑な感情を綴ったからに違いない。君の手紙を廃ビルに持っていって破いたのも、複雑な感情の表れ。いまとなっては確かめようがないが、君が自分を責める必要はない」

仲田の心を解放するべく、真壁は敢えて断定口調を使った。とはいえ、仲田は何年も苦しんできたのだ。この結論を容易には受け入れられまい。

「いいえ。私は責められるべきです」

案の定、仲田は首を横に振った。真壁は、できるだけ静かな口調で反論する。

「遺書をさがさなかったからか？　十四歳の女の子に、そこまで──」

「そういう問題ではないんです」

仲田の唇は、微かに震えていた。様子がおかしい。

「真壁さんに、確認したいことがあります」


翌日の夕刻。真壁は来栖楓に会うため、仲田とともに新宿にある喫茶店の個室にいた。

「警察に呼び出されるなんて。ちょっとどきどきしてる」

会社帰りだという来栖は、猫を思わせる目で仲田を見つめる。メイクは必要最低限で薄く、グレーで統一されたスカートスーツからは物静かな印象を受けた。

「警察って階級があるんでしょう？　いまはなに？」

「巡査部長」

「なら、部長って呼ばせてもらおうかな。パンツスーツが似合っててかっこいいし」

そう言って微笑む様は、仲のいい女友だちと話しているようにしか見えなかった。真壁が漠然と抱いていたイメージとは随分違う。

しかし、仲田の話を信じるなら……。

仲田が真壁のことを紹介しているうちに、注文したものが運ばれてきた。来栖はホットココアに口をつけると、「随分顔色が悪いね」と仲田をいたわってから、深々と頭を下げた。

「部長には、謝らないといけないと思ってたの。この前は変なことを言ってごめんなさい。酔っ払っていたとはいえ、嫌なことを思い出させちゃったよね。私にとっても蛍子ちゃんのことはショックだったから、つい……」

「ショックを受けて当然だよね」

仲田は、来栖を包み込むような、ふんわりした声音で告げる。

「蛍子を突き落としたのは、あなたなんだから」


来栖の双眸が、大きく見開かれた。

「なにを言ってるの？」

「真壁さんが当時のことを調べ直してくれたおかげで、不可解なことに気づいたの」

来栖の視線が、真壁へと移る。

「真壁さんが蛍子ちゃんについて調べていることは、麻里亜から聞きました。でもそれは、部長が『蛍子が死んだのは自分のせい』と責めているからですよね？　なのに、どうして私が殺したことになるんですか？」

「仲田が説明します」

短く答えることで、自分が仲田を信じていることを伝えた。ここに来る前、仲田の考えを聞かされ、おそらく間違いないと思ったのだ。

同時に、自分がたどり着いたと思った結論に穴があることに気づかされた。

不服そうな来栖に、仲田はタブレットPCを差し出した。ディスプレイには、しわが寄り、飴色になったテープで張り合わされた手紙が表示されている。

「これは、私がイギリスから蛍子に送った手紙。さっき蛍子のお父さんに、写真を撮って送ってもらった。引っかかったのは、ここなの」

仲田は右手を動かし、手紙末尾の「敬具」を拡大表示させる。

「見てのとおり、『敬具』の文字が滲んでいる。私が投函したときはこうなっていなかった。自分で言うのもなんだけど、これだけきっちりした手紙を書いたんだもの。もし滲んでいたら一言添える。だから滲んだのは、蛍子の手に渡った後。でも、滲んだタイミングがわからない」

「タイミングもなにも、手紙を読んだとき、なにかこぼしたんでしょ」

「蛍子のお父さんによると、そういうことはなかった」

「なら、部長の手紙を読んで泣いちゃったんじゃない？」

「確かに蛍子は、私の手紙を読んで泣いたそうよ。でも涙をこぼしたのは、右目からだけなの」

仲田の手紙を読んだ後、蛍子の右頬を涙が伝い落ちた。咄嗟にそれを拭った蛍子は「人間って、片目だけで泣くこともあるんだね」と言った――自殺する前の娘とのこのやり取りを、克樹は鮮明に覚えていた。

「それがどうしたっていうの？　右だろうが左だろうが、その涙が手紙に落ちたんでしょ」

「ご覧のように、私は縦書きで、便箋一杯に文字を書いた。当然、『敬具』は向かって左下に書かれているよね。手紙を読んでいる蛍子の右目から流れた涙が、ここに落ちることはない」

うっすらではあるが、来栖の眉間にしわが寄った。が、すぐに笑顔でそれをかき消す。

「しっかりしてよ、部長。手紙を読んだのが一度だけとはかぎらないでしょ。お父さんがいなくなった後にも読んで、そのときに泣いたんだよ」

「蛍子は私の手紙を読んだ後、丸めて捨てている。亡くなった日の朝、あなたに『二度と読みたくない』とも言ってたんでしょう。その言葉を信じるなら、『敬具』が滲む機会はやっぱりなかったことになる」

「飛び降りる前に最後だと思って読んで、そのときに泣いたんじゃない？」

「蛍子が廃ビルに入ったのは早朝。中は暗かったはず。携帯を解約していたし、明かりになるようなものも持っていなかった。とても手紙は読めないよ」

暗かったはず。このことは、真壁の結論の穴とも関係している。

「私と別れてから廃ビルに入る前に、街灯の下で読んだのかも」

「一度あなたに呼びとめられたのに、また同じ目に遭う危険を犯すとは思えない。丸めた手紙を破り捨てるときに涙をこぼしたのだとしても、左下に書いた『敬具』に落ちる可能性は低い」

これに関しては、先ほど実際にやってみた。丸めた手紙を破る際は、一旦広げてからでないと難しい。が、左下の方まできっちり広げることは、皆無とまでは言わなくても珍しいだろう。

来栖の眉間に、はっきりとしわが寄る。

「低い可能性が起こって、破り捨てるときに涙が落ちて滲んだんでしょ」

「もちろん、そうとも考えられる。でも、それよりは蛍子が家で、一度は丸めた手紙を広げて読み返したと考える方が自然じゃないかな。つまり、蛍子が私の手紙を『二度と読みたくない』と言っていたという来栖さんの話は嘘」

「嘘じゃない、本当に蛍子ちゃんから聞いたの。蛍子ちゃんが私に嘘をついたんだ」

「そんな嘘をつくくらいなら、私から手紙が来た話をあなたにする必要はない」

口を閉ざした来栖が、仲田を睨むように目を眇《すが》める。物静かという印象が急速に薄れていく。

「私のせいで蛍子が死んだと思わせたかったのはわかるけど、余計なことを言ったね。

蛍子は、一度は丸めた私の手紙を読み返して、縦書きで返事を書いた。これについては、真壁さんが調べてくれたおかげでわかった」

仲田は、掌外沿に付着した黒鉛が起点となった真壁の推理を説明する。

「蛍子が書いた手紙は見つかっていない。廃ビルの中なら隠す場所もあるけど、暗い中、隠せたとも思えない」

これが真壁が気づかされた「穴」だった。言い訳がましいが、現場となった廃ビルに行ったことがないので、「暗くて隠す場所が見えない」という当たり前のことを見落としてしまったのだ。当時担当した警察官もそれに気づいていたら、真っ暗な中、蛍子が手探りで四階まで上がったことを不自然に思ったに違いない。

「手紙がどこにもない以上、何者かが持ち去ったと考えるしかない。その最有力候補は、蛍子と最後に会った人物で、かつ、嘘の証言をした来栖さん、あなただよ」

「変な決めつけしないでよ」

「当然、蛍子の死と無関係でもないよね。本当のことを話してほしい。いまならまだ、自首の扱いにできる」

「だから決めつけないでってば、部長！」

来栖は笑い声を上げたものの、目は眇められたままだ。

「全部想像でしょ。だいたい私には、蛍子ちゃんを殺す理由がない。大好きだったんだから」

「蛍子をいじめていたのに？」

「真壁さんには麻里亜が話したと思うけど、ちょっといじってただけだよ。いじめだなんて大袈裟。で、大袈裟にしたのが部長。蛍子ちゃんが逆恨みで私を殺すならまだしも、逆はない」

そう、と仲田は呟く。そこに込められた感情がなんなのか、真壁にはわからなかった。

仲田は、最初と変わらない、来栖を包み込むような声音で話を再開する。

「あなたがなんと言おうと、蛍子をいじめていたことは間違いない。でも、あなたと蛍子の関係は、それだけではなくなっていたんだよね——私が知らない間に。そしてそれが、蛍子が死んだことにつながっている」

「ごめん。意味がわからないんだけど」

「どうして私を『蛍《ほたる》』と呼んだの？」

「え？」

不意打ちの質問に、来栖は呆けた声を上げた。

「向ヶ丘遊園駅の前で会ったとき、私のことを『蛍』と呼んだよね。どうして？」

「どうしてもなにも、部長の下の名前だから」

「でも中学のときは『仲田さん』と呼んでたよね。蛍子のことは、亡くなってから大人の前ではあだ名じゃなくて『蛍子ちゃん』と呼ぶようになったらしいけど、私のことは名字のままだったと聞いている。なのにどうして十五年近く会っていなかった私を、いきなり下の名前で呼んだの？」

「そう言われても……つい出ちゃって……」

「つい出ちゃうなら、呼び慣れた『仲田』の方だと思うけど?」

「………」

口を閉ざした来栖に、仲田は言う。

「つい出たのは、私の名前じゃない。あなたはあのとき、本当はこう言いかけたんでしょう」

ほたるこ

「私が蛍子を『ほたるこ』と呼んでいたことを思い出して、それをネタに、ばかにするようなことを言いかけたんだよね。でも『ほたるこ』を知っているのは、私と蛍子だけ。あなたが知っている理由を訊かれたら説明できない。それに気づいたあなたは、咄嗟に『蛍、こ……こんなところで』と続けて、私の名前を呼んだふりをした」

「ほたるこ」という言葉は、仲田がイギリスから蛍子に送った手紙に書かれてはいた。が、あれを読んだのは克樹と警察だけだ。

「中学のときは『仲田さん』と呼んでいたから、『蛍』と呼び続けたら私に不審に思われるかもしれない。かといって『仲田さん』に戻したら、この前は『蛍』と呼んだことを怪しまれる。それを避けるために、あなたは今日、最初に私の階級を訊いて『部長』と呼ぶことにした」

来栖は口を閉ざしたまま、微動だにしない。

「なぜあなたは『ほたるこ』を知っていたのか? いま言ったとおり、『ほたるこ』を知っていたのは私と蛍子だけ。私は誰にもしゃべってないから、蛍子があなたに教えたことになる。蛍子とあなたは、私の知らないところでやり取りしていたということ」

仲田の声音は、依然として包み込むようだった。

「蛍子は、私をいじめの身代わりにしようとしていたんだよね」

こんな言葉を、なぜこの声音で口にできるのだろう?


「最初は、あなたが私の手紙を読んで『ほたるこ』のことを知ったのかもしれないと思った。でも考えれば考えるほど、その前から蛍子とやり取りを――具体的には、私をいじめのターゲットにするためのやり取りをしたとしか思えなくなった」

来栖が、この世のかなしみを一心に背負ったかのような悲愴感あふれる顔つきになる。

「そんなことを疑うなんて、蛍子ちゃんがかわいそう」

「でも私をターゲットにしようとしていたと考えると、いろいろなことが腑に落ちるの。

イギリスに引っ越すと親に告げられた後、私は蛍子に、いじめのことを先生に相談しようと提案した。でも蛍子は一晩考えた後、いまのままでいいと言ってきた。私が必死に説得してもだめだった。あなたが蛍子に、一緒に私をいじめようと持ちかけたからじゃない? 先生が力になってくれるか不安だった蛍子は、それを受け入れたんじゃない?」

「部長なら、いじめられても先生や親に相談して解決しちゃいそうだけど」

「そう思ったから、あなたは私が誰にも相談できないように弱みを握ることにした。そのために、あの廃ビルに連れ込むことにした。人気《ひとけ》のないあの場所で誰にも言えないようなことを私にして、それをネタに脅すつもりだったんじゃない? 蛍子があんな場所に一人で出入りしていたと聞いてもぴんと来なかったけど、あなたが用意したのなら頷ける。あなたのお義父《とう》さんはあの辺りの物件をいくつも所有する不動産会社の社長だから、ああいうビルのことを知っていても不思議はない」

「被害妄想が激しすぎ」

「でも、あなたは私に随分いらいらしていたんでしょう。だから蛍子に裏切らせて、私をいじめることにした。いじめていた野沢さんに、蛍子のことをビジョと呼ぶように脅したそうじゃない。似たようなことを蛍子にもしたんだよね」

仲田の声音は、やはり少しも変わらない。仲田がこんな風に犯罪者に話しかける様は度々見てきたが、今回は自分自身のことなのに。さすがに愕然としかけたが、テーブルの下、ぴたりとつけたパンツの膝に置かれた仲田の両手が、きつく握りしめられていることに気づいた。

——平静でいられるはずがないんだ。

「あなたに協力することにした蛍子だけど、私がイギリスに転校することを知ってしまった。これでもう私を身代わりにできないし、なにより、後ろめたくなったんだと思う。だから、私を避けるようになった」

——こんな思いをするなら、仲田さんなんて最初からいなければよかった。

蛍子は来栖にそう言い放ったらしいが、「こんな思い」とは仲田への罪悪感だったのだ。

「でも蛍子は私が送った手紙を読んで、『死にたい』と呟いてしまうほど動揺した。衝動的に丸めてしまった手紙を広げて読み返し、涙を流した。私への返事も書いた。次の日の朝早くに家を出たのは、できるだけ早く手紙を投函したかったことも理由ではあると思う。でも、それだけじゃない。投函する前に、来栖さんとのけじめをつけようとした。そのために、ジョギングコースで待ち構えていたんだよね」

膝の上で握りしめられた仲田の両手に、一層力がこもる。

「蛍子はあなたに、なにをしようとしているのか告げた。蛍子が書いた手紙には、あなたが私にしようとしたことが全部書かれていたんだと思う。いじめていた蛍子が自分に歯向かったようで腹が立ったあなたは、人目に気をつけながら蛍子を廃ビルに連れ込み、手紙を出すのをやめるよう迫った。でも蛍子は従わなかった。ますます腹を立てたあなたは、思わず蛍子を突き飛ばした。思いがけず力が入ってしまったのか、蛍子が床に置かれた資材に足を取られてバランスを崩してしまったのか、それはわからない。とにかく蛍子は、吹き抜けから落ちた」

「部長、頭は大丈夫？」

「蛍子が私に出そうとした手紙が残されていたら、自殺だと思われない。だからあなたは、持ち去ることにした。私の手紙の方は、なくなっていたら不自然に思われるからその場で破り捨てた。これでひとまず、自殺の可能性がある現場ができあがる。

あの朝、蛍子と会っていたことを警察に突きとめられたときは、さすがに焦ったでしょう。でも、死んだのは私の手紙のせいだと思わせる嘘をついて乗り切った。その後、蛍子のお父さんの証言もあって、警察は蛍子の死を自殺と判断した。一安心しただろうけど、警察に目をつけられたら自分がしたことを知られてしまうかもしれない。だからあなたは、小澤さんをいじめるのをやめた」

「そろそろ帰らせてもらうね」

仲田が言い終えるのとほとんど同時に、来栖は立ち上がった。

「蛍子ちゃんが死んだことを自分のせいにしたくないのはわかるけど、もうつき合い切れない。私が『ほたるこ』と言おうとしたという思い込みで、よくもここまで。この前はたまたま『蛍』と言っただけで、『ほたるこ』なんていま初めて知ったよ。手紙が滲んでた理由だって、私の知ったことじゃない」

「結果的に死なせてしまったとはいえ、来栖さんに殺意はなかったと思う。状況からして、殺人罪に問われる可能性も低い。だから自首して。お願い」

「しつこいなあ、なんの証拠もないのに。あ、証拠がないから、必死にお願いするしかないのか。万が一、部長の考えが正しかったとしても、いまさら証拠なんて出てくるはずないもんね」

「どうしても罪を認めるつもりはないの？」

「しつこいってば」

来栖は猫――いや、豹を思わせる目で、傲然と仲田を見下ろす。

仲田は、唇をきつく嚙みしめてから言った。

「証拠は、あるの」

「お願いの次ははったり？」

鼻白む来栖に、仲田はタブレットＰＣのディスプレイを指差す。

表示されていたのは、蛍《ホタル》の絵柄が描かれた封筒だった。

「これがなんなの？」

来栖はわずかに眉根を寄せつつ、再び椅子に腰を下ろす。

「これは、私がイギリスから蛍子に送った封筒。中には、廃ビルで破かれた手紙が入っていた。この封筒自体は無傷で、一階に積まれた鉄パイプの合間に落ちていたそうよ。なぜ手紙は破かれていたのに、封筒は破かれていなかったのか？　それが気になったの」

「なにが気になったのか知らないけど、もしも――あくまで『もしも』だからね――私が犯人だとしたら、不思議でもなんでもない。手紙は蛍子ちゃんに見せられて触ったから、指紋を拭き取った上で念のために破いた。でも封筒は触ってないから、そのままでも問題ないと判断した。これで説明がつく」

「そうだろうね。一刻も早く現場から離れたいというのが犯人の心情。封筒は一階に積まれた鉄パイプの合間に落ちたから簡単には見つけられなかっただろうし、見つけたとしても取り出すのに時間がかかる。『封筒に触ってない』と確信していたなら、あなたが言ったとおりに判断したのも頷ける。でも封筒を調べたら、あなたの指紋が検出されたの」

「――は？」

そう言ったきり、来栖からあらゆる反応が消え失せた。表情は微塵も変わらず、瞬きすらほとんどせず、ただ仲田を見つめている。唐突に写真と化した錯覚すら抱いてしまう。

「……え？　指紋って……封筒に？　なんで？」

ようやくにしてたどたどしく問う来栖に、仲田は答える。

「蛍子はよく、胸の前でなにかを握りしめていたでしょう。あなたたちが、わざとぶつかって胸に触るいじめをしていたから。暗い廃ビルで、たった一人であなたと対峙しているときも同じことをしていたんじゃないかと思ったの。あのとき蛍子が持っていたのは、財布と私が送った封筒くらい。財布はポケットに入れていただろうから、握っていたのは封筒ということになる。

あなたはいつもの癖で、蛍子の胸に向かって両手を突き出した。そのときに指が触れて、封筒に指紋が付着した。あなたは早朝ジョギングをしている最中だったんだよね。汗ばんでいたみたいで、指紋がはっきり検出されたわ」

そもそも指紋とは、指先の皮脂や汗が物に付着することによって検出される。紙類は、種類にもよるがそれらが染み込みやすく、簡単には除去できない傾向にあり、保存状態によっては何十年も残り続ける。ましてやあの封筒は、克樹がビニール袋に入れて丁寧に保管していたのだ。指紋の検出に問題はなかった。

「いま鑑識に、この前もらった名刺と、封筒の指紋を照合してもらっている。正式な結論はまだ出てないけど、同一人物のものである可能性が極めて高いそうよ。これで、あなたが封筒に触れたことは確定した。一体いつ触ったの？　道で蛍子に会ったとき見せてもらった、なんて言わないよね。蛍子がそんなことをする意味はないし、もしそうなら、どうしてそのことを警察に話さなかったの？」

来栖は答えられない。仲田は、薄いため息をついた。

「蛍子が封筒を握りしめていることにあなたが気づかなかったのは、廃ビルの中が暗かったことが原因だとは思う。でも、いじめの対象でしかなかった蛍子が立ち向かってくる姿を直視できなかったことの方が大きいんじゃないかな」

「そんなことない――」

来栖の否定は半ばで消えた。

胸の前で封筒を握りしめ、震えながらも来栖を見据える蛍子。

蛍子を直視できないまま、「習慣」で胸に向かって両手を勢いよく突き出す来栖。

その光景が、まるで実際に目にしたかのように思い浮かんだ。

「指紋……そんな決定的な証拠を……なら、さっさと言えばよかったじゃない。そんなに人をいたぶるのが楽しいいわけっ⁉」

見当違いも甚だしいが、仲田に反論するつもりがなさそうなので真壁が答える。

「仲田は、あなたをいたぶっていたわけではありません。自ら罪を認めてほしかっただけです。

そのチャンスを何度か与えたのに、あなたは拒否した」

事前に仲田の推理を聞かされた真壁は、真っ先に指紋のことを突きつけるべきだと言った。しかし仲田は「来栖さんだって、ずっと苦しんできたはず。自首扱いにして、少しでも罪を軽くしてあげたいんです」と譲らなかった。

「チャンスを与えたって……優越感に浸ってただけじゃない！」

叫ぶ来栖には、仲田の思いはかけらも伝わっていなかった。しかし仲田に動揺は見られない。思えば先ほどから理路整然と推理を述べてもいる。相変わらず顔色は青白いが、もしかして。

――睡眠時間を少し削っただけで顔色が悪くなるという話は本当で、元気なのか？

「嘘、こんなの……せっかく社長と結婚……」

来栖は、血の気が失せた唇を震わせていたが。

不意に、微笑んだ。

「あーあ。仲田さんを舐めてたよ」

大きく伸びをした来栖は、別人のように軽い口調になって言う。

「私は小四まで、背が高いことをネタにいじめられてたの」

唐突になんだ？

「でも母が金持ちと再婚したら、急にみんな、背が高いことをほめてくれるようになった。家に呼んでくれるようにもなった。戸惑ったけど、うれしかったなあ。私をいじめていた人たちのことは憎かったけど、仲よくしてあげなきゃと思った。でも、いじめ返したって構わないと考え直したの」

「自分が辛い思いをしたのにですか？」

質問の体で咎める真壁に、来栖は頷いた。

「大人もいじめをしていることに気づきましたから」

太陽は東からのぼって西に沈みますよね、とでも言うような、ごく当たり前の一般常識を告げるような物言いだった。

「義父《ちち》が会社の人たちを家に呼んでバーベキューをしたとき、鈍くさいおじさん社員を『のろま』『役立たず』とからかっていたんです。周りの人たちは一緒になって笑ってました。おじさん社員も笑ってたけど、目が潤んでました。私も母が再婚する前は同じ笑い方をしていたから一目でわかりましたよ、おじさんはこの笑い方をし慣れてるって。

大人も会社でいじめをしていることを知って衝撃を受けたけど、それだけじゃなかった。母が参加しているＰＴＡはもちろん、先生たちがいる職員室にさえもいじめはあった。具体的なことは、説明しなくても想像がつきますよね。小四の私は、大人もしてるんだから自分もしていいと思っただけ……あ、真壁さんの様子からすると、仲田さんも警察でいじめられてるみたいですね」

仲田に目を向けてしまったことに気づいた真壁は、慌てて視線を来栖に戻した。

来栖は「無理しないで」と言わんばかりに頷く。

「いじめ返すと言っても、最初は軽い仕返しだけで終わりにしてあげるつもりでした。でも、すぐに気づいたんです。いじめは愉しいって」

——愉しい、だと？

啞然とする真壁に、来栖は無垢《むく》としか表現しようがない、それゆえに残酷な、少女のような笑みを浮かべる。

「だって、こっちは一週間もすれば忘れたことさえ忘れるような軽い気持ちでなにかしただけで、相手が耳たぶまで赤くなったり、教室から逃げたり、泣き出したりするんですよ。それを見たときの快感といったら！　だから大人は『いじめはかっこ悪い』なんてしかめっ面で言っておきながら、自分たちはやめないんだとわかりました。そのことを認めない大人は、ずるいと思いました。私はそういうのが嫌だから、自分の気持ちを自覚して、いじめをうんと愉しむことにしたんです」

道徳的に見て、来栖は許されないことを口にしている。しかし真壁は、批判できなかった。

理由は、よくわからない。

来栖の視線が、仲田に戻る。

「というわけで、仲田さんはむかついたよ。せっかくビジョっていう卒業まで愉しめるターゲットを見つけたのに、邪魔するんだもん。影響されて、私から距離を置こうとする奴までちらほら出てきた。

だからビジョを裏切らせて、仲田さんをいじめていじめていじめ抜いてやることにした。守っていたはずのビジョに裏切られた仲田さんを見たら、絶対に盛り上がる！　みんなにはサプライズにしたくて、『仲田蛍いじめられっ子化計画』は内緒でこっそり実行することにした。まずはビジョに電話して、仲田さんを裏切るように迫ったの。そうしたらね──」

蛍子

返事を書き終えた私は、蛍から来た手紙を読み返した。そうしているうちに、いじめ自殺に関する学校の記者会見を観ていたときのことを思い出す。

＊

〈いじめ→子どもが自殺→校長『なにも知りませんでした！』→ネット民が批判
なぜ日本の学校は同じことを繰り返すのか〉

ネットに書かれたその書き込みを読んだ私は、吐き気が込み上げてきた。懸命にこらえていると、携帯を落としてしまった。

来栖さんから、電話がかかってきたからだ。

番号は一年生のとき、無理やり交換させられた。でも、かかってきたことは一度もない。出たくなんてないのに、強張った指が応答を押してしまう。

「……もしもし」

〈こんにちは〉

かすれ声の私とは対照的に、来栖さんはまるでこれまでのことなんてなかったかのような、からりとした声で言った。

〈一緒に仲田さんをいじめちゃおう。題して、『仲田蛍いじめられっ子化計画』！〉

驚きの声すら出せない私に、計画の詳細が説明される。

来栖さんが用意した廃ビルに、私が蛍を連れ込む。何度か繰り返し、二人だけの空間で蛍をリラックスさせて、他人には知られたくない話をいろいろ聞き出す。それを盗聴や盗撮して記録しておく。蛍がすっかり廃ビルを気に入ったところで、来栖さんが男子を何人か連れてきて蛍に「ひどいこと」をする。その様子を来栖さんがビデオで撮影して、蛍が死ぬまで脅し続ける──。

「盗聴と盗撮のことを仲田さんに教えるのは、男子たちに『ひどいこと』をさせる前か後、どっちがいいかは考え中。盛り上がる方にしたいと思ってるの。守っていたつもりの友だちに裏切られたと知ったときの顔なんて、滅多に見られるもんじゃないからね」

語尾に音符やハートマークでもついていそうな口調だった。

「そんなこと……私にできるはずないでしょ……蛍は、ずっと私のことを守ってくれていて……一緒にいたら楽しくて……ほたるこって呼んでくれて……」

「うわー、『ほたるこ』って呼んでるんだ。仲よしごっこしててイタいね。これからあいつのことは『ほたるこ女』って呼ぼう。ほたるこ女、ほたるこ女！」

なんとか絞り出した私の言葉を、来栖さんのはしゃぎ声がかき消す。余計なことを言ってしまった……唇を嚙みしめていると、来栖さんはそのままの声で言った。

「拒否するなら、『ひどいこと』はあんたにするから」

なにを言っているのか、即座にはわからなかった。

わかってからは、来栖さんと一緒に私の後をつけるよその中学の男子と、便器に先端を突っ込まれた上履きを思い出した。

もう四の五の言ってる場合じゃない。蛍の言うとおり、先生に全部話すんだ。私がそう思ったことを見計らったようなタイミングで、来栖さんの声が飛んでくる。

〈先生に言いつけても無駄だよ。あんたになにかするチャンスは、この先いくらでもあるから〉

そのとおりだと思った。たとえ先生が助けてくれても、来栖さんがこの世からいなくなるわけではない。いつか必ず、来栖さんは「ひどいこと」を実行してくる。口の中から、歯がカチカチ鳴る音が聞こえてきた。その音に、来栖さんの声が混じる。

〈こわがらせちゃってごめん。でも、これは蛍子ちゃんのためなの〉

来栖さんとは思えない、優しい声音だった。しかも「蛍子ちゃん」と呼ばれた、「ビジョ」ではなく。

「どうして私のためなの？」

〈だって、いじめる側に回らないと、この先ヤバいよ〉

それから来栖さんは、大人がやっているいじめをいくつも話し出した。中二の来栖さんがしていることとたいして変わらない、「本当に大人？」と問いたくなるようないじめばかりだった。

〈わかる？　いじめって、どこにでも当たり前のように転がっているの。大人に頼って解決したって、いまのままの蛍子ちゃんならすぐにまた別の場所でいじめられるんだよ〉

そんなはずない、と否定する前に、さっきの記者会見を思い出した。

〈いじめ→子どもが自殺→校長『なにも知りませんでした！』→ネット民が批判

なぜ日本の学校は同じことを繰り返すのか〉

あの書き込みを読んだ後に込み上げてきた吐き気が蘇る。同時に、あのときは意識していなかった吐き気の原因を理解する。

絶対に反撃してこない安心安全な対象を、集団で攻撃しているからだ。

しかも、それが繰り返されていることを知ったからだ。

もちろん一番かわいそうなのは、自殺した男子だ。学校側の対応は最低だ。記者だって、ネットに書き込みをしている人たちだって、純粋な怒りに駆られているのだろう。

でも、たとえばあの校長が総理大臣とか大きな会社の社長とか、そういう人の親戚だったら？記者は、あそこまで強い口調で質問するだろうか？

学校側がＩＴ企業とつながりがあって、ネットに書き込んだ人の住所も名前も電話番号もすべて把握できると表明していたら？　それでも批判の内容と数は、いまと同じだろうか？　もし違うなら、私がされていることとなにが違うの？

――ああ、そうか。

「世界はいじめでできている」

ぽつりと呟くと、来栖さんは笑った。

〈ちょっとポエムっぽいけど、間違ってないよ。いじめは愉しいからね〉

愉しい……私がこんな思いをさせられていることが。でも、それを愉しまないと自分が……。

蛍が私のためにしてくれたことを思い出そうとする。「ビジョと仲田さんはつき合ってる」と決めつける来栖さんを謝らせようとしたときの気持ちを蘇らせようともする。

でも自分が口にした「世界はいじめでできている」という言葉が、蛍への想いをかき消した。

涙と鼻水と涎《よだれ》が決壊したダムの水のように大量にあふれ出て、顔を流れ落ちていく。

「ごめん……ごめん、蛍……ごめん……」

〈謝ってないで、どうするか教えて〉

「……来栖さんの、言うとおりに……します……」

〈言うとおりって？　具体的には？〉

「それは、その……言うとおりに……」

〈はっきり言いなよ〉

来栖さんの声には、感情がまったくこもっていなかった。次にどんな声音になるかは、私次第。

涙も鼻水も涎も拭えないまま、私は答えた。

「来栖さんと一緒に……蛍を、いじめます……！」

どうして来栖さんに、あんな答えを返してしまったのだろう。

人はかなしいことを経験すればするほど、人に優しくなれる。そんなの人によると思っていたけれど、私自身、優しくなれない側の人間だった。

ほたるこ、と呼んでもらっていたのに、ちっとも蛍みたいになれなかった。

蛍への手紙には、自分がそういう人間であることを含め、すべて書いた。きっと蛍はあきれ果てて、返事を書いてくれない。でも、そんなことは問題じゃない。

「ごめんね、蛍」

頰を伝い落ちた涙が、蛍が書いた「敬具」の文字を滲ませた。

＊

真壁

「こっちから持ちかけておいてなんだけど、泣くくらいなら仲田さんをいじめるなんて言わなきゃよかったのにね」

来栖は大袈裟に眉根を寄せた後、一転してうっとりした目つきになった。

「この計画が成功してたら、仲田さんはどうなっていたか。お高くとまっている分、無様で笑える顔になってたんだろうなあ……」

「でも私が転校したから、計画とやらは有耶無耶になったんだね」

「残念ながらね。計画のことを知ったら、正義の味方気取りの仲田さんはイギリスに行った後もいろいろ言ってくるだろうから面倒だとは思った。でも仲田さんを裏切ろうとしたことをビジョが誰かに話すはずないから、放っておけばいい。学校に来なくなったビジョの代わりになるターゲットも見つけて、それなりに愉しんでもいた。なのにあの日の朝、ビジョが私を待ち伏せしてたの。なにかと思ったら、渡したままにしていた廃ビルの鍵を突き出してきた。それから、仲田さんにすべてを打ち明ける手紙を書いたけど、私とけじめをつけてからでないと送る資格はないから待っていた――って言ったんだと思うよ。がたがた震えてしゃべるから、よくわからなかったけど。

仕方がないから廃ビルに連れ込んで、本当のことを伝えたら仲田さんにどん引きされるし、周りに白い目で見られるからやめた方がいいと忠告してあげても、ビジョは聞く耳を持たなかった。決心が揺らがないようにと持ってきた、仲田さんの手紙まで突き出してきた。ビジョのくせに生意気だから、つい突き飛ばしたの。

そうしたら、吹き抜けから落ちちゃった。

ぎりぎりのところで踏ん張ってたから、もうちょっと耐えてくれればよかったのに」

蛍子は落ちまいとバランスを取ろうとしたことで身体が反転して俯せの体勢で落下したため、自ら飛び降りたような現場になったのだろう。

それにしても、故意でなかったとはいえ、人を一人、それも仲田の友人を死なせておきながら、まるで「ちょっとした失敗談」のように語るとは。仲田がどんな思いをするか、想像できないのか。

「その後は、仲田さんの名推理のとおり。触ってないと思ったから封筒は放っておいたけど、手紙の方は指紋を拭き取ってその場で破り捨てた。ビジョが仲田さんに出そうとした手紙は、あの子のカーディガンのポケットに入ってたから抜き取った。血がたくさん出ててこわかったよ」

「その手紙はどうしたの？」

「証拠になっちゃうから、家に帰ってすぐガスバーナーで燃やしたよ。一応読んだけど、内容はよく覚えてないや。仲田さんを裏切った言い訳がだらだら書かれてたかな。

あんなひどい奴を必死に守ってたなんて、仲田さんもお気の毒だったねえ」

眉根を深々と寄せながら、口許には含み笑い。それを見て真壁は、来栖の真意を悟る。

この女は、仲田がどう思うかを想像できていないわけではない。充分理解した上で、なぶっているのだ。いかにして桐山蛍子が仲田蛍を裏切り死んでいったかを、詳細に伝えることで。

──自分の気持ちを自覚して、いじめをうんと愉しむことにしたんです。

蛍子の死以来、長らく封印してきた決意を実行している──自分の罪を暴《あば》き立てた仲田に対して。

さすがの仲田も耐えられないのでは？　膨らんでいく真壁の不安に呼応するように、仲田は息をついた。

「確かにひどい。来栖さんの話を聞いて、心の底からそう思った」

「でしょう？　まあ、仲田さんは人を見る目がなかっただけで、これを機に──」

「本当にひどい。蛍子みたいな優しい人を一時的とはいえそこまで変えてしまう、いじめは」

「……一時的？」

硬い声で問う来栖に、仲田は変わらぬ声音で返す。

「蛍子は、お父さんに心配をかけたくない一心でいじめのことを黙っていて、学校にも通い続けた。私が一緒にいることに、心から感謝してくれた。そんな子が、本気で私を裏切るつもりだったはずがない。いじめから解放されたくて、つい言うことを聞いてしまっただけ。私だって同じ立場に陥っていたら、そうしていたかもしれない」

「仲田さんはそんなことないでしょう、強い人だから」

真壁もそう思ったが、仲田は首を横に振った。

「一度でも『自分が蛍子と同じ目に遭ったら』と本気で〝想像〟したら、そんなことは言えない。私には蛍子を責められない。でも蛍子は、私が転校しなくても思いとどまったはず」

「仲田さんってば、お人好しすぎ」

「お人好しで言ってるわけじゃない。蛍子はあのビルに行ったとき、見られたくないものをいくらでも隠せると言ったの。そんなものはないと私が言っても、『覚えておいて』と念押しした。盗聴や盗撮のためのデバイスをしかけようとしていることを、暗に伝えようとしたのだと思う。それだけじゃない。夏休みの間、私が廃ビルには来られないと言ったら笑っていた。来栖さんの言うとおりにせずに済むから、安心したんだよ。そんな子が、あなたと一緒になって私をいじめていたはずがない」

「いじめられて当然の情けない奴相手に夢を見すぎ」

「情けなかったとしても、いじめていい理由にはならない！」

その言葉は、仲田とは思えないほど鋭い声音で発せられた。来栖から笑みが消える。

仲田は、もとの声音に戻って続ける。

「それに、蛍子は情けなくなんかない。少なくともあなたより、ずっと強い。あなたが周りに内緒で私をいじめる計画を立てたのは、サプライズなんかじゃない。一人で蛍子を守る私に影響される人が出てきたから、焦って自分も一人でなにかしようとしただけ。でも一人ではなにもできないから、蛍子を巻き込むことにした。小学生のころ、いじめられていたことには同情する。でも、情けないのはあなたの方だよ。いじめが愉しいなんて言ってる時点で、わかり切っていることだけど」

仲田は、硬いようでやわらかく、責めるようで癒すようでもある、一言で表現することは決してできない眼差しで来栖を見つめる。

「ほたるこは、あなたとは違う。あなたのことは許せなかっただろうし、許す必要もないけど、同じことを誰かに繰り返さない優しさを持っていた。私にすべてを打ち明ける勇気もあった。いじめられた経験は同じなのに、どうしてあなたとこんなに違うのか、私にはわからないのだけれど。それがわかれば、あなたに教えられるのだけれど」

こんな眼差しで、大切な友だちを死なせた相手を見据えるなんて。それも背筋を真っ直ぐに伸ばし、堂々と。

――もしかしなくても、仲田はやはり元気なのか？

笑みが消えた来栖は、仲田を黙って見つめた末に、大袈裟に天を仰いだ。

「あ、そう。そんなことを言うんだ。偉そうに。へえ……」

来栖の右手がテーブルに置いたコップへと、ゆっくり伸びていく。

「せめて最後くらい、いい顔を見せろよ！」

来栖はそう叫ぶのと同時に、コップを振り上げた。仲田にぶつけるつもりだ！

真壁がそう思ったのは、すばやく身を乗り出した仲田が、来栖の右手首を押さえつけた後だった。事態を把握しきる前に、仲田は来栖の右手をテーブルにたたきつける。来栖がうめき声を上げ、手からコップが滑り落ちて水がこぼれ出た。

仲田の方は、息一つ乱れていない。

「あとは署に行って話しましょう――どうしたんですか、真壁さん?」

「いや……」

仲田をまじまじと見つめていた真壁は、慌てて首を横に振る。咄嗟の事態に、ここまで軽々と動けるなんて。もう間違いない。

睡眠時間を少し削ると顔色が著しく悪くなるだけで、仲田蛍は完全に健康だ。


仲田は新宿まで、私用車で来ていた。それに来栖楓を乗せて多摩警察署に連行した後、真壁は仲田とともに刑事課長への説明に追われた。なにしろ、十五年近く前に自殺として処理された案件の「犯人」が見つかったのだ。ひとまずQ警察署に連絡を取るという結論になり解放されたときには日付が変わっていた。「送っていきます」という仲田の言葉に甘え、助手席に乗り込む。

「有給まで取って調べていただき、ありがとうございます。おかげで見落としていた真相に気づくことができました」

車を発進させるなり、仲田は言った。

「どういたしまして。俺も聖澤も、君が自分のことを度外視して子どものために尽くそうとしていると誤解していたが」

「心配いらないと言ったのに」

仲田が前を向いたまま微苦笑する。

「蛍子のことをずっと後悔していたから、自分がかかわった子どもにできるかぎりのことをしたいと思っていることは事実です。でも、あくまで無理のない範囲でやっています。自分が倒れたら、周りに迷惑をかけてしまいますから」

「どうやら余計な世話を焼いてしまったようだ」

「そんなことありません。私は蛍子のお父さんに話を聞きづらかったから、真壁さんがいなかったら手紙の滲みに気づかないままでしたよ。真壁さんを動かしてくれた聖澤にも感謝ですね」

その聖澤は、真壁と仲田が新宿で会っていたと知ると完全な無表情になった。この先、面倒なことを言ってくる気がしてならない。

「ただ、私が蛍子になにもできなかったことに変わりはありません。その現実は、しっかり受けとめないと」

仲田を見遣る。その姿は街灯や対向車のライトによって、不規則かつ断続的に、光に照らし出されたり、闇に沈んだりを繰り返している。

「それは絶対に違う」

真壁の断定口調に引き寄せられたか、仲田がちらりと目を向けてきた。

「来栖が言ったとおり、大人の世界にもいじめはある。子どもの世界と同じように、いじめている人も、いじめられている人も、かかわらないようにしている人もいる。なのに、子どもに『いじめられている人を助けてあげなさい』なんて言うのは無責任だ。見て見ぬふりをする子がいたとしても、俺は責められない。でも君はたった一人で、それまでろくに話したこともないクラスメートを守ろうとした」

真壁は一旦言葉を切ると、一音一音に力を込めて告げた。

「蛍子ちゃんが、なにも感じなかったはずがないよ」

俺も「警察は男社会だから」と思考停止していないで、君のような女性《ひと》が働きやすくなるよう上司《うえ》に働きかけてみる——心の中でつけ加える。

前方の信号が黄色に変わった。信号機までの距離とこの速度なら通過できると思ったが、仲田はアクセルを踏み込まず停止線の手前で車をとめ、真壁の方に顔を向けた。

「ありがとうございます」

仲田が微笑む。辺りに春をもたらすかのように、優しく、あたたかく、やわらかく。

仲田の微笑みは、これまで何度も目にしてきた。しかし、いままでのものとはどこか違う。女神やそれに類する存在の微笑みではなく——。

「人間だ」

「お礼に対してそんな言葉を返されるとは思いませんでした。どういう意味です？」

「疲れているせいか、変なことを言ってしまった。忘れてくれ」

真壁がごまかすと、仲田は小首を傾げた。

「まあ、いいです。真壁さんのおかげで蛍子の気持ちを〝想像〟できる気がしてきましたから」

「俺のおかげ？」

仲田はハンドルを握る両手を見つめて頷く。

「きっと最後のとき、蛍子は——」

蛍子

死にたくない、来栖さんが憎い、死にたくない、痛いよ、死にたくない、寒い、死にたくない、お父さんに会いたい、死にたくない、血がとまらないよ、死にたくない、指先すら動かない、死にたくない、死にたくない、死にたくない、死にたくない、死にたくない、死にたくない。

自分の意識が暗いところへと、ものすごい勢いで引きずり込まれていく。どうしてこんなことに……嫌だ……嫌だ……嫌だ……助けて……誰か……お願い……。

あと数分もしないうちに自分が迎えるであろう結末に涙を流す一方で、蛍への申し訳なさで胸が引き裂かれそうにもなっていた。

間違いなく来栖さんは、私が蛍に書いた手紙を持ち去る。警察は、私が自殺したと判断する。そうしたら蛍は自分のせいだと思い込んで、永遠に苦しみ続けることになる。そもそも私が、蛍を裏切ったことが悪いのに。なんとかしないと……でも、どうしようもない……。

眼球だけが辛うじて動く。右腕が人間の可動域ではありえない方向に曲がっていることが、暗闇の中でもわかった。その瞬間、心が砕け散る。涙で滲んでいた視界がぼやけていく。

そこに、光が射し込んだ。

誰かが私の右手を、両手で握りしめている。

誰？　眼球だけを必死に動かして相手を見る。

そこにいたのは、大人の女性《ひと》だった。

そういえば私は、蛍からイギリスに行くと告げられた日、手を握ろうとしてくれたのに振り払ってしまったっけ。後悔に胸を締めつけられた瞬間、目の前にいるのが誰かわかった。

蛍だ。

いまよりずっと年齢が上だけれど、間違いなく仲田蛍。

大人になった蛍は、辛そうではあるけれどやわらかくもある微笑みを口許に湛え、私の手を握り続けている。

そうだ。蛍ならいつの日か必ず、私が手紙を書いていたことに気づいてくれる。私の本当の気持ちにだってたどり着く。

その後で許してほしいなんて言うのは、おこがましいけれど。

でもね、蛍。おこがましいついでに、もう一つだけ言わせてほしい。

私の真意に気づくまでじゃない、気づいた後も、蛍にはこんな風に無力感に打ちひしがれる人の傍に寄り添ってほしい。なにもできないときは、ただ手を握りしめてくれるだけでいい。

この世界はいじめでできているとは思うけれど、蛍のような眩しい人が光を灯してくれるはずだとも思うから。

夜闇《やあん》の中、輝きを纏って宙を舞う蛍《ホタル》のように。

意識が完全に途絶える寸前、私はわずかに残された力を振り絞って言った。

「ありがとう、蛍」

本書は、「十七歳の目撃」（「別冊文藝春秋」２０２３年３月号掲載）
を除き、書下ろしです。

天祢涼（あまね・りょう）
1978年生まれ。2010年に第43回メフィスト賞受賞作『キョウカンカク』でデビュー。13年『葬式組曲』が第13回本格ミステリ大賞の候補作に。同書に収録されている「父の葬式」は第66回日本推理作家協会賞（短編部門）の候補作にも選ばれた。他の著書に、「境内ではお静かに」シリーズ、「セシューズ・ハイ」シリーズ、『謎解き広報課』『彼女はひとり闇の中』など。本作は、本屋大賞2019年発掘部門で最多票を獲得した『希望が死んだ夜に』を第1作とする「仲田」シリーズ第4弾。

少《しょう》女《じょ》が最《さい》後《ご》に見《み》た蛍《ほたる》

二〇二三年十一月十五日　第一刷発行

著　者　天祢《あまね》 涼《りょう》
発行者　花田朋子
発行所　株式会社 文藝春秋
〒一〇二－八〇〇八
東京都千代田区紀尾井町三－二三
電話 〇三－三二六五－一二一一
印刷所　TOPPAN
製本所　加藤製本
組　版　言語社

ISBN978-4-16-391779-5